LE CLUB DES MAUVAIS GARÇONS MILLIARDAIRES

UNE ROMANCE DE MILLIARDAIRE BAD BOY

CAMILE DENEUVE

TABLE DES MATIÈRES

Publishe en France par:
Camile Deneuve

©Copyright 2021

ISBN: 978-1-64808-969-5

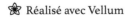 Réalisé avec Vellum

LE LABEL : LIVRE UN

Une Romance de Milliardaire Bad Boy

Par Camile Deneuve

1

NATASHA

Les rideaux s'engouffraient à l'intérieur par la fenêtre ouverte de la chambre du troisième étage. La fraîche brise de la nuit embaumait l'atmosphère de la petite chambre universitaire en ce vendredi soir. Assise sur son lit, je tenais compagnie à ma colocataire Dani, en train de se boucler les cheveux devant son extravagante coiffeuse.

Danielle Day était une grande fille aux longs cheveux bruns comme ses yeux. Une beauté exotique à la silhouette élancée et galbée qui rendait les hommes fous et prêts à tout pour elle. Ce soir-là, elle était en boucle au sujet d'une soirée pendant que je révisais mes cours. J'étudiais simultanément le Génie Mécanique et l'Edition, il me fallait donc mettre les bouchées doubles.

J'essayai bien de décourager son bavardage incessant mais elle avait insisté pour que je sois là pendant qu'elle se préparait, prête à lui donner toute critique constructive qui lui permettrait d'être aussi parfaite que possible. Mais elle ne s'apercevait de rien, toute excitée qu'elle était à propos de tous ces hommes riches qui participeraient à la soirée. Nous ne fréquentions pas le même style d'endroits, même si nous étions assez proches.

- Tasha, c'est une soirée caritative, bon sang ! Et j'ai promis d'amener une amie cette fois. Je sais que cette soirée n'est pas ton genre mais je sais aussi que tu as besoin d'argent et tu pourrais facilement en gagner. L'autre fille que j'avais prévu d'emmener ne m'avait pas tout dit sur elle et elle n'aurait pas fait l'affaire. Mais toi, je sais que tu es à jour sur tout et que tu prends la pilule. Et comme nous sommes allées ensemble faire nos derniers contrôles, je sais que tu es clean.

Elle se laissa tomber sur son lit, vêtue d'une fine robe de soie rose. Je me demandai ce qu'elle pensait cacher avec cette toute petite tenue mais j'estimais qu'elle était assez osée. Lorsqu'elle portait cette robe, je savais qu'elle sortait dans l'un de ces endroits exclusifs, genre club privé. Je ne l'avais jamais accompagnée à l'une de ces soirées, malgré ses invitations répétées. Mais le fait que le droit d'entrée exigeait contraception et garantie de ne pas avoir de MST avait fait sonner toutes mes alarmes.

- Ecoute, Dani, je t'ai dit que j'avais un papier à rédiger. Je t'assure que j'y aurais réfléchi à deux fois si je n'avais pas eu mes partielles, lui dis-je, réalisant en la regardant par-dessus mes lunettes qu'elle faisait la tête.

- Allez, Tasha ! Je jure que je te revaudrai ça, dit-elle, tentant de m'amadouer.

Je n'avais absolument pas besoin de son aide mais j'avais besoin d'argent. Mes parents avaient des principes quand il s'agissait de se prendre en charge. J'étais un peu à court ce mois-ci. Les factures allaient tomber et je risquais d'avoir à demander une rallonge à ma mère pour finir le mois. Mais il m'en coûtait. Un sermon de sa part plus un autre de mon père et j'étais bonne pour leur servir d'esclave pendant au moins deux week-ends. Je n'étais de toute façon pas intéressée par sa soirée.

- Je m'en fiche, Dani.

Pensant qu'elle avait compris, je me concentrai à nouveau sur mon ordinateur. Tout d'un coup, Dani choisit de me sauter dessus, son poids me faisant rebondir de l'autre côté du lit.

- Je te promets qu'on n'y restera qu'une heure, deux au maximum !

Elle m'assaillit d'une avalanche de chatouilles et je riais à gorge déployée malgré la torture et le fait que ça n'était pas si drôle que ça.

Quand elle arrêta enfin, je lui lançais un regard noir. Elle m'immobilisait de ses bras et avait passé une jambe sur les miennes. Harcelée physiquement et moralement, saoulée de paroles et inquiète quant à mes finances, je finis par céder et décidai de l'accompagner à cette soirée. J'étais tout de même curieuse d'en savoir un peu plus. Je sentais que tout n'était pas clair mais j'allais être surprise. D'abord par la noirceur de ce qui m'attendait, ensuite par les abysses dans lesquelles j'allais volontairement me laisser entraîner.

Elle m'annonça que nous n'y resterions que deux heures, ce qui me permettrait de reprendre mes révisions ensuite. Elle ne m'avait pas précisé de quelle association caritative il s'agissait mais me tendit un corset en soie rouge avec des incrustations de dentelle et un masque de bal masqué en velours noir. Elle lança sur le lit à mon intention une paire de collants résille et des escarpins noirs, m'encourageant à me changer pour la soirée, aiguisant ma curiosité et faisant naître une once de peur en moi.

Plutôt que de lui poser les questions dont les réponses m'auraient définitivement fait changer d'avis, je m'exécutai, pour elle, et pour l'argent bien sûr. Et à cause de ma curiosité maladive !

- D'accord, donc voici les consignes, dit-elle en nouant dans mon dos les lacets du corset sexy mais assez vulgaire qu'elle me faisait porter.

- Quelles consignes ? demandai-je interloquée. Je ne suis pas coincée, loin de là. La tenue qu'elle me faisait porter, c'était une chose et j'étais même prête à faire la belle devant tous ces hommes, mais rien de plus ! Qu'allait-on attendre de moi ?

- C'est une vente de charité organisée par le CBGM. La raison pour laquelle nous devons porter un masque est que personne ne connaît l'identité des autres participants. Les hommes en portent un aussi. Par contre, tu dois donner ton vrai nom si on te le demande. Et si on te demande de retirer ton masque, tu dois le faire. En fait, tu devras faire à peu près tout ce qu'on peut te demander. Dans les limites du raisonnable, bien sûr. C'est toi qui détermines ce que tu es prête à accepter, dit-elle, ce qui me laissa perplexe.

- Attends un peu, tu es en train de me dire que je vais devoir donner mon nom à des hommes que je ne connais ni d'Eve ni d'Adam ? Et que je ne pourrais même pas voir leur visage ni savoir qui ils sont ? Je me retournais vers elle en levant les sourcils. Et à quoi correspond CBGM au fait ?

- Le Club des Beaux Gosses Milliardaires. Elle me poussa pour finir le laçage de mon corset. Il n'y a vraiment rien de mal là-dedans, Tasha. Ces hommes sont des hommes d'affaires. Certains sont mariés et ont des familles à protéger, ainsi que leur carrière. Donc tu m'accompagnes et tu joues le jeu. Ne demande pas son nom à un homme qui s'intéresserait à toi ni comment il gagne sa vie. Ne demande rien sauf peut-être ce qu'il aimerait boire, comme ça tu pourras aller lui chercher un verre. On attend de toi que tu joues le rôle de la femme sexy, affable et soumise. Un peu comme une serveuse, sauf que tu pourrais y séduire un très beau spécimen, s'il l'autorise bien sûr. Et tu ne dois toucher personne sauf s'il te le demande.

- Quelle genre d'association est-ce ? Elle commençait à déposer généreusement des touches de maquillage sur mon visage.

Elle ignora la question.

- Ils nous paient grassement pour qu'on les distraie. Le moins tu en sais, le mieux ce sera.

Je hochai la tête, totalement confuse. Rétrospectivement, j'aurais dû renoncer à cette soirée de charité. A l'inverse, en tant qu'amie, je me sentais obligée de l'aider et il m'était difficile de renoncer à l'argent qui me permettrait de faire face aux factures sans contracter de dettes auprès de mes parents. En plus, ma curiosité était piquée et j'étais forcée de l'assouvir, vilaine habitude à laquelle je n'étais jamais parvenue à résister.

Après avoir bouclé mes cheveux et les avoir rassemblés sur le haut de mon crâne grâce à des épingles ornées de minuscules perles et de m'être maquillée, elle nous sortit des manteaux, destinés à camoufler nos tenues sexy. Nous sortîmes de notre chambre et une longue voiture noire nous attendait sur le parking de l'université.

Le conducteur était grand et portait un uniforme de chauffeur, arborant un visage long et pâle. Mon instinct me disait de rentrer immédiatement et d'oublier au plus vite ce que Dani attendait de moi. Mais l'appât du gain fut le plus fort et je montais dans le véhicule.

Dani ouvrit le mini bar à l'intérieur de la limousine et me tendit deux petits verres en cristal avant de les remplir à ras bord d'un liquide ambré.

-Voilà qui va te calmer. Les hommes n'apprécient pas la compagnie de femmes nerveuses, ils les préfèrent vives et avenantes.

Elle se rencogna contre le dossier de l'immense banquette en cuir noir, me prit un des deux verres des mains et le leva devant moi. Après avoir trinqué, nous prîmes une longue gorgée, qui m'emplit la gorge et l'estomac d'une brûlure apaisante.

-Es-tu en train de me dire qu'on va faire les putes ce soir, dis-je.

Son éclat de rire emplit l'habitacle et son regard brillait. Je la voyais se transformer sous mes yeux en une femme que je ne connaissais pas.

-Putes ? Mais non, rien d'aussi trash. Sois juste aimable, drôle et sexy et laisse-les te faire ce qu'ils veulent. Ils paient bien. Une tape sur les fesses et c'est un billet de cent dollars dans la poche. Ce genre de truc, rien de si terrible.

Tout semblait si simple quand elle en parlait, mais mes scrupules refaisaient surface à toute allure. Elle poussa mon verre et je bus une gorgée, histoire de noyer ma fichue conscience, pour m'apercevoir que je ne ressentais finalement pas trop d'inquiétude à l'idée de ce que des hommes pourraient me faire. Je ne ressentais rien de toute façon !

Nous arrivions devant une énorme bâtisse qui semblait abandonnée, au milieu de nulle part, une multitude de voitures garées sur le parking quand je commençai à sentir poindre une certaine anxiété. Les premiers effets de l'alcool semblaient s'être déjà dissipés et je tremblai comme une feuille.

- On est arrivées. Souviens-toi de ce que je t'ai dit.

Dani me regarda avec un sourire ironique, qui ne me rassura en rien. Je considérai même demander au chauffeur de me raccompagner. Dani me tendit la main pour m'aider à descendre de la voiture et avant que j'aie eu le temps de me décider, le chauffeur était déjà parti.

- Waouh, ça c'était un départ sur les chapeaux de roue ! Je pouvais sentir l'odeur caractéristique du caoutchouc brûlé.

- Certaines des femmes qui viennent à ce genre de soirée hésitent au dernier moment et remontent en voiture. Le chauffeur a d'autres femmes à conduire et il n'a certainement pas le temps de gérer les crises de conscience de dernière minute, me précisa Dani, en m'entraînant vers l'imposante porte de métal rouillé.

Elle frappa à la porte trois fois alors que j'observai les alentours, anxieuse, imaginant d'où viendrait le danger. Cet endroit n'était pas la place de deux jeunes étudiantes, surtout en pleine nuit.

Une petite fenêtre s'ouvrit et une paire d'yeux bleus nous examina.

- Divertissements CBGM, annonça Dani. La porte grinça sur ses gonds et un homme massif portant un masque de faucon nous introduit dans une entrée faiblement éclairée.

- Tu nous as amené une petite nouvelle, Day, dit-il, me détaillant de pied en cap.

- Elle s'appelle Greenwell, dit-elle.

Je présentai ma main comme Dani venait de le faire, pour m'en faire tamponner le dos d'un X noir. On nous retira nos manteaux puis nous traversâmes un hall sombre pour nous diriger vers une cage escalier. Des bougies couleur pastel diffusaient une lumière vacillante sur les vieux murs de pierre luisants d'humidité alors que nous descendions les marches glissantes de l'escalier en colimaçon. Nos ombres chancelaient et des bribes assourdies de musiques, accompagnées d'un courant d'air froid nous assaillirent.

Arrivées au bas des marches, la musique nous parvenait maintenant plus forte. Dani frappa à nouveau, cette fois à quatre reprises, à chaque coin de la grande porte rouge.

-Sexe CBGM, annonça Dani, un code différent du premier qui me fit frissonner. Un petit guichet s'ouvrit et des yeux bruns nous dévisagèrent.

La porte s'ouvrit sur une femme de petit gabarit à la poitrine généreuse largement exposée dans un bustier en cuir. Elle portait un collier d'esclave autour du cou et un simple masque noir préservait son identité.

-Day, dit-elle en accueillant mon amie avant de se tourner vers moi.

Elle me tendit la main mais j'hésitai un instant avant de la saisir. Dani hocha la tête.

-Voici Greenwell, me présenta-t-elle. Prends sa main et elle va nous emmener à l'endroit où on nous attend.

Je pris sa main et elle nous accompagna vers une petite pièce faiblement éclairée où des hommes jouaient au blackjack, aux échecs et au poker. Des femmes se tenaient à chaque table, à moitié nues, portant seulement un masque et de la lingerie, comme Dani et moi.

- Je vais à la table de poker là-bas. Dani me planta là, au milieu de la pièce. J'étais furieuse. Elle m'abandonne là comme si je savais ce que je suis censée faire !

Je m'aperçus avec stupéfaction que Dani avait déjà été interceptée par un homme portant smoking et masque noir qui entreprit de l'embrasser sans qu'un seul mot n'ait été prononcé entre eux.

Quelqu'un me bouscula, me tirant de ma stupeur. Je m'éloignais sans chercher à savoir qui c'était, de peur qu'il ne s'agisse d'un homme capable de me tripoter et de m'enfoncer sa langue au fond de la gorge avant même de m'avoir dit bonjour.

Adorant ce jeu, je me frayais un chemin vers la table des joueurs d'échecs. Je maîtrisais à peine ma nervosité, me sentant presque nue au milieu de tous ces gens inconnus. Je sentais les regards s'appesantir sur mon corps, expérience la plus inconfortable qu'il m'ait été donné de vivre. Mais j'étais coincée là pour au moins deux heures si Dani avait été honnête, ce dont je commençais à douter.

La soirée avait à peine débuté que j'avais déjà envie de partir. Je m'en voulais d'avoir accepté si précipitamment cette proposition pour gagner un peu d'argent. C'était une erreur et mon amie se retrouvait dans une sacrée merde !

Je n'avais plus le choix. Je devais respecter les règles. Et elles semblaient claires. Les laisser me faire tout ce qu'ils voulaient et prétendre que j'aimais ça. Mais je commençais à réfléchir à la façon dont je pourrais me tirer de tout ça.

Tout ça n'était pas moi !

NICHOLAI

J'avais observé la blonde pulpeuse alors qu'elle arrivait à la soirée, accompagnée de rien de moins que Daniella Day, fille du Juge de la Cour Suprême Vincent Day. Elle était une des figures du CBGM et évoluait naturellement dans cette pièce pleine de milliardaires.

Elle se faisait de temps en temps accompagner d'une petite nouvelle, uniquement destinée à se faire souiller par les hommes et leur argent. Mais celle qu'elle avait emmenée ce soir semblait plus anxieuse que les autres, comme si même l'appât du gain ne pourrait la mettre à l'aise.

Elle était menue mais pulpeuse, la pâleur de sa peau encore accentuée par le rouge du corset que je rêvais de lui arracher. Je sentais déjà grossir ma bite et des petits picotements dans les couilles.

Mon jugement durant la partie de poker était déjà altéré par les pensées lubriques qui m'agitaient, pensées en train d'élaborer la stratégie pour dompter sa chatte.

-Nic, arrête de baver et reviens parmi nous, s'écria Tom, un ami plus âgé qui n'avait pas hésité à employer mon vrai nom. Je le fusillais du regard, lui rappelant la première règle du club, ne jamais prononcer nos vrais patronymes.

Du coin de l'œil, je pouvais la voir rire nerveusement alors que Jon D. lui murmurait probablement des cochonneries à l'oreille. Elle le repoussa gentiment hors de sa zone de confort.

Mon corps se rebellait, je rêvais de lui tordre son vieux cou et le balancer dans un trou en compagnie de tous ces autres riches dégénérés. J'étais prêt à laisser tomber la partie et m'échapper avec elle pour une petite partie de jambes en l'air.

- Tu as perdu, Bill, m'annonça le croupier alors que toute concentration dans le jeu m'avait quittée. Je me saisis de mon cocktail Jack Frost et me dirigeai vers la nouvelle. Elle s'était éclipsée et j'aperçus Jon D. racontant des blagues, assis en compagnie d'une autre femme.

Je redescendis dans le hall aux murs décorés de papiers peints dorés et de lampes à huile. Une raie de lumière filtrait sous la porte de la salle de bains et je décidai de vérifier si elle s'y était réfugiée.

En approchant de la porte, j'entendis l'eau couler. Je tentais de tourner le bouton de la porte pour vérifier si elle était fermée à clé. A ma grande surprise, elle ne l'était pas. J'entrai. Elle était penchée au-dessus du lavabo, en train de se passer de l'eau sur le visage. Elle était consciente de ma présence, je me tenais derrière elle, admirant son cul, tendu vers moi, comme prêt à être pris.

Je passais la main sur ma queue dure pendant qu'elle continuait son manège. J'imagine que son maquillage devait la gêner, car elle s'évertuait à en effacer toute trace.

- Vous n'allez pas passer le reste de la soirée enfermée dans la salle de bains quand même ? Ses yeux bleus glacier me fixèrent avec surprise et peut-être un peu de peur.

- Je... euh... Je me rinçais juste le visage et le cou. Quelqu'un a renversé un verre sur moi, expliqua-t-elle.

Sa nervosité m'amusait tout autant que la raison pour laquelle elle m'expliquait ce qu'elle faisait, comme si j'étais son père.

-Vous avez un corps superbe, lui dis-je en prenant une gorgée de mon verre.

Ses yeux magnifiques regardaient autour d'elle alors que sa respiration s'accélérait.

- Je vous prie de m'excuser, je vous laisse à vos affaires, dit-elle en se dirigeant vers la porte, avant que je ne la retienne.

- Je veux faire affaire avec vous ce soir. Je laissais ma main parcourir sa joue et descendre jusqu'à sa poitrine.

Elle avait laissé son loup près du lavabo et le remit lorsqu'elle s'en aperçut.

-J'ai pu voir votre visage mais personne d'autre n'y est maintenant autorisé.

Ce devait être la première fois qu'elle participait à une telle soirée et j'étais déterminé à la garder pour moi cette nuit. Pour moi et pour moi seul !

NATASHA

Je restai sans voix face à cet homme que j'avais bien remarqué à la table de poker et qui ne me quittait pas des yeux. Il m'avait impressionnée et je ne l'avais pas entendu pénétrer dans la salle de bains.

Derrière le masque du Fantôme de l'Opéra brillaient ses yeux sombres, encadrés par des cheveux brillants et soyeux tout aussi sombres. C'était l'incarnation de la virilité.

Il ricana légèrement, j'imagine qu'il se moquait de moi.

-Vous avez un corps superbe, me complimenta-t-il.

Ma gorge s'assécha soudainement, sa voix envoûtante me remuait au plus profond de mes entrailles.

-Je vous prie de m'excuser, je vous laisse à vos affaires, lui dis-je en me dirigeant vers la porte.

C'est la seule réplique qui m'était venue à l'esprit, bouillonnant de visions sexuelles inappropriées que je ne maîtrisais pas. Avant que je n'atteigne la porte, il m'avait enlacée. Je sentais son haleine chargée de Jack Daniels et de menthe.

Son visage n'était plus qu'à quelques centimètres du mien.

- Je veux faire affaire avec vous ce soir. Il passa sa main sur ma joue et descendit vers ma poitrine, j'en perdis le souffle.

- J'ai pu voir votre visage mais personne d'autre n'y est maintenant autorisé. Il prit le masque que j'avais retiré pour me rafraîchir et je le remis en place.

- Merci, dis-je. J'avais oublié.

- Vous connaissez les règles, jolie débutante ? demanda-t-il dans un souffle.

- Je m'appelle Natasha mais vous pouvez m'appeler... Il posa un doigt sur mes lèvres pour m'interrompre.

- Ce sera donc Natasha. Natasha, vous ferez ce que Bill vous demande ou vous en subirez les conséquences. C'est compris ? Il m'observait au travers de son masque noir, avec un air de propriétaire.

Mes scrupules s'éveillaient mais ma curiosité prenait le pas sur toute autre considération. La seule présence de cet homme dominateur parvenait à faire taire mes inhibitions. J'avais toutes les raisons de le croire lorsqu'il me disait que j'étais belle, même si je ne me sentais pas totalement à la hauteur. Etais-je donc ici dans la vie réelle ? Pourquoi ne pas goûter au fruit interdit, hors de ma portée dans la lumière du grand jour ?

- Oui, je comprends, Bill. Je mordis ma lèvre inférieure lorsque je constatais que sa posture s'affermissait, affichant clairement puissance et lubricité.

- Tournez-vous, exigea-t-il.

Je m'exécutais et me retournais, face au mur. Mon esprit me criait de m'enfuir mais mon corps brûlait de savoir ce qu'il allait me faire.

Ses mains ne quittaient plus mon corps et je pouvais sentir son souffle sur mon cou et sa bouche y déposer des baisers.

-Vous êtes à moi pour les prochaines 24 heures et vous devrez satisfaire tous mes désirs. Vous comprenez ? demanda-t-il.

Je me tournais légèrement vers la droite pour lui poser une question à mon tour. - Et que se passera-t-il si je refuse de satisfaire vos désirs ? Je le taquinais mais je voulais réellement savoir ce qu'il attendait de moi.

-Vous serez corrigée, vigoureusement. Pas de crise, pas de contact physique, pas de baisers passionnés et pas de bavardages. Si je vous sollicite, vous venez, sans aucune question. Son haleine chaude chatouillait ma nuque.

-Maintenant, faites ce que je vous demande et vous en serez récompensée. Il pressait sa bite contre mon cul.

Je sentais son érection insistante comme il la pressait contre moi. Un liquide froid mouilla soudain la peau chaude de mon épaule droite.

- Qu'est-ce que c'est ? Je me retournai presque complètement, tentant de voir quelque chose, et croisai son regard froid.

- Je vous ai marqué de mon sceau. Donc quand vous sortirez de cette salle de bains, tout le monde saura que vous m'appartenez. Il plaça ses mains sur mes hanches. Dites-moi que vous y consentez et nous pourrons y aller.

Etais-je vraiment d'accord avec ce qu'il me demandait ? Etre à sa merci pendant 24 heures ? Mon corps décida pour moi et ma bouche lâcha, avant que je puisse m'en rendre compte, « Je suis d'accord. »

Ses lèvres pleines laissèrent s'échapper un léger râle et il ne lui fallut qu'un instant pour m'immobiliser, les jambes autour de sa taille et le dos collé au mur froid en marbre. Baissez-vous et retirez ma ceinture, ordonna-t-il de sa voix grave.

Jamais je n'avais envisagé ce que je m'apprêtais à laisser faire mais sa présence était plus que dominatrice. Elle m'électrisait et je n'étais plus moi-même. Je m'exécutais donc.

Je parvins à défaire la boucle et dégageais la ceinture des passants. Vous me faites confiance ? demanda-t-il, semblant se soucier de ma réponse.

- Je suis à votre merci et suis obligée de vous faire confiance. Je le fixais du regard.

Il se mit à ricaner alors qu'il se servait de la ceinture pour m'attacher les mains dans le dos tout en me portant. Je respirais le parfum de son Eau de Cologne tout en me demandant, les yeux fermés, pourquoi j'avais accepté de me laisser attacher par cet inconnu. Il était trop tard pour réfléchir, il était temps d'agir. Les choses étaient allées trop loin pour pouvoir les arrêter !

Nos lèvres se trouvèrent et nos langues entamèrent une danse guerrière. Même si cela faisait quelques temps que je n'avais pas embrassé quiconque, je savais que son baiser était le plus torride que j'aurais jamais pu imaginer.

Mes mains étaient attachées. J'avais été prévenue que je devrais retenir tout geste de tendresse. Il écarta mon corset et me débarrassa de ma petite culotte, puis se déchira un passage au travers de mes collants résille pour atteindre mon bouton du plaisir.

-Ouvre les yeux ! Je le regardais alors que ses doigts exploraient mon entrejambe.

-Oh mon... Il fourra sa langue dans ma bouche pour étouffer mes gémissements de plaisir.

Je mordis sa lèvre lorsqu'il entreprit de ficher brutalement son énorme membre en moi.

-Natasha ! gémit-il tout contre ma nuque. Les parois de mon vagin enserraient son sexe.

Il exerçait un va-et-vient à l'intérieur de moi, alternant vitesse et lenteur.

- Ta chatte est merveilleusement serrée autour de ma queue, susurra-t-il à mon oreille.

Je ne pouvais plus parler, mon corps et mon esprit captifs de son désir. Ses hanches ondulaient, imprimant un rythme circulaire à nos deux corps. Je bougeais de haut en bas alors qu'il forçait son passage à l'intérieur de moi et je sentais balloter ses testicules contre ma vulve.

-Mmm...oui... grogna-t-il tandis que je contractai tous mes muscles autour de son sexe et gardais la cadence.

J'étais au nirvana, lui aussi.

- Baise-moi plus fort Bill, le suppliais-je en me mordant fiévreusement la lèvre. Il fit ce que je lui demandai et resserra l'étau de mes jambes autour de ses hanches, comme s'il voulait m'envahir tout entier.

- Je vais... mmm... je vais ! Je mordis la base de son cou, me détachant de lui.

- Vilaine, murmura-t-il alors que sa queue exécutait de brûlants sursauts en moi.

Nos corps s'effondrèrent ensemble, des gouttes de sueur perlant sous mes seins. Mes jambes étaient encore maintenues par le creux de ses bras quand il retrouva son sang-froid.

- Je dois te punir pour tes débordements, dit-il d'une voix calme mais sévère. Je le regardais, confuse, alors qu'il me reposait délicatement au sol.

- Maintenant, tourne-toi. Le ton était cette fois glacial.

Je fis volte-face, espérant qu'il me prendrait par derrière cette fois. Mais mes espoirs s'effondrèrent bien vite quand il choisit de me fesser à deux reprises. Il s'expliqua.

- Voilà pour tes commentaires sexuels. Il me mordit l'oreille du bout des lèvres. Je laissai presque échapper un cri de plaisir et pensais avoir évité une nouvelle claque sur les fesses, j'en recevais finalement deux de plus.

-Et celles-ci pour avoir parlé. Et il mordit mon autre oreille. Je réalisais qu'il prenait plaisir à ce type de soumission.

-Et une de plus pour faire bonne mesure. Je devinais le parcours de sa langue le long de ma nuque.

Avant que j'aie pu me retourner, il s'était glissé hors de la salle de bains, me laissant plantée là, les fesses en feu et trempée entre les jambes. J'étais totalement bouleversée. Je venais de me faire baiser par un inconnu dont je ne connaissais ni le vrai nom ni le visage. Je pourrais le croiser dans la rue un jour sans être consciente qu'il était celui qui m'avait prise comme si je lui appartenais et qui m'avait châtiée du plaisir que j'y avais pris !

Le pire de tout était que je devais lui obéir pendant 24 heures. J'avais des révisions à faire et, s'il me gardait vraiment pendant 24 heures, il ne me resterait que quelques heures pour récupérer et revoir mes cours avant la reprise lundi.

Il ne me connaissait ni d'Eve ni d'Adam. J'avais pris ma décision, ce petit rendez-vous n'irait pas au-delà de ce bâtiment. Du moins le pensais-je !

2

NICHOLAI

Je lisais le désir dans ses yeux et la sensation d'être emprisonné par ses jambes excitait encore plus ma convoitise. Elle possédait de nombreux atouts mais ce qui la rendait désirable au-delà de tout était son esprit rebelle.

Sa poitrine était magnifique et je réussis à subtiliser sa carte d'identité cachée dans son corset. Nous avions passé un accord et j'avais bien l'intention d'en profiter pendant les 24 heures à venir.

J'attrapais un autre cocktail sur le plateau d'un serveur et rejoignis la table de poker. Je devinais qu'elle cherchait Dani. Je lui avais remis la carte d'identité de Natasha mais son amie était introuvable. Je savais bien pourquoi, ayant vu Dani disparaître au bras d'un homme vers une chambre isolée.

La soirée battait son plein et les hommes contemplaient Natasha qui marchait tête haute. Sa façon d'évoluer dans la pièce ne trahissait en rien le fait qu'elle venait, il y a juste quelques minutes, de se faire tringler par un inconnu.

Quelques mèches de cheveux blonds s'échappaient de son chignon bas. Je sirotais mon verre et lançai un autre jeton vert sur la table avant d'interpeller un serveur.

J'attrapai le Jack Daniel sec et jetai un jeton bleu à la serveuse, ainsi qu'un petit mot à remettre à Natasha. Je la regardais le lui remettre en murmurant quelque chose à son oreille.

Natasha me cherchait des yeux mais ne vit pas où j'étais assis. Avant que la serveuse ne s'éclipse, elle la retint par le bras et lui rendit ce qui ressemblait à un jeton. Je savais que cette petite débutante serait difficile à dompter mais j'étais prêt à relever le défi.

Le fait qu'elle avait refusé l'argent me piquait au vif. Elle m'avait autorisée à la baiser et ne voulait rien en retour. Aucune des femmes rencontrées ici ne l'aurait fait.

Je constatais que nombreux étaient les hommes qui la convoitaient mais la marque apposée sur son épaule les en dissuadait. J'avais des projets pour nous pour les deux jours à venir, j'envoyais donc à mon assistant les détails de Natasha par SMS. Je finis mon verre et ayant misé 6 millions, je reportai toute mon attention sur le jeu.

3

NATASHA

Je pouvais deviner la brûlure de son regard même si je ne le voyais pas. Chacun des hommes présents me dévisageait ouvertement sans toutefois oser m'approcher, le sceau apposé sur mon épaule les en dissuadant.

Mes poignets étaient encore douloureux d'avoir été liés par la ceinture mais je ressentais tout de même des papillons dans l'estomac. Chaque pensée, chaque mouvement me rappelaient notre moment d'extase.

Je rêvais de le sentir à nouveau en moi mais cette expérience d'une nuit resterait gravée dans un chapitre très spécial de ma mémoire. Je voulais savourer cet homme de nouveau, avant de me sauver. Mais je n'arrivais pas le repérer parmi cette foule d'hommes tous vêtus à l'identique et dans cette presque obscurité. Il ne semblait pas non plus pressé de me retrouver, malgré la marque me faisant sa propriété.

Quelques verres plus tard, une serveuse m'apporta une note dans laquelle était glissé un jeton. « Tu auras besoin de repos après cette plongée de 24 heures dans l'inconnu, disait le mot. » Je regardais autour de moi mais ne le repérais toujours pas. Je tendis le jeton à la serveuse.

-Dites-lui non merci de ma part s'il vous plaît.

Elle acquiesça et me regarda, perplexe. J'imagine que la majorité des femmes gardaient l'argent qu'on leur offrait. Mais j'étais dégoûtée par le fait qu'il m'avait marquée pour me laisser tomber ensuite. Je ne voulais pas de son argent, je voulais une autre session de baise hors du commun avec lui, même s'il semblait se cacher de moi pour l'instant. Qu'il aille se faire foutre.

L'alcool m'était monté à la tête, étant plus habituée à boire du vin chez moi. Il était temps que je rentre et me remette à travailler. Je sortis mon téléphone et appelais un taxi à qui j'indiquais où je me trouvais.

C'était la dernière fois que je viendrais à une quelconque réunion du CBGM ou que je rencontrerais l'un de ses membres. J'espérais que l'homme ne me poursuivrait pas pour me garder 24 heures. Il devait savoir que cela pourrait être considéré comme un acte criminel.

Après avoir fini mon dernier Whiskey Sour, je posais le verre sur une table avant de me diriger vers la grande porte rouge. La même femme qui m'avait accueillie s'y tenait.

-A bientôt, Greenwell. Elle m'adressa une grimace en remarquant le sceau.

- Ce Bill est un sacré bel homme, vous êtes une veinarde.

Je hochai la tête dans sa direction, hésitante, la quantité d'alcool que j'avais bue m'ayant embrumé l'esprit, je remontais en trébuchant les marches de pierre, les mains glissant sur les vieux murs humides.

Je frissonnais en atteignant le haut des marches, surprise par les courants d'air. Une main s'enroula autour de moi.

- Tu en as bu trop et trop vite. La voix était familière mais mon estomac encaissait mal la quantité d'alcool et le manque de nourriture.

- Je peux... commençai-je, vite interrompue par un flot de salive envahissant ma bouche.

Ses mains toujours serrées autour de ma taille, nous arrivions au deuxième niveau. La porte s'ouvrit à la volée et je fus saisie par l'air vif et glacial, et mon corps surchauffé se mit à trembler.

- Je te ramène chez toi, dit l'homme en me soulevant et me

portant dans ses bras, telle une jeune mariée. Je tombais de sommeil et ne prêtais plus attention qu'aux lumières de la ville.

Cette nuit avait été des plus étranges et avec du recul, elle venait juste de commencer.

Je me réveillais dans mon lit, nue. Une gueule de bois évidente faisait battre mes tempes et tout ce dont je me souvenais s'était produit avant mon départ de la soirée. Tout mon corps était doulou-reux, particulièrement mon entrejambe.

Je me levais doucement, évitant tout mouvement trop brusque risquant d'envenimer mon mal de tête.

Je me glissais hors du lit pour aller faire ma toilette et enjambais la toute petite tenue que j'avais portée la veille et qui traînait à terre. Après m'être lavé le visage et brossé les dents, je considérais avec dégoût l'image que me renvoyait le miroir. De la musique venait de la chambre de Dani. J'enfilais un peignoir et allais frapper à sa porte. C'est une Dani enjouée et joyeuse qui m'ouvrit largement sa porte.

- Bonjour, dit-elle se déplaçant de côté pour me permettre d'entrer.

J'entrais et m'effondrais au pied de son lit pendant qu'elle dansait, chantait et préparait un sac. Mais où vas-tu, demandai-je, appuyée sur mon coude.

- Je vais voir un homme à propos d'un chien, répondit-elle en me tirant la langue.

- Moi, je vois un chien très spécial, dis-je, agacée par son ton sarcastique.

- Mais quel bébé tu fais. Je me rends à une autre soirée mais celle-ci est à Boston, dit-elle avec un large sourire.

- J'allais partir. Et bien, tant mieux pour toi. Je vais prendre une douche ô combien nécessaire et chercher de l'aspirine pour me débarrasser de ce mal de crâne.

- Fais attention à toi, lui dis-je me dirigeant vers la porte.

- Tasha, tu devrais venir avec moi. Elle me retint par la manche de mon peignoir et je sentis le froid sur mon épaule nue.

- Aucune chance ! Je t'ai accompagnée hier soir et je n'irais plus jamais à une de ces soirées caritatives. Je campais sur mes positions. Elle défit mon peignoir.

- Montre-moi ta marque. Qui est-ce ? demanda-t-elle en me faisant pivoter vers elle.

- Il m'a dit s'appeler Bill, dis-je en remettant ma robe de chambre.

- Bill, lequel ? demanda-t-elle comme si je pouvais le savoir.

- A toi de me le dire. C'est toi qui es censée connaître tous ces gens. Et qui était le vieil homme avec qui tu étais hier soir ?

- Jon D. Il est tellement gentil. Mais il n'a pas encore jugé utile de me marquer.

- C'est lui qui a renversé un verre sur moi hier soir, crachais-je avec dégoût. Il est assez vieux pour être le grand-père de ton grand-père. Elle me gratifia d'une grimace.

- Peut-être, mais il a beaucoup plus d'argent que le grand-père de mon grand-père n'en n'a jamais eu. Elle hausa les épaules et finit de préparer son sac alors que je marchais vers la porte.

Tout ce qui importait pour Dani était l'argent et elle ne fréquentait l'université que pour faire plaisir à son père. C'était un homme autoritaire à la Cour mais qui perdait tous ses moyens face à sa fille.

Quelque chose avait dû arriver à Dani, car elle était brisée et refusait d'en parler. Elle n'en restait pas moins ma meilleure amie.

Où que se tienne la soirée CBGM de ce soir, son besoin d'y participer tenait du vieux désir, ancré depuis toujours en elle, de devenir quelqu'un. Peut-être épouse, ou maîtresse. Elle ne se préoccupait en tous cas jamais du sort des femmes et des enfants de ces hommes. Pour ma part, je n'avais nullement l'intention de me vendre comme jouet sexuel à l'un de ces hommes d'affaires mariés. Millionnaire ou non !

En sortant de la douche, j'entendis le bruit de la porte d'entrée signifiant que Dani était partie et que j'avais le petit appartement pour moi toute seule. Ce n'était pas trop tôt. Après tout, j'y passais tellement peu de mon temps. J'enfilais un jogging, un débardeur et des tennis. Une journée relax en perspective, je n'avais pas prévu de faire autre chose que réviser, mais après un bon café.

Je pris mes clés et me dirigeais vers la porte quand je m'aperçu qu'une boîte en carton, portant mon nom, avait été déposée sur la table. Je posais les clés et ouvris la boîte accompagnée d'une note à mon intention. « Mes 24 heures vont commencer. Prends le masque et rejoins-moi à 13h devant l'immeuble du CBGM. Ne sois pas en retard. »

Je contemplais le masque et la lingerie fine présentés sur une pièce de soie noire enveloppée dans un beau papier doré. Je ne pus retenir un sourire, car je savais exactement qui m'avait envoyé ce cadeau.

J'ignorais comment il s'était procuré mon adresse, j'étais simplement excitée et totalement stressée. Je retournais dans la salle de bains pour enfiler la sublime lingerie et trouver la tenue appropriée pour la dissimuler.

Mes tripes et ma tête me criaient d'ignorer sa demande mais les papillons dans mon ventre étaient déjà à la fête. Après les sous-vêtements, je me glissais dans une paire de jeans blancs. Je complétais avec un chemisier bleu et des escarpins de couleur marine. Quelques mèches bouclées au fer et s'échappant de mon chignon bas, un maquillage léger et j'étais prête. On verrait ce que nous réservait la suite. Je me fis un clin d'œil dans le miroir.

J'aurais été incapable d'expliquer pourquoi je faisais tout ça. Cet homme avait pris possession de mon corps. Ce dont j'étais sûre est qu'il me désirait et que je le désirais tout autant.

4

NICHOLAI

Mon assistante Jennifer était assise, un dossier devant elle contenant une photo de Natasha Greenwell et une biographie. Natasha avait grandi dans le Nantucket et n'était venue à New York qu'au moment d'intégrer une université en internat.

Son père était agent au FBI mais il n'y avait pratiquement pas d'informations sur sa mère. Natasha suivait ses cours à l'université de New York et y préparait un diplôme en Génie Mécanique. Je savais déjà comment m'y prendre avec elle et même si c'était un coup de poker, ça en valait la peine. Je ne mettrais mon plan en œuvre que si elle essayait de se débarrasser de moi.

- Alors tu recommences avec ces débutantes du CBGM, se moqua Jennifer. Elle était la plus jeune de mes cousines et mon assistante et je l'adorais.

- Ça me regarde, Jen. J'embrassais son front et pris le dossier avant de quitter le bureau. Je le déposais au coffre, pour plus de sécurité.

Natasha représentait un challenge mais je la voulais de toutes les manières imaginables, pour mon plaisir et satisfaire tous mes désirs. Il était déjà midi et demie, bientôt l'heure de nous retrouver au bâtiment du CBGM. Je quittais le bureau et me dirigeais vers la voiture où m'attendait mon chauffeur.

Il nous fallut la demi-heure pour arriver ; la circulation était dense. Je ne supportais pas d'être en retard, que ce soit pour une réunion d'affaires ou un rendez-vous amoureux.

- Josh, vous pouvez passer par la porte de derrière, indiquais-je au chauffeur. Sur mes instructions, il gara la voiture sur un parking encore désert. Elle aurait déjà dû être là.

Au bout de quelques instants, une Toyota Camry blanche arriva. A mon grand étonnement, mon cœur s'emballa à la vue de son beau visage, sachant qu'elle ne venait que pour moi. J'avais eu peur qu'elle me pose un lapin.

Je mis mon masque et descendis de la voiture, les clés du Club en main. Il n'y avait personne en vue, nous serions seuls. Elle me vit arriver mais attendit près de sa voiture. J'ouvris la porte du Club et lui fit signe de me rejoindre après avoir mis son propre masque.

Elle était encore un peu nerveuse ce qui la rendait très sexy.

- Natasha, je suis heureux que tu aies pu venir. Je lui souris.

- C'était moins une, dit-elle en arrivant à ma hauteur.

- J'en suis ravi. Je lui adressais un grand sourire qu'elle ne sembla pas remarquer.

Nous descendîmes les marches de pierre avant d'arriver à la porte rouge, sans qu'un mot n'ait été prononcé. Je lui ouvris la porte du lieu désert, où rien n'évoquait plus la soirée qui s'y était déroulée la veille, autre que ce qu'avait enregistré ma mémoire. Je la guidais par la main vers l'une des pièces privées.

- Qu'est-ce que je fais là ? demanda-t-elle.

-Tu m'appartiens pendant les 24 heures à venir, Natasha. Tu te souviens ? Je l'amenais vers le lit. Elle regardait autour d'elle et nos regards se croisèrent.

-Pas de condescendance avec moi. Je sais ce que tu veux mais je ne comprends pas pourquoi nous sommes ici. Elle restait plantée debout près du lit.

Je me rapprochais subrepticement d'elle, réduisant la distance.

Comme je te l'ai dit, tu m'appartiens pour l'instant. Je la poussais doucement vers le lit.

Elle me regarda, comme prête à protester. Je retirais ma chemise puis je remontais la sienne par-dessus sa tête, doucement, plantant des baisers sur sa gorge.

Mon corps crevait de désir pour elle et je finis d'ôter sa chemise et le soutien-gorge que je lui avais offert. Mes mains parcouraient ses seins pleins et je me penchais pour un prendre un dans ma bouche, le gauche était souligné d'une cicatrice.

Elle repoussa ma main et ferma les yeux, comme gênée.

- Arrête, lui dis-je en écartant ses mains. Je touchais délicatement la cicatrice. Qu'est-il arrivé ?

- C'est longue histoire qui a mal fini, répondit-elle, renonçant à détourner mon attention de l'imperfection mineure sur cette peau absolument parfaite.

- Tu me raconteras peut-être la prochaine fois, lui dis-je en embrassant la marque.

Mes mains se dirigeaient vers son entrecuisse, s'arrêtèrent pour défaire les boutons de son jean et le lui ôter. Son téton droit entre les dents, je m'attardais et jouais avec ses seins. Ma langue virevoltait autour de ses mamelons, les suçant au point de la faire frissonner.

C'est au sol que finit la petite culotte que je lui avais offerte. J'en déchirais le tissu délicat et la lui arrachais. Je sentais ma bite palpiter, si fort qu'elle semblait vouloir exploser mon jean. Je tentais de reprendre mon calme et continuais à l'exciter.

Ses gémissements emplirent la petite pièce. Tu te souviens des règles ?

Elle hocha la tête.

- Oui, je me souviens des règles, haleta-t-elle.

- Récite-les-moi, exigeais-je.

Elle me regarda incrédule. Je conservais un visage impassible et elle comprit immédiatement.

-On ne doit pas toucher, pas de baiser passionné, pas de bavardages et pas de crises.

-Pourquoi pas de crises ? demanda-t-elle.

Je m'assis et la fixais.

- Parce que je l'ai dit, répondis-je sur un ton neutre.

- Je préférais tellement voir plutôt qu'entendre le plaisir de la femme. Tout le monde pouvait crier mais un visage ne ment pas.

- Retire ton masque.

- Toi d'abord. Elle se releva sur un coude et je la repoussais sur le lit.

Je savais qu'elle se sentait frustrée par mes lubies mais j'adorais la voir s'agacer. - Maintenant, Natasha, lui dis-je, sévère.

Elle fit ce que je lui demandai mais ajouta, sans un certain culot :

- Voilà !

- Tu devras m'obéir toute la journée, dis-je en caressant sa joue gauche, la cajolant pour qu'elle accepte mes conditions. Je tentais de lui montrer quelle relation je souhaitais, obéissance, soumission et silence.

Je ne pus m'expliquer la pureté que je lus alors dans son regard. Elle ne dit pas un mot. Elle était devenue muette et je ne suis pas sûr que cela me plut. Mais je m'obstinais. Je me levais et lui tendis la main.

- Debout.

Elle se leva en s'aidant de ma main. Elle ne desserra pas les dents, affichant un air détaché laissant entendre qu'elle se conformait à mon autorité. Elle n'avait plus peur et il était évident qu'elle pensait avoir retrouvé le contrôle de la situation. Ce qui n'était pas le cas !

- Va là-bas, ordonnais-je en indiquant le coin gauche au fond de la chambre. Avant de la laisser, je pris son menton.

- Tu as confiance en moi ?

- Oui, j'ai confiance en toi, murmura-t-elle.

Ses seins étaient si beaux et fermes, appelant le jeu. Son corps était couvert de chair de poule et elle affichait sans le savoir une telle innocence et tant de pureté. Je l'accompagnais jusqu'au coin de la pièce.

- Ecarte tes bras et tiens-les à l'horizontale, dis-je en commençant à dégager le harnais. Elle écarquilla les yeux dès qu'elle aperçut les lanières de cuir noir dont je m'apprêtais à me servir pour attacher son corps que je comptais baiser sans relâche.

- N'aie pas peur.

Je tentais de la rassurer en lui caressant la joue droite avant d'immobiliser ses bras avec les attaches, puis ses cuisses et ses pieds. J'ajustais la hauteur de l'installation de manière à ce que nos sexes se rejoignent. Son regard montrait maintenant de la peur et je fixais une autre lanière sur sa bouche, destinée à l'aider à retenir ses cris. Je n'avais aucun doute qu'elle allait cette fois se rebeller.

Je réglais les courroies immobilisant ses cuisses de manière à ce qu'elle se trouve en position assise. Une fois Natasha installée, je défis la boucle de ma ceinture et me déshabillais totalement. Quand elle prit conscience de la taille de ma queue, son regard s'emplit de convoitise. J'attrapais une longue plume et commençais à en parcourir sa peau, la chatouillant jusqu'à ce qu'elle se tortille dans le harnais.

-Tu veux que je vienne en toi ? dis-je, moqueur.

Ne pouvant pas parler, elle hocha la tête. Je délaissais la plume pour me positionner entre ses cuisses et écrasais mon sexe contre le sien, me frottant contre son clitoris palpitant. Elle était tellement trempée que je ne pensais plus qu'à plonger en elle. Mais elle aurait à me supplier. Ses yeux étaient presque révulsés mais elle ne suppliait toujours pas.

Je me reculais alors et m'agenouillais pour la lécher plus à mon aise. Son corps tressaillait à chaque passage de ma langue sur son bouton du plaisir que je travaillais ardemment. Je lus un tel désir dans ses yeux que j'immisçais ma langue dans sa vulve, la fouillant fiévreusement.

Elle laissa échapper un cri étouffé, me suppliant enfin. Je me relevais et suçais son téton droit tout en pinçant l'autre. Ma langue léchait et suçotait son mamelon pendant que, de l'autre main, je frottais ma bite contre sa vulve trempée.

J'introduisis le bout de mon gland et elle se cambra, probablement à cause de quelques douleurs résiduelles après notre soirée de la veille. Je la pénétrais lentement mais son vagin semblait vouloir me retenir, mettant mon sang-froid à l'épreuve. C'était la plus parfaite des partenaires que j'ai jamais soumises. Je mis ça sur le compte de son inexpérience. Encore étroite par manque d'utilisation.

Je jouais avec ses seins tout en la fouillant d'un mouvement de reins régulier. Elle se détendit et je trouvais ma vitesse de croisière.

-Je vais tellement bien te baiser que tu ne pourras plus m'oublier. Je la fixais intensément en lui parlant. Elle gémit alors que je poursuivais mes va-et-vient.

-Je veux que tu jouisses sur commande, à chaque fois que je m'introduis dans ta chatte et à partir de maintenant. J'étais au summum de ma puissance et je la basculais d'avant en arrière, sentant mes couilles cogner contre son cul alors que je la pilonnais à nouveau.

-Tu aimes comme je te prends ? demandai-je, d'un ton définitivement lubrique. Elle hocha la tête, essayant de garder les yeux ouverts, comme en transe. La force avec laquelle elle avait verrouillé mes hanches entre ses cuisses m'indiqua qu'elle s'approchait de l'explosion. Je me retirais brusquement.

-Pas encore. Elle râla de frustration jusqu'à ce que je m'enfonce à nouveau en elle jusqu'à la garde.

Elle ne retenait plus sa tête comme en pleine extase. J'étais proche de jouir et l'évitais en me retirant encore et je commençais à la libérer de ses liens. Elle ne portait plus que son bâillon lorsque je la guidais vers un mur presque nu, contre lequel je la retournais. Je lui passais rapidement des menottes aux poignets, que je suspendis à un crochet au-dessus de sa tête. J'attrapais alors son cul et l'attirais à moi.

- Tu es prête ? demandai-je. Elle l'était. Je la fourrais subitement et commençais à accélérer mes coups de reins. Mon érection devenait douloureuse et mes couilles étaient pleines, prêtes à tout lâcher.

- Putain, Natasha, tu es trempée. Je gémis et elle geignait. Je savais qu'elle était presque prête à jouir mais je voulais jouir avec elle.

- Maintenant, Natasha. Je grognais quand mon dernier coup de queue me fit prendre mon pied. Elle jouit à son tour dans un hurle-ment étouffé par le bâillon et tout son corps se mit à trembler. Elle se tortilla violemment contre moi et nos sueurs se mélangèrent.

Elle était incroyable !

5

NATASHA

J'étais totalement crevée. Il avait joué avec mon corps jusqu'à ce que je le supplie de me baiser. Je n'avais pas vraiment apprécié le côté supplications mais ça en valait la peine. Déjà qu'il ne m'avait pas été autorisée à crier.

Je haletais encore quand son corps luisant de sueur s'effondra contre moi. Mes poignets commençaient à me faire mal, car je me tenais debout, les bras attachés juste au-dessus de la tête.

- Maintenant que tu m'as obéi, tu peux accéder au niveau suivant, dit-il, très factuel.

Je me demandai intérieurement de quoi il s'agissait, il ne m'avait jamais parlé de niveaux ! Il me libéra du bâillon et je dus ouvrir et fermer ma mâchoire à plusieurs reprises pour récupérer de la douleur infligée.

-Je pensais que je t'appartenais pendant 24 heures. Et qu'après, je retournerais à ma vie ordinaire et tu retournerais à la tienne. Je veux dire que je ne suis allée à cette soirée que pour dépanner Dani. Je n'ai pas l'intention de devenir l'une de ces filles. Jamais.

Il rit, légèrement.

- Ça n'a rien à voir avec le CBGM. Je te parle de trouver ma débutante. Tu es ma nouvelle recrue. Tu vois, je t'ai marquée de mon sceau, ce qui m'autorise à te garder aussi longtemps que je le veux. Et je te veux, Natasha, toute à moi.

J'étais complètement perdue. Je n'avais jamais accepté qu'on me marque ou d'être une putain de recrue. Dani m'avait tendu un piège pour que j'y aille ! Pour me faire marquer comme du bétail par une espèce de trou du cul milliardaire obsédé. Elle savait ce qu'il m'arriverait et elle ne m'avait jamais prévenue de ce qui se passerait si je l'accompagnais.

- Ne te sens pas trahie. Dani n'a fait que ce que son contrat exige d'elle. Tu comprends, nous avons tous des désirs et j'ai l'habitude de toujours obtenir ce que je veux. Si tu veux te retirer, il ne te reste qu'à trouver un autre membre du CBGM disposé à te prendre malgré mon sceau sur ton épaule. Opération quasiment impossible, je te le garantis, répondit-il. J'étais folle de rage.

Mon sang bouillonnait et je ne voulais plus rien avoir affaire avec cet homme et ses jeux dégueulasses. Tout ça parce que j'avais rendu service à une amie parce que j'étais fauchée. Mais je n'étais pas désespérée à ce point et si elle avait été honnête avec moi, je ne l'aurais pas accompagnée.

- C'est du grand n'importe quoi ! Je n'ai jamais accepté tout ça.

- M'as-tu laissé te marquer ? M'as-tu laissé te baiser non seulement une mais deux fois ? Et n'as-tu pas accepté de m'appartenir ?

Il me posait tant de questions alors que mon esprit tentait de trouver une issue à ce cercle vieux. J'étais encore embrumée par tout l'alcool que j'avais bu la nuit précédente et je ne pouvais même pas me souvenir si j'avais ou non accepté toutes ces choses ou s'il s'était juste servi. Mais j'étais sobre quand j'avais accepté de le retrouver aujourd'hui, j'avoue. Sa main me broya l'épaule et je m'éloignais de lui, le visage tordu de dégoût.

-Arrête !

- Natasha, tu connais les règles, me rappela-t-il, c'est moi qui décide. C'était la moindre de mes préoccupations sur l'instant, alors que je tentais de le détester pour m'avoir entraînée dans ce sordide club auquel il appartenait. Il essaya de me toucher mais je repoussais sa main brutalement.

- Natasha, tu mérites une punition, mais après cette fantastique partie de jambes en l'air, je n'ai pas envie de te punir.

Il se rapprocha de moi alors que je reculais en sentant sa main frôler mon corps mais je ne parvenais ni à l'esquiver ni à l'arrêter. La peur reprenait le dessus maintenant que s'imposait à moi la réalité, j'étais totalement seule face à cet homme. J'aurais voulu pouvoir l'effacer de ma mémoire.

- Je me fiche de ce que tu peux me faire maintenant parce que je ne joue plus à ton jeu abject, Bill, ou quel que soit ton nom, crachais-je violemment après avoir rassemblé tout mon courage et concentré toute ma colère dans le regard que je lui jetais.

Il afficha une expression amusée et un large sourire. Comme tu voudras. Il s'éloigna et ramassa mes vêtements sur le sol alors que je me liquéfiais littéralement en une mare de dégoût de moi-même.

J'avais laissé un total inconnu me marquer et me baiser dans la salle de bains d'une espèce d'entrepôt plein de monde. Pour couronner le tout, j'étais revenue dans le même bâtiment pour me faire baiser à nouveau par l'homme et de mon plein gré.

Chaque centimètre carré de ma peau était douloureux. Ma bouche sentait encore la morsure du bâillon qu'il m'avait fait porter pour que je me taise. Et je ne savais pas ce qu'il était en train de faire avec mes vêtements. J'étais certaine qu'il n'allait pas me laisser partir comme ça. Pas déjà.

- Rhabille-toi, dit-il négligemment, jetant les vêtements à côté de moi sur le lit.

Je me levais péniblement, enfilais mon jean et ma chemise, abandonnant le soutien-gorge et la culotte qu'il m'avait offerts là où il les avait balancés. Ma bouche me faisait mal, les commissures en avaient été mordues par le cuir.

Il m'observait alors que je m'habillais. Je ramassais mes chaussures et me tournais pour quitter la pièce. Il ne dit pas un mot quand je saisis le bouton de la porte. J'étais sûre qu'il ne voulait pas me voir partir avant la fin des 24 heures. Je m'attendais presque à ce qu'il me rejoigne à la porte et me ramène à son lit de torture. Au contraire, je le vis du coin de l'œil se rallonger sur le lit et me fixer.

Comme il ne dit rien, je tournais le bouton de la porte et l'ouvrit. Je ne m'explique toujours pas pourquoi je ne me suis pas simplement enfuie en courant, mais je n'en ai rien fait. Je me retournais et le regardais à mon tour.

Son sombre regard étincelant me transperça, au travers du masque noir. Trop de questions restaient sans réponse mais je savais qu'il n'était pas homme à y répondre. Il n'allait pas se transformer pour devenir le gentil petit copain idéal.

Cet homme était tout sauf le genre que l'on présente à son père. Mon père aurait tué cet homme. En une fraction de seconde !

6

NICHOLAI

Alors qu'elle quittait la pièce ce jour-là, en totale confusion, je commençais à imaginer que peut-être, elle voulait autre chose. Quelque chose que ne pouvais pas lui offrir. Quel qu'ait été son désir, tout ce que je pouvais lui proposer était le sexe et le contrôle. Mais j'avais adoré sa beauté insolente et la résistance qu'elle avait opposée à l'idée de m'appartenir.

Cette nuit-là, j'avais voulu imposer mes règles mais j'avais dû y renoncer ou elle se serait sauvée avant même que je puisse mieux la connaître. Dani m'avait communiqué son numéro de portable mais elle ne répondait ni à mes appels ni à mes messages.

Je commençais à penser qu'elle aimait être corrigée. Je l'avais laissée quitter l'entrepôt mais je n'avais pas l'intention d'en rester là. Je pensais qu'elle l'avait compris.

Après avoir passé une semaine entière sans elle, j'optais pour mon Plan B. Comme je le lui avais dit, je la voulais. Et j'obtiens toujours ce que je veux, quoi qu'il en coûte.

- Nicolaï, tu m'entends, cria mon père de l'autre côté de la table.

- Je t'entends, Père. Je le regardais jouer avec un stylo-plume mais toutes mes pensées tournaient autour de Natasha.

- Donc, tu va bien fermer ce compte d'ici à la fin du mois ? Prends un vol pour Bangkok dès que possible ! hurla-t-il, poussant le portfolio du client vers moi avant de se lever et de quitter la Salle du Conseil suivi par les actionnaires.

Mon assistante resta assise à côté de moi alors que tous quittaient la salle.

-Jen, trouve-moi le nom de tous les stagiaires, je vais avoir besoin d'aide. Il nous faut de nouvelles têtes ici. Assure-toi que celui-ci est en haut de la liste. Je lui tendis une feuille de noms et celui de Natasha Greenwell y était souligné. Je la voulais. Je voulais l'avoir sous la main !

Je passais le reste de la journée à passer des coups de fil professionnels avant de descendre à l'entrepôt pour le compte de la société. Ma famille était propriétaire de Grimm Défense & Technologie et m'en avait confié la direction un an après que j'eus fini mes études.

Je détestais avoir à travailler pour ma famille et je détestais les affaires que nous traitions. Je traversais l'entrepôt le casque vissé sur la tête, en compagnie du superviseur et du responsable opérationnel.

- Nous allons pouvoir honorer les commandes jusqu'à la fin du trimestre mais nous rencontrons un nouveau problème, Chris, dit le superviseur en se tournant vers moi.

- Oui, de quoi s'agit-il ? demandai-je. Ils se consultèrent du regard.

-Le FBI rôde dans les parages, répondit Chris. Il semblait donc que nous étions tombés sous les radars du FBI, pour la énième fois.

-Très, bien, je m'en occupe. Assurez-vous juste de ne pas alimenter la rumeur, dis-je sévèrement, avant de rendre mon casque et de quitter les lieux.

J'avais une petite idée quant à l'identité de notre visiteur et j'allais lui rendre une petite visite dès que j'en trouverais le temps. Mon père n'avait pas besoin d'en avoir vent, il m'en attribuerait la faute. Il trouvait toujours une raison pour me blâmer de quelque chose.

Mon père, Nicholas Grimm, était un homme dur et autoritaire et bien que je le lui reproche, je n'étais parfois pas très différent de lui.

J'avais été élevé selon ses règles, qui n'étaient pas idéales, mais ma mère ne s'y était jamais opposée. Lorsque je commençais à travailler pour l'entreprise que mon grand-père, le père de mon père, avait montée en arrivant d'Allemagne, je rejoignais le CBGM, Club fondé entre autres par mon grand-père.

Je découvris alors que mon père avait eu de nombreuses aventures. J'adorais ma mère, peu importe le fait qu'elle ait été elle aussi une des débutantes du CBGM et qu'elle soit parvenue à l'épouser presque contre son gré.

Mon père était tout sauf fidèle et m'avait souvent dit que la monogamie n'était pas humainement possible. J'avais commencé à le croire, n'ayant pour ma part pas encore trouvé la perle capable de me retenir.

C'est Natasha qui m'avait changé, occupant déjà mon esprit plus qu'aucune autre avant elle. Je savais qu'il me fallait la libérer de mon système de pensée, et vite.

Il n'y avait pas d'autre option !

NATASHA

Cela faisait presque deux semaines que j'avais rencontré Bill, ou quel que soit son nom et je considérais la possibilité de lui céder. J'avais ignoré tous ses appels et ses messages.

Il m'avait aussi envoyé des petits cadeaux accompagnés de messages me rappelant que je lui appartenais. Je reçus un jour un magnifique bouquet, disposé dans un vase de prix, où le petit mot me rappelait explicitement combien il m'avait fait crier et son désir de m'emplir à nouveau. Message qui fit immédiatement écho à mes pensées inavouables lorsque je lus ses mots. Mais je n'étais pas encore disposée à le satisfaire, quels que soient les messages de manque envoyés par mon corps.

Dani m'expliqua les détails de son contrat et la façon dont elle s'était laissée berner par cet accord ridicule. Une partie de moi lui en voulait encore du fait qu'elle ne m'avait pas mise en garde contre ce qui m'attendait si je l'accompagnais, y compris la règle du marquage. Elle n'avait peut-être fait que ce qui était exigé d'elle et je faisais seulement partie des dispositions contractuelles. Je m'en fichais en réalité puisque j'étais parvenue à m'échapper des griffes de cet homme nanti.

J'attrapai un toast et sortis pour aller en cours ce jour-là. J'avais un devoir de recherche à rendre. C'était ma dernière année et j'étais enfin presque débarrassée de tout ce travail fastidieux.

Une boîte m'attendait sur le comptoir lorsque je sortis de ma chambre. L'un des surveillants devait être de mèche avec lui, car tous les jours, on m'apportait secrètement une nouvelle boîte.

Plutôt que d'ouvrir le carton je le déposais dans ma chambre et le cachais dans mon placard. Je regarderai ce qu'il contenait plus tard. En ce qui me concernait, il restait infréquentable et aucun cadeau n'y changerait rien.

A mon arrivée sur le campus, je remarquais qu'une session de recrutement avait été organisée, un recruteur était à la recherche de stagiaires. Je décidai de passer les quelques minutes avant que commence mon cours à prendre des informations sur les sociétés et les postes proposés.

Aucune des propositions ne m'intéressait, je traversais donc les groupes d'étudiants et me dirigeais vers ma salle de cours. Une fois dans la classe, je m'assis et consultais mes emails, remarquant que trois nouveaux messages m'avaient été postés dans la nuit par Bill. Je les effaçais sans les lire.

Le Professeur O'Hara fit son entrée et se dirigea directement vers moi.

- Bonjour Professeur O'Hara, dis-je avec un grand sourire en rangeant mon portable.

- Bonjour, Mademoiselle Greenwell. J'imagine que vous avez apporté votre travail de recherche. Il s'assit à quelques places de moi.

- Oui, cette fois, j'ai réussi à le terminer à temps. Je ne pus m'empêcher de glousser, ce devoir de mi-trimestre n'étant jamais noté.

- Je voulais vous parler car j'ai reçu une offre de stage pour vous et je vous ai recommandée. Ça n'est pas forcément la société que j'aurais choisie pour vous mais ce stage peut être une opportunité de vous faire une expérience, m'annonça-t-il.

J'étais consciente qu'il m'était nécessaire de trouver un stage avant de pouvoir passer mon diplôme mais je n'avais remarqué aucune entreprise susceptible de m'aider dans ma carrière.

- Où ça ? demandai-je après quelques instants de réflexion.

Il se racla la gorge. Grimm Défense & Technologie. Voici le dossier de candidature et une fiche descriptive de la société. Il déposa les papiers et retourna à son bureau.

Je parcourrais rapidement le dossier et une fille, Sara, s'assit près de moi.

-Salut, je viens de discuter avec le recruteur de cette société. Tu vas déposer ta candidature pour le poste de stagiaire ?

Je n'avais pas vraiment fait attention à ce qui était inscrit sur la fiche. Je ne sais pas, je n'ai jamais envisagé d'intégrer l'industrie de la défense. Je haussai les épaules.

- Et bien j'espère que tu vas postuler, je connaîtrai au moins une personne là-bas, murmura-t-elle alors que le cours venait de commencer. Le recruteur m'a embauchée.

- Je vais postuler alors. Dans quel département vas-tu travailler ? lui demandai-je.

- Au département des Technologies de l'Information. Essaie d'obtenir un poste là-bas aussi.

A la fin du cours, je rendis mon dossier de candidature au professeur et me dirigeais vers le prochain cours. Je n'arrêtais pas de penser à ces putains de boîtes sans en comprendre la raison. Toute la journée, elles se rappelaient à moi, je décidais donc de toutes les ouvrir en fin de journée, pour assouvir ma curiosité.

En rentrant chez moi cet après-midi-là, je me préparais un plat surgelé pour le dîner et enfilais un pyjama et un tee-shirt. Je sortis les cadeaux du placard et m'assis en tailleur sur le sol de ma chambre pour les ouvrir.

Je trouvais dans la première boîte une culotte ouverte et le soutien-gorge assorti, ainsi qu'un petit mot. « Tu m'appartiens. Donc j'attendrai, Natasha, que tu viennes vers moi. Mais sache que chaque lettre que tu auras ignorée te vaudra une correction. » Je froissais la note et la jetais dans la corbeille.

Lorsque j'en eus enfin terminé avec tous les cartons, je me retrouvais avec un tas de minuscules pièces de lingerie coquine. Je le désirais à nouveau, de la pire des façons, une bouteille de vin vide à côté de moi et un dîner brûlé dans le four.

Après m'être occupée de mon repas gâché, je pris une décision. Je ne pouvais plus résister à cet homme. Je crevais de l'envie de sentir à nouveau ses mains sur mon corps. Je suis sûre que c'est tout le vin et le manque de nourriture qui me poussaient à retourner vers lui. Je savais aussi que je risquais d'être punie pour le fait de l'avoir ignoré.

Mais ce sceau qu'il avait apposé sur mon épaule était toujours là. L'encre utilisée devait contenir du henné ou un produit indélébile, car la marque ne partait pas. Je la contemplais tous les soirs en sortant de la douche et finalement, je me fichais de recevoir d'autres fessées. Je pouvais encaisser. J'avais tellement envie de le sentir à nouveau.

Je réalisais un beau maquillage smokey, assorti d'un rouge à lèvre et mit un des masques Vénitiens qu'il avait prévu dans une des boîtes, avant de lisser mes cheveux.

Une fois prête, j'attrapais mes clés. Je me rendis à l'entrepôt du CBGM et je savais qu'il s'y trouverait. C'était un vendredi, comme le jour de notre première rencontre.

Je retournais vers lui, prête à l'accepter lui et la correction qu'il allait m'infliger. Je ne savais pas encore dans quoi je m'embarquais.

L'ENGAGEMENT LIVRE DEUX

Une Romance de Milliardaire Bad Boy

Par Camile Deneuve

7

NATASHA

C'est en pleine montée d'adrénaline, toujours assise dans ma voiture, que je me préparais à entrer dans le bâtiment où j'étais quasi certaine de retrouver mon homme, Bill. De nombreuses voitures hors de prix étaient garées sur le parking, le Club des Beaux Mecs Milliardaires se réunissant le vendredi soir

Je rassemblai tout mon courage et me présentai devant la porte sur laquelle je frappai trois fois. Le même mec ouvrit la petite porte. CBMM Divertissement, dis-je.

— Greenwell ! Il me sourit et ouvrit la porte, apposant sur le dos de ma main un nouveau tampon. Je descendis le même escalier sombre et humide et frappai à quatre reprises aux coins de la porte rouge. A ma grande surprise, c'est une femme différente qui m'accueillit. Je lui communiquai le code. CBMM sexe.

Elle esquissa un léger sourire, vérifia le tampon apposé sur ma main et me fit signe d'entrer, sans jamais avoir prononcé le moindre mot...

Je traversai la salle sous les regards appuyés des hommes comme des femmes présents. Mon objectif était de rejoindre Bill. Je ne le trouvai ni à la table de poker ni ailleurs.

Je retournai vers le hall qui donnait accès aux chambres, à l'opposé de la salle de bains. La première pièce dans laquelle j'entrai n'était pas fermée à clé, mais vide.

Dans la deuxième, ouverte celle-ci, se trouvaient deux hommes et une femme, qui se faisait grimper par l'un des hommes alors que l'autre ne faisait qu'observer. Je refermai rapidement la porte et ouvrit la troisième.

Mon sang ne fit qu'un tour lorsque mes yeux distinguèrent son corps musculeux. Je reconnus son parfum si particulier et je me figeai, prise de vertige.

Il se tenait face à une femme, allongée les bras en croix sur le lit. Je ne voyais que son dos. Aucun des deux ne remarqua ma présence, la musique emplissant la pièce.

Mon cœur cognait dans ma poitrine, un accès de jalousie venait de m'assaillir. Je m'efforçai à reprendre mes esprits en le regardant volontairement jouer avec la femme dont il avait bandé les yeux. Je refermai discrètement la porte derrière moi, m'appuyai contre le mur et continuai à les observer.

Les lampes faisaient rougeoyer son torse luisant de sueur. Il ne portait ni chemise ni chaussures, n'ayant conservé que son pantalon noir. Il devait porter son masque car je voyais les liens noués à l'arrière de son crâne.

Lorsqu'il leva la main, je vis qu'il tenait un petit fouet. Il l'abattit sur son tendre mont de Vénus et tout son corps tressaillit sous la morsure du cuir. Mes jambes cédaient presque sous mon poids et je réalisai que j'aurais tué pour être celle qu'il punissait.

Il la souleva ensuite, la retourna et la poussa pour l'allonger le ventre contre le lit. Se penchant sur elle, il entreprit d'embrasser son dos, de l'échine au bas des reins et plaça délicatement ses doigts dans elle. Tu es prête à m'accueillir ? demanda-t-il.

Elle grogna, ce qu'il prit pour un acquiescement. Lorsqu'il se retourna pour reposer le fouet sur la table, il croisa mon regard. Il fut d'abord surpris de ma présence mais me renvoya vite un regard furieux au travers de son masque. J'imaginai qu'il n'appréciait pas être regardé.

— Qu'est-ce que tu fais là ? demanda-t-il d'un ton étouffé en se dirigeant vers moi.

Je détournai les yeux et retirai mon loup. Je voulais te voir.

Il se rapprocha de moi, ses mains effleurant mon bras de haut en bas. Je ne pus retenir un gémissement et fourrai mon nez dans son cou, lui léchant l'oreille. Il restait pourtant planté là, seules ses mains bougeaient.

Je devinai combien il me désirait à ce moment-là, debout devant moi, la respiration calme et lente. Pourquoi maintenant ? Je suis occupé. Il me sondait du regard, y cherchant des signes, de jalousie peut-être. Ou tentait-il une invite à les rejoindre ?

En toute honnêteté, j'étais jalouse de cette femme toujours allongée et qui l'attendait sur le lit. Je fis donc ce qu'aurait fait toute femme jalouse. Je le provoquai. La prochaine fois, peut-être. Je remis mon masque et me tournai vers la porte.

Il attrapa mon poignet et me tordit le bras jusqu'à m'amener contre le mur. Il respirait avidement mon parfum et me bloqua, son corps écrasant le mien contre le mur.

Mon corps enfiévré réclamait d'être pénétré mais cette fois il prit son temps. Il me lécha derrière l'oreille tandis que ses mains saisissaient mes seins. Tu m'as manqué, Bill. Les mots m'avaient échappé alors que je savais qu'ils me vaudraient une punition. Et je savais bien que j'en aurais bien d'autres, l'ayant snobé pendant deux semaines.

Mais il recula simplement d'un pas pour plonger son regard dans le mien. Tu m'as manqué, Natasha.

Il m'embrassa passionnément comme s'il avait une raison de le faire, ou peut-être parce que lui aussi avait enfreint les règles. Je gémis doucement lorsque ses mains parcoururent ma peau brûlante. Sa bouche avait enfin trouvé mes seins et il me débarrassa de ma robe.

Tu les portes ? Il me contemplait d'un regard chargé de désir et de surprise tout en pétrissant mes seins au travers du fin tissu. Le soutien-gorge comportait une petite poche invisible cousue à l'intérieur et j'y avais placé un double des clés de ma chambre pour le lui donner.

Tu dois t'en aller, Natasha, dit-il en acceptant la clé. J'ai des choses à faire.

Il se détourna de moi et je le vis placer la clé dans sa poche. Il retourna vers la femme et entreprit de caresser son cul rebondi. D'une claque sur les fesses, il l'avait remise en condition, j'en étais malade.

Il me laissait dans un état de manque absolu. Il ne se retourna même pas et je me dirigeai vers la porte, l'abandonnant à cette femme qui, je venais de le remarquer, ne portait même pas sa marque sur l'épaule.

Je retournai chez moi dépitée. Pourquoi m'avait-il infligé ça ? Je n'aurais pas dû y aller, je savais bien quel genre d'homme il était. Il n'était pas mon petit ami donc il ne m'avait pas trompée. J'en souffrais pourtant tout autant.

Il m'avait une fois de plus humiliée avec sa froideur, me ramenant violemment à la réalité de son besoin implacable de domination. Et l'ignorer pendant deux semaines avait entraîné cette punition, j'en étais certaine. Ce dont je n'étais pas sûre en revanche était ce qu'il avait prévu pour nous.

NICHOLAI

Amber ne m'intéressait plus autant qu'avant que Natasha ne survienne. Elle s'était montrée assez contrariée lorsque je lui avais demandé de partir sans lui donner la moindre explication. Si je n'avais plus la tête à m'occuper de cette fille, je ne pouvais ni ne voulais me forcer.

Quelle qu'intense ait été mon excitation, je ne pouvais plus penser qu'à Natasha et la robe rouge qui soulignait si bien ses formes. Je me rhabillai et me précipitai pour constater qu'elle avait bien quitté le Club. Je n'avais pas voulu qu'elle parte.

Elle m'avait pris au dépourvu. La réaction que j'avais eue en m'apercevant de sa présence était inédite. J'avais du me réfréner pour ne pas me précipiter vers elle pour prendre dans mes bras et l'embrasser, nom d'un chien !

Je ne rêvais que de la jeter sur ce lit et la prendre de toutes les manières que j'avais pu fantasmer pendant les deux semaines où elle m'avait ignoré. Et je crois que c'est la façon dont elle m'avait traité qui m'avait désarçonné le plus.

Je tripotais la petite clé cachée dans ma poche et bus d'un trait un verre de whisky. La soirée était gâchée. Mon désir était à son paroxysme mais je ne voulais qu'elle.

Elle allait penser que j'avais baisé cette fille avec laquelle elle m'avait trouvé, j'en étais sûr. Et c'était tant mieux. Après tout, si elle ne m'avait pas snobé, je ne me serais pas retrouvé dans ce lit. Elle n'avait eu que ce qu'elle méritait et elle se souviendrait que je ne suis pas un homme que l'on fait attendre.

Autant qu'elle l'apprenne dès à présent. Mais l'étincelle de jalousie que j'avais décelée dans son regard était teintée de tristesse. Cela m'avait frappé. Et des mots que je n'avais jamais prononcés auparavant me venaient maintenant à l'esprit.

Mon cerveau était bouleversé par toutes ces choses que j'avais envie de lui dire. J'avais tellement de questions à lui poser et surtout celle qui me brûlait les lèvres : pourquoi elle m'avait exclu se sa vie de cette façon.

Est-ce que je ne lui avais pas envoyé des cadeaux lui prouvant que je pensais à elle et la désirais ? Est-ce que je n'avais pas, tout au long des SMS que je lui avais envoyés, expliqué qu'elle m'appartenait et qu'elle rendait les choses plus difficiles encore en ne répondant pas à mes appels ?

J'avais fait tout ce qui était en mon pouvoir pour lui faire savoir qu'elle devait arrêter d'être aussi têtue et revenir vers moi. Elle devait accepter la punition et nous pourrions alors avancer. Je lui avais expliqué tout ça tous les jours. Et elle n'avait rien trouvé de mieux que de débarquer au Club. Il aurait suffi qu'elle réponde à mes appels ou même qu'elle m'envoie un texto pour s'excuser ou me proposer que l'on se rencontre pour se faire pardonner.

Elle savait désormais ce qu'il se passait lorsqu'on ne se rendait pas disponible pour moi. Après tout, rien que de très normal pour un homme qui n'est pas engagé avec une seule femme.

La clé à la main me fit penser à quelque chose de vraiment idiot.

Je ne pouvais pas aller chez elle. Ce serait un aveu de faiblesse et c'était hors de question.

Peut-être avait-elle pensé que porter ma marque lui accordait un statut d'officielle ou quelque chose comme ça. Ses yeux m'avaient confirmé qu'elle était naïve sur de nombreux plans. Je savais qu'elle ne se rendait pas compte de ce que sa présence dans notre club signifiait. Avais-je tort de penser qu'elle ne réalisait pas non plus ce que mon engagement envers elle voulait dire ?

Etais-je engagé vis-à-vis d'elle ?

J'avais déjà marqué des femmes auparavant. Cela voulait simplement dire qu'elles m'appartenaient, pas que je leur appartenais. Et elles le savaient toutes. Elles savaient à quoi s'en tenir et l'acceptaient, c'était clair et net.

Natasha ne comprenait pas encore ce fonctionnement et je l'avais prise. C'était donc ma responsabilité de lui enseigner les principes de mon monde.

Je lâchai la clé et sortis ma main de ma poche. Elle allait devoir patienter une semaine. Elle saurait alors exactement ce que j'avais ressenti. Et quand elle viendrait travailler pour moi, je pourrai la revoir. Les pendules auraient alors été remises à zéro et elle saurait qu'il ne faut pas jouer avec moi.

Je n'étais pas un homme dont on se joue des émotions !

8

NATASHA

Les talons de mes escarpins claquaient sur le sol carrelé alors que je pénétrai dans l'immeuble Grimm Défense & Technologie. J'avais choisi un ensemble assez classe pour l'entretien, une robe beige juste au-dessus du genou, un maquillage léger et un chignon. J'avais chaussé mes lunettes de lecture, prête à lire et signer tout papier que l'on me présenterait.

Je m'étais documentée sur l'entreprise car on m'avait prévenue que des questions pointues pourraient m'être posées. J'avais désespérément besoin de ce stage et m'étais donc préparée en conséquence. Elle comme ma copine de classe serait présente, j'imaginais que tout se présentait au mieux pour moi.

Quittant le lobby, le carrelage laissa place à un magnifique marbre au sol. Un lustre grandiose était suspendu au-dessus d'un imposant bureau en cerisier, point focal de la pièce. Une très jolie brunette m'accueillit en souriant à mon approche.

— Bonjour, lui dis-je.

— Bonjour, comment puis-je vous aider ? demanda-t-elle.

Un accès de nervosité me fit me racler la gorge. Je suis ici pour un entretien avec M Nicholaï Grimm.

Elle vérifia l'agenda posé sur son bureau. Avez-vous un numéro de confirmation à me communiquer ?

Je hochai la tête et attrapai mon portefeuille, en retirai une carte sur laquelle état inscrit le numéro. 052293.

— Je vous remercie, Mademoiselle Greenwell. Prenez l'ascenseur jusqu'au 38ème étage et sa réceptionniste se trouve à droite, dit-elle en m'adressant un clin d'œil. Bonne chance, le patron n'est pas un homme facile. Prenez garde à toujours rester professionnelle. Et si je peux me permettre de vous donner un petit conseil pour obtenir le boulot, montrez-lui le plus grand des respects, c'est ce qui marche avec lui.

Ca n'était pas fait pour me rassurer et je lui adressai un sourire avant de me diriger vers l'ascenseur. Je pouvais déjà imaginer le vieux con qui allait me faire passer l'entretien.

Il allait probablement m'assaillir de questions auxquelles je ne pourrai pas répondre. Mais je devais prendre mon mal en patience et encaisser comme je le pourrais. Obtenir ce stage était vital et j'avais intérêt à faire taire mes appréhensions.

J'avais l'estomac noué quand l'ascenseur s'arrêta au troisième étage. Je regardai les portes s'ouvrir lorsqu'un homme charmant rasé de près et très brun monta. Il me sourit et son regard dévia vers mon décolleté, plus profond que je ne croyais, le drapé de ma robe s'étant déplacé. J'y remis bon ordre, quelque peu embarrassée par la façon dont il me regardait.

Nous restâmes silencieux, je voulais seulement descendre de cet ascenseur, les papillons que j'avais dans l'estomac semblant se transformer rapidement en oiseaux géants. De plus, la stature élancée et athlétique emplissait presque tout l'espace de la cabine, me faisant me sentir toute petite. J'en fus réduite à contempler le sol pour retrouver mes moyens.

Comme les portes s'ouvraient, je descendis et l'homme en fit autant. Je sentais sa présence derrière moi et le sentir sur mes talons me rendait encore plus tendue.

Il disparut alors que j'atteignais le comptoir d'accueil. Je souris, reconnaissant en la réceptionniste le recruteur rencontré sur le campus. Bonjour, je suis Natasha Greenwell et j'ai rendez-vous avec M. Nicholaï Grimm.

— Par ici. Elle se leva et m'accompagna jusqu'à son bureau. Je la suivis, les mains moites. Je pris quelques inspirations alors qu'elle frappait discrètement à l'imposante double-porte en cerisier. Elle n'obtint pas de réponse mais ouvrit et fit un pas de côté pour me laisser le passage. Entrez, dit-elle avant de s'éclipser.

Les larges portes se fermèrent silencieusement derrière moi. Une vague d'anxiété m'envahit, sous la forme de bouffées de chaleur insupportables. Dès mon arrivée dans le vestibule menant au bureau, je pus apercevoir les buildings de la ville.

La vue panoramique était à couper le souffle et j'entrai dans un bureau désert où trônait en son centre un immense bureau. Je me dirigeai vers les immenses baies vitrées et contemplai le sublime panorama urbain à mes pieds. Ma respiration ralentit bientôt et mon corps retrouva sa température optimale à cette vue apaisante. Je profitai de la beauté de la ville et de l'étendue des gratte-ciels. J'étais déjà entrée dans l'un de ces buildings mais aucun d'entre eux n'offrait pareille vue.

— Natasha. Une vois familière derrière moi me tira de ma contemplation.

Je me retournai et me trouvai face à l'homme de l'ascenseur. Sa voix ne m'était pas inconnue. Son corps non plus. Je reconnaissais aussi ces cheveux et ces yeux.

C'était Bill !

9

NICHOLAI

Je la regardai alors qu'elle se tenait là, bouche bée comme si c'était la première fois qu'elle me voyait sans masque. Ses lèvres pleines me firent bander immédiatement, incapable que j'étais de ne pas les imaginer autour de ma queue.

— Natacha, l'appelai-je en réduisant l'espace qui nous séparait. Incapable de fixer son regard, elle se racla la gorge.

— Je... je suis désolée, dit-elle d'une voix étouffée.

— Regarde-moi, Natasha. Je relevai son menton, frottant doucement mon pouce sur ses douces lèvres.

— Je suis ici pour un entretien ou pour te divertir et que tu me laisses tomber en pleine excitation ? demanda-t-elle d'un ton plus que coquin.

Je reculai d'un pas et remis mes mains des mes poches alors qu'elle continuait à considérer tout ce qui l'entourait. En fait, tu étais déjà embauchée quand tu as franchi les portes de ce bâtiment. Donc, pour répondre à ta question, non, tu n'es pas ici pour un entretien. Mais il y a une règle à laquelle je ne dérogerai pas. Je la regardai alors pour m'assurer que j'avais toute son attention.

— Et de quoi s'agit-il ? Elle me fixait du regard.

— Je ne tolèrerai aucun rapport personnel avec tes collègues. Compris ?

Son expression traduisait l'état de confusion et de doute dans lequel elle était. C'est tout, Bi... Nicholaï. Comment dois-je m'adresser à toi d'ailleurs ? demanda-t-elle, troublée.

— Puisque tu en parles, je préfère Nicholaï. Et lorsque nous sommes en privé... Maître. Je ne pus retenir une grimace lorsque je vis son regard surpris.

— Maître ? répéta-t-elle, incrédule.

— Oui. Je hochai la tête sèchement.

— Mais tu m'as pourtant bien dit pas de relations personnelles n'est-ce pas. Tu ne t'incluais pas dans le lot, Nicholaï ? Elle me provoquait du regard.

— Natasha, tu portes encore mon sceau sur ton corps, nous savons tous les deux ce que cela implique. Donc ça ne concerne pas nos rendez-vous. Mes yeux parcouraient son corps, s'arrêtant sur ses jambes superbes mises en valeur par la courte robe beige qu'elle portait. Le col dévoilait le pli formé à la naissance de ses seins et la robe moulait son ravissant mont de Vénus.

— Je ne me sens pas très à l'aise avec cette situation. Elle nous désignait du doigt.

Je restai de glace face à son malaise. Elle m'appartenait depuis cette nui-là.

Elle était celle que je désirais et elle se trouvait là où je la voulais. Elle était naïve et confiante, peu importait ce qui l'opposait à mon immoralité et à mon attitude détestable. J'avais besoin de fraîcheur, elle en avait à revendre. J'étais peut-être avide mais je me devais d'obtenir celle que je voulais. Quoi qu'il en coûte !

— Je sais que tu n'as pas trouvé l'un de ces vieux sournois pour valider l'accord, dis-je d'une voix neutre.

Je savais qu'elle n'avait même pas cherché à valider l'accord. Elle ne pouvait s'empêcher de triturer ses doigts quand elle se sentait nerveuse. Non, je n'ai rien fait de tel parce que je sûre qu'un homme comme toi ne fait que jouer avec une fille comme moi, jusqu'à ce qu'une petite nouvelle lui passe sous les yeux. Donc je préfèrerai qu'on en finisse et qu'on retourner vers nos vies, dit-elle, semblant contrariée.

Je la contournai et me plaçai devant les baies vitrées, contemplant le panorama urbain. Tu n'as aucune idée de ce que te réserve l'avenir. Mais je suis sûr que tu le découvriras bientôt.

Les apparences sont trompeuses et elle n'aurait pu dire, malgré ma tenue de prix et l'opulence de ce qui m'entourait, combien j'étais blasé. Quel que soit mon désir pour elle, tout ça n'était que mon quotidien depuis que j'avais pris la direction de la société. Elle ne représentait finalement que ma dernière victime.

— Je peux y aller maintenant ? demanda-t-elle, manifestement affectée.

Je ne pouvais pas la blâmer pour la perception qu'elle avait de moi et ne pourrais lui en tenir rigueur. Bien que ce monde soit le mien, je restais capable d'empathie face à celle que je possédais.

Je tournai les talons et la rejoignis. J'étais si près d'elle que je sentais le parfum de son shampoing et la chaleur irradiant de son corps.

— Au revoir, dit-elle en me tournant le dos et en se dirigeant vers la porte.

Sa démarche souple et le bruit si typiquement féminin des talons claquant sur le sol convoquèrent immédiatement des images de baise avec elle. Son corps était magnifique et le sexe avec elle était incomparable.

Il me la fallait !

— Natasha, l'appelai-je. Avant que tu ne partes, tu dois signer cet engagement. J'allai chercher le document sur mon bureau.

C'était tout ce qu'il me fallait pour m'assurer de la garder, aussi longtemps que je le voudrais. Notre engagement !

10

NATASHA

Jamais je n'avais ressenti une telle urgence à m'enfuir. Il se tenait là, condescendant et arrogant. Je savais que j'aurais à consentir à tout mais le soin qu'il portait à me le rappeler à chaque fois me semblait répétitif et puéril.

Malgré toute la force avec laquelle j'affirmais ne plus vouloir l'approcher, je savais que c'était pur mensonge de ma part. Et plus je me le disais, plus je lui ressemblais, immature et résolu à toujours tout contrôler.

Je savais que n'étais ni la première ni la seule et certaine que je ne serai pas sa dernière conquête. J'avais juste le sentiment que j'aurais dû être un peu plus maligne et ne pas me laisser prendre dans les filets de quelqu'un comme lui.

Il était riche et puissant dans tous les domaines et je n'y avais pas ma place. Il était bien loin, hors de ma portée. A part le sexe, il n'attendait rien de ma part.

— Natasha, appela-t-il. Je stoppai net à son injonction, qui me fit l'effet d'une décharge électrique. Je sentais mes entrailles palpiter, tout mon corps réclamant d'être basculé et obtenir le châtiment qu'il méritait. Je fermai les yeux dans une inutile tentative de me débarrasser de ces songes érotiques. Je me retournai, lentement, me maudissant intérieurement de n'avoir pas quitté ce bureau plus vite.

— Avant que tu ne partes, tu dois signer cet engagement. Il me tendit des papiers et un stylo.

Je me tordais presque le cou en le regardant. Qu'est-ce que c'est ? demandai-je, perplexe quant à ce soi-disant engagement.

— C'est un engagement pour nous, dit-il en sortant un carton qui ressemblait à ceux dans lesquels on emballe une belle robe. Mon cœur battait la chamade, incapable de gérer ma respiration. Tu sais quoi ? Que dirais-tu de dîner avec moi ce soir ? Il s'empara de la longue boîte.

Je restai immobile, tentant de décider si j'allais accepter sa proposition. J'allais refuser bien sûr. Je n'avais pas l'intention de me battre entre ses draps. Sa voix résonna à nouveau. Ce n'était pas une question donc tu n'as pas besoin de répondre. Il avait de nouveau adopté le regard noir et le ton autoritaire glaçant qu'il semblait affectionner. Je me sentis quelque peu désabusée, son attitude avait basculé en une fraction de seconde.

A contrecœur, je hochai la tête et me dirigeai vers la porte, prête à quitter la pièce.

En rejoignant l'ascenseur, me cœur me sembla prêt à exploser dans ma poitrine et la colère me submergea. Je pensai qu'il aurait dû me culbuter, là, tout de suite et en finir avec ce qu'impliquait le fameux engagement. Et finalement, il me provoquait avec ses sautes d'humeur cinglantes, comme si moi, je n'étais qu'un simple arrangement

Non, je voulais être plus que ça, je ne voulais même pas être ça pour lui. C'est tout du moins le sentiment que j'éprouvais à cet instant, que tout ça n'était une énorme erreur.

Pourtant, j'étais déjà impliquée, entraînée dans une histoire qui pouvait se résumer à une peau souple et un cœur froid. Nous étions deux âmes tourmentées qui avaient fini par entrer en collision et le destin allait tôt ou tard reprendre ses droits.

Une fois rentrée, je m'assis dans ma chambre, prostrée. Mon esprit était en veille et je devais m'atteler à mes révisions. Je n'étais pas d'humeur à m'asseoir au bureau et à me plonger dans mes bouquins.

Je finis par me traîner jusqu'à mon lit, m'enrouler dans les draps et m'installer pour une petite sieste. Nicholaï, Bill ou quel que soit le nom qu'il s'était choisi, avait pris beaucoup trop de place dans ma vie.

Je me creusais la tête à propos des réelles obligations qu'impliquait le fait de travailler pour lui. Etais-je supposée satisfaire ses besoins sexuels au bureau ou allais-je être en mesure d'acquérir des compétences qui me serviraient dans ma carrière à venir ?

C'est ce que l'on peut attendre d'un stage. Intégrer de nouveaux savoirs pour l'avenir. Peut-être m'enseignait-t-il des choses qui m'aideraient plus tard. Des connaissances sur le sexe, la douleur, l'angoisse.

Une petite voix me disait que je ne devrais jamais remettre les pieds à l'entrepôt. Je devrais simplement le laisser complètement seul.

Mais pourquoi le simple fait d'y penser me faisait souffrir à ce point ? J'avais cet homme dans la peau et je ne comprenais pas pourquoi. Il était arrogant, égoïste et même cruel. Pourquoi avais-je des sentiments pour lui ?

Et il voulait me garder tout à lui dans le seul but de me soumettre. Il n'avait nullement l'intention de faire autre chose de moi qu'essentiellement son esclave sexuelle.

Et je le laissais me faire ça aussi. Je permettais que tout cela arrive. Je ne parvenais plus à comprendre comment je pouvais prétendre être capable d'oublier effectivement cet homme.

Cet homme grand, beau, athlétique dont toute femme rêverait de caresser le corps. L'homme qui me prenait plus que ce que je n'avais jamais permis à quiconque. Qu'était-t-il en train de m'arriver ?

Avais-je été ensorcelée ? Nicholaï Grimm avait-il conclu un pacte avec le diable lui permettant de posséder la femme qu'il voulait ? Le mal était-il si profondément ancré en lui qu'il lui suffisait de mettre le grappin sur un être humain pour l'asservir ?

Je ne m'expliquais pas les raisons pour lesquelles j'allais continuer à voir Nicholaï, mais c'était bien le cas. J'aurais pu me mentir et prétendre pouvoir m'éloigner de lui mais je m'en fichais. Non, je ne m'en fichais pas. Je commençais même à m'y intéresser un peu trop et je devais en apprendre plus sur cet homme.

Je voulais savoir pourquoi il se comportait comme ça. Verrouillé de l'intérieur, insensible et froid. Il ne pouvait pas avoir toujours été comme ça. Même lui devait receler les traces d'une âme de bambin cachées quelque part.

Si je m'y prenais correctement, peut-être parviendrai-je à réveiller l'innocent petit garçon qui sommeillait en lui. Je pourrai peut-être sauver Nicholaï Grimm de lui-même.

Je dis tout fort, en riant : Oui, et je claque des doigts et fais apparaître un double cheeseburger ici, maintenant !

J'étais stupide, totalement idiote, je n'avais aucune idée de ce que j'étais en train de faire. Mais j'allais vite m'en rendre compte. Et ce que j'accepterai de faire pour lui pourrait bien finir par nous détruire tous les deux.

11

NICHOLAI

J'attendais assis derrière mon bureau l'arrivée de mon avocat, avec lequel je devais discuter de l'intérêt que nous portait alors le FBI. Comme à mon habitude, mes pensées me ramenaient à Natasha. Je lui avais servi un petit mensonge au sujet du sceau. Elle aurait pu décliner la demande des 24 heures et l'engagement, dès la première soirée.

Elle n'était pas au courant de la totalité des modalités de l'accord, j'en profitais. Cette soirée serait celle de l'engagement véritable et le jeu pourrait enfin commencer.

Jen frappa à la porte pour me prévenir que mon avocat était arrivé. La porte s'ouvrit et Jonathan Billard entra dans mon bureau. Nicholaï. Il sourit et vint vers moi les bras grands ouverts.

Je l'accueillis comme il se doit, avec force embrassade et poignée de main. Billard, asseyez-vous. Je lui fis signe de prendre un siège.

— Donc, que se passe-t-il Nicholaï ? demanda-t-il en posant sa mallette sur le fauteuil près de lui.

Je passai rapidement la main sur mon visage, me sentant quelque peu abattu, c'était d'ailleurs toujours le cas lorsque le FBI rôdait dans les parages. Nous avons des problèmes. Je me tournai vers lui. Son visage était sérieux lorsqu'il me fixa du regard, attendant les explications à venir. Le FBI est allé fouiner dans l'entrepôt. Je ne suis pas certain de ce qu'ils y cherchaient mais je ne veux pas qu'ils se mettent à parler avec mes employés et commencent à poser des questions. Je ne peux pas me permettre ce merdier en ce moment alors que mon père me pousse au cul pour cette histoire de compte !

Il poussa un soupir excessif. Ecoutez-moi, Nicholaï, Je n'ai pas besoin que vous montiez sur vos grands chevaux. Nous en avons déjà discuté maintes fois, lorsqu'il s'agit du gouvernement, ils commencent toujours par fouiner avant de mettre la main sur quelque affaire sordide. Tant que vous respectez les consignes, tout se passera bien. Y a-t-il quoi que ce soit qui devrait m'inquiéter ? demanda-t-il, me regardant d'un air paternaliste.

—Non, rien n'a changé, répondis-je, penché au-dessus de mon bureau.

Il hocha la tête. Dans ce cas, il n'y a aucune raison de s'inquiéter. Ils devraient vous avoir lâché d'ici peu donc calmez-vous et continuez votre business comme vous le faites habituellement. Il se leva pour partir.

— Je vais suivre votre conseil. Merci, Billard. Je lui donnai une nouvelle poignée de main et l'accompagnai à la porte.

Je me retrouvai dans mon bureau, seul, dans un silence total qui me rendait mal à l'aise et inquiet. Je détestais ces lâches. Ils étaient sans cesse accrochés à mes basques et je commençais à en avoir assez. Tout ce dont j'avais besoin était un divertissement, en temps voulu, c'est exactement ce qu'allais obtenir. J'allais vers le mini-bar posé dans un coin du bureau et me servit un bourbon.

La colère était mon moteur et j'avais de plus en plus de mal à contenir mon sang-froid. Je ne maîtrisais pas le temps qu'il me restait avant que tout ne vole en éclat. Dans ce genre de situation, j'avais pour habitude de passer un coup de fil, de me faire monter une fille et d'apaiser mes tensions en utilisant son corps.

Avec Natasha à l'esprit, je ne pensais à personne capable de m'aider hormis elle. Et je savais qu'elle refuserait de venir. Elle n'ac-cepterait jamais de me rejoindre en silence, de se pencher au-dessus de moi et de me soulager de toute cette colère et de partir ensuite.

Pas Natasha !

Elle ne pourrait s'empêcher d'argumenter d'abord, pour se fâcher ensuite. Il me faudrait la séduire plutôt que de chercher à la commander. C'est exactement pour cette raison que je devais lui faire signer ce putain d'engagement et lui enseigner ce que j'attendais d'elle.

Certainement pas son insolence ou son entêtement. Je n'avais besoin que de son joli cul et de son corps magnifique pour penser à autre chose pendant un moment. Qu'elle libère mes tensions et me laisse l'explorer, sans discussion.

J'espérais qu'un jour elle comprendrait tout ça et qu'elle apprendrait où était sa place. Durant ce stage, je lui avais prévu un bureau à côté du mien pour pouvoir l'appeler dès que sa présence experte me serait nécessaire.

Le seul conseil que j'étais prêt à entendre d'elle porterait sur le sexe. Pas de mots, pas d'idées. Seulement son corps, quoi que le mien puisse réclamer pour tenter de faire disparaître la colère un moment.

Depuis que mon père m'avait parlé, mon sang bouillonnait dans mes veines. Il m'accusait sans cesse de ne savoir contenir mes accès de colère. Comme si lui était parfait !

Mon père était loin d'être parfait. Il n'était pourtant absolument pas gêné de me dire que je n'étais en rien à la hauteur de ce qu'il attendait de moi, à cause des gènes de ma mère bien sûr.

Il m'avait même déclaré qu'il aurait dû porter une capote pour baiser ma mère. Il aurait ainsi pu se débarrasser d'elle au bout de quelques mois.

Il la tenait pour responsable de ne pas avoir su gérer sa méthode de contraception. Elle avait beau l'avoir assuré prendre sa pilule régulièrement, elle avait tout de même fini par tomber enceinte. Selon les usages en vigueur au CBMM, si cela se produisait entre un membre et une de ses esclaves, l'homme devait en assumer la responsabilité s'il souhaitait rester en bons termes avec le Club.

Il est du devoir de l'homme de prendre ses précautions. Mon père épousa donc ma mère, enceinte et ne lui pardonna jamais la seule raison pour laquelle il était contraint de partager sa vie avec elle.

Devenir sa femme impliqua pour elle un changement de vie radical. Plus de soirées au Club, elle devait rester à la maison. Fini le rôle d'esclave sexuelle, elle était désormais son épouse et à ce titre, méritait plus de respect.

C'était une gageure pour mon père, qui ne respectait pas les femmes. Il les considérait comme un mal nécessaire uniquement destiné à soulager les hommes de leurs stress pour leur permettre de prendre les meilleures des décisions.

Tout ramenait aux affaires dans l'esprit de cet homme. Même les enfants. Il m'avait destiné, dès le plus jeune âge, à lui succéder à la tête de l'entreprise. J'avais fréquenté les meilleures écoles et seuls les meilleurs professeurs m'avaient formé, y compris pour ce qui concernait les choses du sexe.

J'avais appris, des meilleurs, comment l'association de deux corps pouvait conduire au plaisir pour les deux partenaires. J'avais aussi appris à éviter toute émotion. Le sexe est le sexe et l'amour est l'amour. Si les deux sont associés, c'est la fin du pouvoir.

Perdre mon pouvoir était devenu le moindre de mes soucis à ce moment-là. Je ne convoitais que Natasha, pour la simple raison qu'elle était la seule à m'avoir jamais procuré des orgasmes d'une telle intensité.

Sa simple présence ici m'avait bouleversé comme jamais. Notre engagement ne serait que sexuel, aucune émotion ne serait permise. Sauf si j'en décidais autrement !

12

NATASHA

J'étais profondément endormie lorsque je sentis la vibration de mon téléphone. Je me relevai sur un coude, encore à moitié embrumée et poussai un grand soupir à l'encontre de celui qui avait interrompu ma sieste.

C'était un numéro inconnu, je rejetai donc l'appel. Mais le trou du cul à l'autre bout n'en n'avait rien à faire de mon sommeil et le téléphone sonna de nouveau.

— Allô, criai-je dans le combiné, furieuse. Je ne supportais pas que l'on me réveille.

— Ca n'est pas comme ça que tu dois t'adresser à ton Maître, Natasha. Sa voix grave me calma sur le champ. Mon cœur s'emballait dès que j'entendais sa voix. Tu es là ? demanda-t-il.

Je reprenais lentement mes esprits. Oui, je suis là, répondis-je doucement. Je ne savais pas que c'était toi qui appelais. Ou je n'aurais pas crié comme ça. Je suis désolée, Nic. Je réalisai avec horreur qu'il n'apprécierait probablement pas le surnom et je m'attendais à ce qu'il m'en interdise l'usage.

— Nic, dit-il sur un ton étrange. D'accord, tu as le droit de m'appeler comme ça. Le dîner est à 20h00. Il te reste donc une heure avant que mon chauffeur ne passe te prendre. Sois à l'heure, je n'aime pas attendre. Et il raccrocha. Pas de au-revoir, pas de tu me manques. Aucune gentillesse !

— Et merde à toi aussi, dis-je le téléphone encore en main. Je m'assis, sidérée par tant d'impolitesse brutale. Il soufflait sans cesse le chaud et le froid avec ses sautes d'humeur.

Je savais que les gens riches pouvaient avoir des attitudes impensables mais merde, il tenait le pompon !

Je n'avais jamais fréquenté personne avec de telles mauvaises manières. Ses parents ne lui avaient probablement pas enseigné comment traiter les gens correctement. Mais je n'étais pas là pour enseigner des tours au vieux singe. Non que Nicholaï ait été vieux.

Il était jeune au contraire, le plus jeune milliardaire du CBMM. La plupart des membres étaient presque séniles.

C'est son attitude qui lui donnait l'air d'être plus vieux qu'il n'était en réalité. Quelque chose en lui laissait croire qu'il avait été préparé par un autre trou du cul. Je pensai immédiatement à son père.

Je ne pouvais pas ne pas me poser de questions sur sa vie. Il refusait tout type de relation véritable, hormis le sexe et rien que le sexe. Les femmes n'avaient probablement été créées que dans un but, selon sa vision étriquée, satisfaire aux besoins des hommes. Point barre !

Et moi dans tout ça, prête à m'extraire de mon lit douillet pour sauter dans la douche et sortir dîner avec ce prétentieux à l'orgueil démesuré. Et quelle était la raison pour laquelle j'allais obéir à son appel ?

Aucune !

Je n'avais aucune obligation de répondre à sa demande. Le stage était si mal payé, je devrais me contenter de l'expérience enrichissante qu'il devait m'apporter. Il ne m'avait rien acheté d'autre que des accessoires coquins. Pas de bijoux, pas d'argent dans mon soutien-gorge comme l'avait annoncé Dani.

Une claque sur les fesses et un billet de cent dans le soutif, voilà ce qu'elle m'avait fait croire pour m'encourager à l'accompagner dans ce putain de club. CBMM n'aurait pas du être le mot de passe pour être admis dans cet endroit, mais plutôt BDSM.

L'endroit était sélect, aucun doute là-dessus. Mais il avait aussi toutes les caractéristiques des clubs sordides où les gens s'adonnaient aux pratiques BDSM. Les pratiques que je l'avais laissé me faire. Je l'avais laissé m'enchaîner. Je l'avais laissé me fesser. Et je suppose que je l'avais aussi laissé me marquer.

A ce souvenir, je repensai à cette séance où il m'avait fessée, sans jamais prononcer le moindre mot !

Et voilà que je me retrouvais à me laver les cheveux et à épiler tout mon corps, espérant qu'après le repas, il me baiserait jusqu'à l'inconscience. Je me surpris à me demander si les putes avaient ce genre de pensées.

M'avait-il tout simplement transformée en une véritable putain à cause de ses pratiques sexuelles dénuées de toute émotion ? Etais-je devenue une de ces femmes dont j'avais si piètre opinion ? Et allais-je continuer dans cette voie ?

Je savais que cette voie n'était pas pour moi, je l'avais toujours su. Mais je ne pouvais pas renoncer à la perspective de ressentir à nouveau la morsure des claques assenées d'une puissance brute. Merde, j'en avais besoin !

En sortant de la douche, je me préparai succinctement. J'imaginais qu'après dîner, nous irions baiser comme des bêtes et qu'il me reconduirait simplement chez moi dans sa voiture. Pas la peine d'en faire trop !

J'avais enfilé un peignoir et me séchais les cheveux quand on sonna à la porte. J'arrive, criai-je, dépitée et furieuse. La sonnette retentit à nouveau.

S'il était déjà arrivé, j'allais lui donner une bonne leçon. Il n'avait que ce mot, ponctualité, à la bouche. Si c'était lui sonnant à ma porte, il était en avance.

Je passai dans ma chambre et jetai un œil par la fenêtre, remarquant une Tahoe noire garée le long du trottoir. Je vérifiai l'heure sur le réveil posé sur ma table de nuit et lut 19h15. Il était en avance, très en avance !

Je vérifiai par le judas et la porte de Dani s'ouvrit à la volée. C'est pour moi, Tasha ! Elle se précipita vers la porte tout en essayant de remonter la fermeture éclair de sa robe de cocktail rouge. Peux-tu m'aider ? Elle s'arrêta devant moi. Attends, s'il te plaît, cria-t-elle à l'adresse de la personne qui l'attendait de l'autre côté de la porte.

— Où vas-tu ? demandai-je.

— J'ai une autre soirée donc je ne vais pas rentrer très tôt. Ne m'attends pas. Elle se retourna vers moi, son sourire tâché de rouge à lèvre. Je ne peux pas croire que tu te sois fait marquer dès ta première soirée, alors que moi, j'essaie depuis trois ans et je n'arrive toujours pas à trouver un homme riche prêt à s'occuper de moi.

— Oui, j'ai de la chance, dis-je avec autant de sarcasme que possible dans la voix. Amuse-toi bien.

Je retournai dans ma chambre pour y chercher une jolie robe à porter pour la soirée. Le choix était limité et je n'avais pas vraiment le temps de fouiller tous mes placards. Comme Dani était sortie, je jetais un œil dans sa garde-robe et mit la main sur une jolie robe de cocktail dorée. J'adorais son profond décolleté dans le dos et la coupe près du corps qui habillait si bien mes formes.

Il était impossible de porter un soutien-gorge avec une telle robe, je renonçai donc également à la culotte, qui aurait imprimé de vilaines marques tant la robe était ajustée. Je détestais les strings mais il me faudrait bien en acheter quelques-uns. Si je devais aller à des soirées coquines avec Nic, ils me seraient indispensables.

Après m'être préparée, je relevai mes cheveux et choisis de laisser quelques anglaises s'échapper sur le côté gauche, exposant ma marque. Je posai un léger maquillage or et noir sur mes paupières et un peu de gloss pour mettre mes lèvres pulpeuses en valeur.

J'enfilai la paire de Zanotti dorée que Dani m'avait offerte pour mon dernier anniversaire et complétai la tenue avec une pochette dorée, tout juste assez grande pour contenir mon téléphone, mes papiers et ma carte de crédit. Nic ayant la fâcheuse habitude de me mettre hors de moi, je voulais pouvoir appeler un taxi si nécessaire.

Mon téléphone vibra à exactement 20h00, je savais que c'était lui. Allô, dis-je dans l'appareil.

— La voiture t'attend, dit-il en me raccrochant encore au nez. Je pris quelques inspirations et sortis, un Range Rover noir avec chauffeur m'attendait.

— Bonsoir, Mlle Greenwell. Le chauffeur me sourit en m'ouvrant la portière.

Je hochai la tête. Merci. C'est en grimpant dans la voiture que je m'aperçus qu'elle était vide. Je secouai la tête, incrédule. Il n'avait même pas eu la décence de venir me chercher lui-même. Quel mufle, soupirai-je.

Plutôt que de gâcher mon plaisir, je décidai d'accepter les choses telles qu'elles étaient. Le trajet me sembla assez long et je réalisai que l'on m'avait conduite à Manhattan.

La voiture s'arrêta devant un bâtiment entouré d'une pelouse impeccable. J'admirai les splendides détails architecturaux ainsi que la fontaine majestueuse au pied l'immeuble. Je n'aurai jamais imaginé contempler un tel édifice et j'allais y pénétrer, seule.

La portière s'ouvriy et le chauffeur me tendit un masque, accompagné d'une note. Vous devez lire le message et suivre les instructions, dit-il en me tendant la main. Il noua les liens derrière ma tête, me rendant un certain anonymat.

J'entrai dans le hall où se tenaient un chasseur et une réceptionniste, une jolie brune en tailleur pantalon. J'ouvris l'enveloppe et lus la note. Rends-toi à l'accueil et préviens Mary que tu viens me retrouver.

Je froissai la note et fis ce qu'il me demandai. Bonjour Mary, j'ai rendez-vous avec Nicholaï, dis-je avec un sourire mais me sentant totalement idiote derrière ce masque.

— Mlle Greenwell, c'est un plaisir. Vous devez suivre les instructions. L'ascenseur est à votre gauche. Elle me tendit un nouveau message.

— Merci. Je me dirigeai vers l'ascenseur.

Après avoir appuyé sur le bouton d'appel, je vis la cabine de l'ascenseur au travers de la double porte en verre. Prends l'ascenseur jusqu'au 32ème étage, frappe trois fois.

Je ricanai intérieurement à l'évocation du ridicule secret des coups sur la porte, comme à la dernière soirée. J'étais ravie qu'il n'y ait pas eu de mot de passe, je me serais trompée à coup sûr.

J'entrai dans la cabine de l'ascenseur et montai jusqu'au 32ème. Natasha, tu as intérêt à bien te conduire. Je tentai de m'encourager, la simple présence de Nic suffisant à me faire perdre mon sang-froid.

Les portes s'ouvrirent sur une petite entrée ne comportant qu'une seule porte. Je me dirigeai vers celle-ci et frappai trois coups comme indiqué sur le message. Je triturai mes mains et déportai mon poids d'une hanche sur l'autre.

Je respirai profondément en attendant que ne s'ouvre la porte. Celui que j'imaginai être son portier personnel l'ouvrit brusquement. Mlle Greenwell, M. Grimm vous attend. Il me sourit et fit un pas de côté pour me laisser passer.

Je fus stupéfaite en découvrant la décoration de son intérieur. La touche féminine y était très présente mais on reconnaissait également l'appartement d'un célibataire. Je n'imaginais pas un instant cet homme brutal vivre dans un tel décor.

Qui était réellement Nicholaï Grimm ?

13

NICHOLAI

S on visage et son regard s'illuminèrent à son arrivée et je profitai de cet instant durant lequel elle semblait avoir perdu l'usage de la parole. Absorbée dans la contemplation de mon intérieur, elle ne m'avait pas remarqué.

Je me tenais près de la fenêtre. Veux-tu un verre, demandai-je avant de prendre une gorgée de mon bourbon.

Elle me cherchait des yeux, tentant de deviner d'où venait ma voix, jusqu'à ce que ses yeux se posent finalement sur moi. Il me sembla évident qu'elle avait besoin de plus que de simples lunettes de lecture.

Je la rejoignis pour l'attirer au centre de la pièce. Un verre de vin serait parfait. Merci, dit-elle de sa jolie voix toute douce.

Tout était doux chez Natasha. Elle portait une robe dorée qui n'était pas du tout son style. Elle lui allait bien, je ne dis pas le contraire, mais elle aurait mieux convenu à une femme recevant des amis pour un dîner élégant. Je notai intérieurement de lui acheter quelques tenues plus seyantes.

— Tu peux t'asseoir, dis-je avant d'aller jusqu'au bar dans le salon.

Elle continuait de tout observer autour d'elle et quand je revins avec son verre de vin, elle le prit et s'installa sur le canapé de cuir blanc, en plein milieu, ce qui m'amusa beaucoup.

— Merci, ton appartement est superbe. J'avais imaginé quelque chose de plus sobre, comme toi. Tu sais, du cuir noir, une paire de menottes dans le coin là-bas, dit-elle avec un sourire et un clin d'œil. Elle but une gorgée du grand cru que je lui avais servi.

Je défis les liens de son masque et le déposai sur ses genoux. Bon, je ne suis pas fan de tout ce que les autres font habituellement. Mais tu t'en rendras vite compte. Je tournai les talons et allai chercher la boîte dans laquelle j'avais rangé les papiers qui allaient sceller notre accord. Je voulais te vouloir pour le travail et pour le plaisir ce soir. Nous avons un contrat à signer et je vais t'en expliquer les modalités. Compris ?

Je la dévisageai, elle semblait encore peser le pour et le contre. Je ne pouvais être sûr qu'elle allait signer les papiers, rédigés pour nous par le CBMM.

J'étais surpris de me sentir si mal à l'aise. Je ne m'étais jamais vraiment préoccupé de faire signer les filles auparavant. Je n'aurai eu aucun mal à en trouver une autre si l'une d'elles avait refusé de signer..

Son attitude était assez décourageante et je m'en tordais presque les mains de nervosité, ce qui constituait une première.

Je restai planté là, la boîte dans une main et un stylo dans l'autre, ne sachant pas que dire ou ce que je ferai si elle refusait. Cela ne me ressemblait pas. Ca n'était pas du tout moi !

14

NATASHA

Je réfléchis un instant avant de donner ma réponse, encore incertaine de ce qu'il attendait de moi. Quand tu parles de contrat et de modalités, que veux-tu dire exactement ? Parles-tu de mon alimentation, de ma façon de m'habiller, de ma coiffure ou la lingerie que je suis autorisée à porter. Ou vas-tu apparaître dans ma vie à tout bout de champ et me harceler sur ma consommation d'alcool ? Qu'est-ce que tout ça veut dire ? Je gloussai à l'idée qu'il aurait pu faire de telles choses.

S'il voulait contrôler ma vie, il était exclu que j'accepte le moindre accord. Je n'autoriserai jamais un homme à se mêler de ce que je porte, ce que je bois ou quoi que ce soit d'autre.

Il se racla la gorge, posa son bourbon sur le bar où il avait déjà déposé papiers et stylo et passa son doigt sur le pourtour du verre. Ca n'a rien à voir avec ça. Aucune des règles ne concerne le contrôle. En tous cas pas dans ce sens. Il me regarda l'air contrarié. Viens avec moi. Il me tendit la main.

Je posai mon verre sur la table basse en bois sombre qui semblait être un meuble de prix. Je le rejoignis et saisit sa main tendue. Je m'étonnai de la sensation que je ressentais en touchant simplement sa main, le contact n'avait rien de sexuel mais était plutôt réconfortant et naturel. Je m'imaginais déjà tenir cette main durant les années à venir même si je savais très bien que ça n'arriverait jamais.

Il m'avança une chaise dans la salle à manger. Assieds-toi ! dit-il d'un ton autoritaire qui jurait avec le fait qu'il me tenait la main et la gentillesse dont il avait fait preuve jusqu'à présent.

Je ne pouvais m'empêcher de penser que, non-content d'être submergée de travail à la maison, j'allai devoir en plus me plonger dans la lecture de ses documents. Il me tendit les papiers, auxquels était attaché un petit carnet et conserva la boîte.

Je le regardai retourner au salon dont il revint avec nos deux verres. Il posa le mien sur la table, finit le sien cul-sec et prit, dans un élégant vaisselier contenant une collection d'assiettes anciennes, une carafe dont il se resservit un bourbon. Il semblait passionné par les antiquités, ce qui nous faisait un point commun.

Il portait un smoking. Dire qu'il était bel homme était bien en-dessous de la vérité. Il était magnifique. Il devait avoir quelque chose de prévu pour la soirée et je me demandai s'il allait me proposer de l'accompagner.

— Va directement à la page sept. Il s'assit face à moi. J'ouvris le dossier et allai à la page sept dont le titre était : Accord d'Engagement Maître/Esclave.

— Esclave ? Les mots avaient du mal à passer. Je ne deviendrai pas une esclave et je refusai que l'on me qualifie de telle. Mes yeux tentaient de comprendre ce que mon esprit avait déjà traité.

— N'aie pas peur de ce que tu lis. Ce n'est qu'un contrat d'engagement entre nous et dont nous avons déjà discuté. Je vais simplement te préciser ce que j'attends de toi. C'est un document juridique et je veux que tu le lises soigneusement avant de le signer.

— Pourquoi aurais-je besoin de ça ? C'est un contrat, demandai-je, tentant de comprendre toutes ces conneries. Et nous en avons très peu parlé, Nic. Je ne sais pas si tu t'en rends compte.

Il croisa les doigts et me sourit d'un air narquois. Je suis un homme de peu de mots. Je t'ai dit que je voulais que tu signes un engagement. Tu sais que je veux que tu m'appartiennes ou je ne t'aurais pas marquée. Et ça n'est pas un contrat, qui est un mot bien trop compliqué. Voilà pourquoi c'est un Accord d'Engagement, qui garantit qu'aucun d'entre nous n'enfreindra les règles. Pour notre sécurité. Il marqua un temps, les lèvres pincées. Comme je ne réagissais pas, il continua. Va à la page suivante. Je savais que la voix basse et douce était sensée me rassurer.

Arrivée à la page suivante, j'aperçus une lueur dans ses yeux alors qu'il me regardait. Y figuraient des photos de femmes entravées par des lanières de cuir, des bandeaux et des bâillons-boule. Je réalisai avec horreur qu'il m'avait déjà initiée à certaines de ces pratiques.

Les clichés étaient crus et violents. Je déglutis, les mains soudainement moites à la simple vue de ces photos. Malgré le fait que tu m'aies déjà fait certaines de ces choses, ce genre de maltraitance n'est pas du tout mon truc. Ca a l'air sordide. Je désignai une photo montrant une femme attachée dans une espèce de harnais, du même genre que celui du club. Je ressemblais vraiment à ça dans cet engin ? C'est atroce ! Je poursuivis la consultation du document sans attendre sa permission et tombai sur d'autres photos.

— Ce n'est pas de la maltraitance, dit-il calmement de sa voix grave. Et tu avais l'air très sexy dans cet engin, si tu veux vraiment le savoir. Tu as eu mal, Natasha ? Sois sincère.

— Non, je n'ai pas eu mal. Mais ça semble si terrible. Et si ce n'est pas de la maltraitance, qu'est-ce que c'est ? demandai-je, persuadée qu'il s'agissait bien de violence gratuite.

— C'est une forme du BDSM et je vais t'en expliquer les règles pour t'aider à comprendre. Il se comportait comme si nous avions une simple discussion de salon entre personnes civilisées.

J'avais entendu parler du BDSM et même lu quelques livres dont c'était le thème principal. J'étais loin de m'intéresser à tant de perversité. Je ne dis pas que je suis contre le fait d'introduire de nouveaux jeux dans la chambre. Mais nous ne partagions pas la chambre. Merde, nous nous connaissions si peu que nous étions loin de nous embêter au lit.

Il s'éclaircit la gorge alors que j'étais perdue dans mes pensées. Va à la page suivante. Il m'y encouragea d'un geste de la main. Je découvris la liste des règles.

— Règle numéro un, c'est la plus importante. Le duo Maître/Esclave n'infligera jamais de blessure physique, mentale et/ou émotionnelle à l'autre. C'est pour que tu comprennes qu'il ne s'agit ni de maltraitance ni de blessure, dit-il d'un air préoccupé. Mais il m'en faudrait plus pour me convaincre. C'est le principe du SSC, Sûr, Sain et Consensuel. Voici le livret qui explique tout en détail et que tu devras signer également. Il me dévisageait, tentant d'anticiper ma réaction.

Je restai silencieuse, me débattant intérieurement pour digérer le flux d'informations et il ne venait que de commencer à expliquer des règles.

— Règle numéro deux, une autre règle très importante qu'il te faudra garder à l'esprit. L'Esclave n'est pas autorisée à la moindre relation sexuelle ou même intime sans la permission de son Maître.

J'écarquillai les yeux en entendant que je devrais rester monogame. Ce qui veut dire que tu peux coucher avec qui tu veux alors que moi, je dois te rester fidèle. C'est plutôt injuste.

— Je suis le Maître, Natasha. Je peux faire tout ce qui me chante. Tu es l'esclave. Tu dois faire tout ce que je te demande, dit-il, comme si le concept coulait de source.

C'était supposé être un jeu et il attendait une totale fidélité de ma part alors qu'il s'autoriserait à coucher avec qui il le souhaitant, me faisant supporter tous les risques. Je ne suis pas d'accord et je ne le serai jamais lorsque ma santé est en jeu. Je veux dire que tu peux coucher avec qui tu veux mais que je dois te rester disponible en toutes circonstances ? demandai-je, irritée.

— Natasha, dit-il pour tenter de me faire taire.

Je restai assise en silence, furieuse de constater qu'il cherchait à m'embobiner à grand renfort de voix mielleuse et de paternalisme. C'est sûr, je n'y connaissais pas grand-chose comparée à lui, mais j'étais loin d'être stupide.

Il semblait ne prêter aucune attention à mes interrogations concernant l'équité et la santé. C'est un accord que tu dois absolument respecter au risque d'enfreindre les règles juste parce que tu as vécu un instant de bonheur avec un autre homme.

J'étais prête à lui dire d'oublier tout ça mais j'avais toujours tendance à accorder le bénéfice du doute. Il était plus concerné par le fait que je pourrai trouver l'amour auprès d'un autre homme, me laissant imaginer qu'il pouvait avoir plus qu'une simple attirance physique à mon égard.

— Règle numéro trois, énonça-t-il malicieusement ? Aucune intimité émotionnelle n'est autorisée, jamais, et si l'Esclave semble s'attache, le Maître la remettra à sa place par les moyens adéquats dont le fouet et/ou l'obligation d'assister à ses ébats avec une autre esclave.

Je fronçais les sourcils à l'énoncé de cette règle lui permettant de coucher avec une autre femme pour m'empêcher de m'attacher à lui. Elle résumait bien mes inquiétudes. Comment pourrais-je jamais ignorer mes sentiments ? De plus, il me devait de prendre en compte mes sentiments. Ca n'est pas aussi facile pour les femmes que pour les hommes.

— Ce qui veut dire que tu vas devoir pendre en compte mes sentiments parce que si tout ça n'est pas fait pour l'amour, c'est pour quoi ? demandai-je l'air peu convaincu.

Ce seul point aurait du suffire à me convaincre de refuser en bloc la proposition que son esprit malade avait imaginée. L'amour se présente rarement, Natasha. C'est pour cela que je t'explique les règles de bases, pour que tu saches à quoi t'attendre. Et oui, le respect de tes sentiments sera toujours ma priorité. Cette règle n'est destinée qu'à te sensibiliser. Je ne dis pas que cela se produira mais je ne dis pas non plus que cela ne peut pas se produire. Tu comprends, n'est-ce pas ? Il but une gorgée de son bourbon.

— Ce que je comprends, c'est que tu me proposes un jeu que nous allons jouer ensemble avec nos corps et que devrons laisser nos esprits au vestiaire. Je consultai les autres règles.

— Moi plus que toi, mais oui, c'est le principe. Il désigna le papier du doigt. La Règle numéro quatorze est aussi importante que la numéro Un, le duo Maître/Esclave doit toujours rester discret. Ce qui veut dire que tu ne devras pas discuter de notre accord avec tes amis ou ta famille. Cette règle est destinée à éviter toute répercussion sur les affaires ou dans nos vies privées.

Cette disposition me paraissait logique, il aurait été assez humiliant que nos pratiques sortent du champ intime. J'accepte totalement cette règle. Je préfère que personne ne soit au courant que je puisse ne serait-ce qu'envisager cette situation.

Il fronçait les sourcils en lisant le chapitre suivant. La Règle numéro 22 stipule que le non-respect de l'engagement implique une sanction disciplinaire/punition, administrée par le Maître ou le Grand Maître du CBMM. La sanction peut consister en correction, fessées, flagellation et/ou action en justice.

— Attends, une action en justice ? demandai-je, choquée.

Je n'aurai jamais imaginé qu'un tel engagement puisse faire l'objet d'une requête en justice. Et cela constituerait une violation de la Règle numéro 14. Si jamais la presse avait vent que Nicholaï Grimm, héritier de l'empire familial, s'adonnait au BDSM, ce serait la ruine assurée.

— La suivante, la Règle numéro 23, précise qu'une procédure engagée suite à un non-respect de l'engagement sera portée devant le l'Honorable Maître, Juge du CBMM. Ce qui veut dire que, qui que soit le Juge en charge, si le cas se présentait, il traiterait l'affaire qu'elle soit portée par le Maître ou par l'Esclave. Il prit mon menton pour m'obliger à affronter son regard. Malgré leur noirceur, ses yeux exprimèrent un instant quelque gentillesse. Je suis soumis au même accord que toi, je ne bénéficierai donc d'aucun traitement de faveur si je brisais les règles.

— Je suis donc autorisée à déposer une requête contre toi ? demandai-je en tapotant mon menton avec le stylo.

Il hocha la tête. Si je bafoue ne serait-ce qu'une des règles, tu pourras déposer une requête auprès du Grand Maître. Il décidera s'il doit poursuivre ou non. Si je viole une des règles, je peux être mis à l'amende et poursuivi.

— Est-ce que cela se produit souvent ? demandai-je, pensant qu'à coup sûr, les femmes se sentant maltraitées n'hésiteraient pas à y avoir recours.

— Pas très souvent, non. Il regardait au loin, comme si, lui, avait déjà fait l'objet d'une plainte. Mais cela arrive.

Je décidai de m'en tenir à cette réponse. D'accord. C'est rassurant de savoir que l'on dispose de recours en cas de dérapage.

Il reporta son regard sur les documents. Il y d'autres règles que nous allons étudier. Règle numéro 35, tu devras réaliser tous les examens destinés à détecter la consommation de drogue et contrôler ton état de santé tous les trimestres. Règle numéro 41, tu devras obéir à ton Maître à tout moment. Tu dois me regarder lorsque je te parle, tu t'adresseras à moi en m'appelant Maître ou Monsieur en privé. Règle numéro 42, tu porteras une ceinture de chasteté en permanence, et ceci sans exception. Enfin, nous devrons convenir d'un mot de sécurité. Le notre est « Merci ». Il te servira à m'indiquer si tu souffres ou si tu subis un quelconque stress. Il me regardait d'un air enjôleur. Pour les autres, tu devras les lire et t'assurer de bien tout comprendre.

Je gigotais sur mon siège alors qu'il continuait à parcourir les règles. Elles étaient si nombreuses que j'avais le tournis. A propos de la Règle 49, l'Esclave devra porter un tatouage temporaire visible, qui précise à qui elle appartient. La marque sera couverte en public, sauf en présence du Maître.

— J'ai déjà ta marque sur l'épaule, dis-je. Devrais-je en avoir une autre ?

— Elle va s'effacer rapidement. Tu verras. Un jour, l'eau et le savon l'auront enlevée et plus rien n'empêchera les autres membres de te tripoter, dit-il.

— Qu'est-ce que ça peut faire ? demandai-je avec un haussement d'épaules. Jamais je ne retournerai à l'une de ces soirées.

— Je pense que tu te trompes toi-même Natasha. Tu dois arrêter de te mentir. Tu fais déjà partie de mon monde. Tu m'as laissé te prendre directement. Tu m'as autorisé à faire tout ce que je désirais, immédiatement. Tu as toi aussi un côté obscur et tu ne fais que te le cacher. Je le vois bien, c'est aussi clair qu'un nez au milieu de ta ravissante figure. Ses lèvres effleurèrent le bout de mon nez, un geste si tendre.

Il n'y avait pourtant aucune place pour la tendresse dans ce qu'il me disait. Il était en train de me dire que je n'étais qu'une garce dévergondée incapable de l'assumer. Il me prévenait que, si sa marque venait à s'effacer de mon épaule, il redoutait que je ne retourne à l'entrepôt pour trouver un autre homme.

Et tout ce que je gardais à l'esprit était son baiser sur le nez, me laissant croire que je pouvais en attendre plus de lui. Il m'aimait bien. Il ne voulait pas me voir avec un autre homme.

— Il ne dure que six mois et peut facilement être couvert, dit-il, me rappelant que tout cela n'était qu'éphémère. Je n'en ressentais que tristesse.

— Où fait-on cette marque habituellement ? demandai-je par curiosité.

Il se leva et desserra sa cravate. Sur la nuque. Lorsque nous serons en présence des autres membres, lors de manifestations ou d'événements, tu porteras tes cheveux relevés pour que tout un chacun puisse voir mon sceau. Je l'écoutai sans ciller, l'esprit totalement embrumé. Tu n'as pas besoin de te décider tout de suite. De plus, je vais être en retard. Il consulta sa montre pour insister sur ce point.

Je n'avais aucune idée de ce que j'allais faire. J'en étais encore à enregistrer les informations. Je me trouvais dans la plus absurde des situations. J'envisageais de conclure un pacte qui ferait de moi une esclave sexuelle, expérience extrême et effrayante.

Il changea brusquement de sujet, abandonnant pour le moment le fameux engagement, et semblait vouloir m'emmener quelque part. Je reposai les documents en pile bien nette et les laissai sur la table. Où allons-nous ?

— Je t'emmène au musée ce soir, annonça-t-il en tirant ma chaise et me prenant la main, comme l'aurait fait un parfait gentleman.

— Je vois. Je n'avais pas réellement envie de visiter un musée mais j'étais trop absorbée par les règles et je le suivis en silence.

Un seul mot me venait à l'esprit. Esclave !

LE DÉTRAQUÉ : LIVRE TROIS

Une Romance de Milliardaire Bad Boy

Par Camile Deneuve

Nic invite Natasha à assister à un spectacle qu'elle n'oubliera jamais.

Son mode de vie prend tout son sens quand elle se laisse captiver par l'action se déroulant sur scène.

Un nouvel homme s'intéresse à Natasha. Nic lui dit qu'elle est un Prix de choix dans leur monde, lui remémorant son passé.

Certains indices lui laissent à penser qu'elle serait prête à accepter l'accord qui lui est proposé par Nic.

Cela signifierait qu'ils présenteraient leur propre spectacle, l'introduisant ainsi dans son monde.

Sera-t-elle capable d'aller aussi loin ?

15

NICHOLAI

J
e réalisai que cette conversation serait la partie la plus difficile de ma stratégie pour amener Natasha à accepter ce que je brûlais d'obtenir d'elle. Je disposais d'un autre atout dans ma manche pour l'attirer dans mes quartiers d'esclaves.

En la guidant hors de l'appartement, je sentais son délicieux parfum. Les notes musquées m'interpellaient, je ne pouvais m'empêcher d'imaginer l'odeur du reste de son corps. Elle, plus que toute autre, réveillait mes instincts sauvages.

Il était évident que je devais obtenir son consentement pour poursuivre avec elle mais j'étais obsédé par elle. Jep pensais à elle dès le réveil et elle occupait tous mes rêves.

J'étais persuadé que, dès que j'aurai utilisé toutes les ressources que son corps pouvait m'offrir, j'arrêterais de penser constamment à elle. Il me suffisait de lui faire accepter et signer ce putain d'engagement. C'était la règle au CBMM.

Si un membre souhaitait s'engager dans une relation personnelle, il ne pouvait y être autorisé qu'avec un accord signé. Lorsqu'une femme venait dans notre Club, elle savait exactement à quoi s'attendre. Mais si elle n'était pas membre du Club lorsque certaines choses se produisaient, il était préférable de se protéger.

J'avais donc réellement besoin qu'elle signe ce document avant de pouvoir envisager de vraies parties de plaisir. Je pourrais toujours la baiser, avec son accord bien sûr. Mais pour les sessions plus hard core, les membres du Club pensaient qu'il était plus malin d'avoir l'accord signé en main.

Personne ne savait ce qui pourrait se produire si une des femmes perdait la tête et commençait à raconter nos secrets les plus inavouables. Nos pratiques étaient loin d'être banales et n'étaient pas vraiment acceptées par la société bien-pensante.

De nombreuses femmes, hésitant encore à s'engager, s'étaient effondrées suite à des événements tels que cette soirée. J'espérais que Natasha serait séduite par la sensualité dégagée par le spectacle.

Nous étions montés dans l'ascenseur, Natasha se tenant dans un des angles de la cabine, tentant de m'écarter de ses pensées. Je me tournai vers elle. Elle leva enfin les yeux vers moi et j'entrevis de la peur et du désarroi dans son regard. Mon cœur s'arrêta un instant. Je ne veux pas que tu fasses quoi que ce soir qui te mettrait mal à l'aise. Si tu ne veux pas faire ça, je peux renoncer à l'engagement tout de suite.

Pour une raison inconnue, je me préoccupais plus de ce qu'elle voulait que de mes propres désirs égoïstes. Peut-être était-ce dû à son magnifique cul moulé dans une robe. Peu importait la raison, je n'avais jamais ressenti cela.

— Renoncer à l'engagement veut-il dire que tu renoncerais à moi également ? demanda-t-elle d'un air chagriné.

Pourrais-je l'oublier ? Etait-elle une femme que je pourrais jamais oublier ?

J'étais resté loin d'elle pendant deux longues semaines et je pensais à elle sans cesse. Mais sans l'engagement, sans les règles, je devrais la laisser partir.

Je hochai la tête et l'observai. Je lui relevai la tête par le menton et caressai sa joue avec mon pouce. Je ne veux pas t'oublier. Tu pourras toujours faire ton stage. Je suis prêt à abandonner mes envies de sexe avec toi.

Les coins de sa bouche se relevèrent en un grand sourire. Tu te sens vraiment capable de supporter ma présence sans être attiré sexuellement par moi ?

Je pris sa question pour une provocation. Toute ma vie d'homme s'était construite sur la base d'une stricte discipline. Il suffisait que je le décide et je parviendrai à dépasser l'obsession que j'éprouvai pour son corps. Je devrai juste trouver une autre fille pour te remplacer. Mais je saurai me contenir en ta présence, si c'est ce que tu veux.

—Je devrai supporter de te voir au bureau sachant que tu es avec une autre femme ? demanda-t-elle.

Elle frémit à cette idée. Nic, combien de temps ça va durer ?

— Je ne pense pas en ces termes. Cela durera aussi longtemps que nous le voudrons tous les deux. Si l'un de nous se lasse, il suffira de renoncer à l'engagement. Et si nous passons encore de bons moments ensemble dans un an ou même dans cinq ans, on ne changera rien, dis-je.

— J'ai 23 ans et je ne suis pas une célibataire endurcie. Mais si notre accord dure cinq ans, je risque d'avoir envie de fonder une famille d'ici là. Que disent les règles dans ces cas-là ? demanda-t-elle alors que l'ascenseur s'arrêtait.

Les portes de la cabine s'ouvrirent et nous en sortîmes sans que j'aie proféré le moindre mot. Elle avait remarqué ma gêne et me prit par surprise lorsqu'elle caressa ma joue alors que je lui ouvrai la portière du Range Rover et la laissa s'installer sur le siège passager.

Sa main était douce, apaisante et me remplit d'un bien-être que je ne reconnaissais pas. Je n'avais jamais connu que la luxure et cette nouvelle sensation m'était inconnue. Je lâchai du lest et me laissai aller à quelques confidences.

— Si tu désires une famille, nous en parlerons le moment venu. Ma mère était l'esclave de mon père et lorsqu'elle est tombée enceinte par accident, il a été obligé de l'épouser. C'est une de nos règles. Elle m'écoutait, bouche bée.

— C'est incroyable.

— Attends de connaître la suite. Tu vois, l'épouse d'un homme doit être traitée avec tout le respect possible. Ce qui signifie que nous ne pourrions plus partager le même type de relations sexuelles que dans le cadre de l'engagement.

Elle riait, les yeux brillants. Pourquoi dis-tu ça avec tant de tristesse, Nic ? Les couples mariés continuent à faire l'amour.

— Pas ceux dont je te parle. Je remarquai son haussement d'épaules et une soudaine froideur.

— Tu me fais peur.

— Tu as raison d'avoir peur, un petit peu. Je fermai la portière, l'abandonnant un instant à sa perplexité. Je tentai de la séduire à ma façon. J'essayai de faire d'elle la femme que je pensais vouloir qu'elle devienne.

16

NICHOLAI

J e m'assis derrière le volant du 4x4 et pris la direction du lieu, où se tiendrait un rituel qui, je l'espérai, la ferait changer d'avis sur notre fonctionnement.

— Quel est le musée où m'emmènes ? demanda-t-elle en me regardant. Tu verras très bientôt. Je frottai son avant-bras et vis la chair de poule poindre sur sa sublime peau laiteuse.

Ce moment d'initiation était l'étape que je préférais, j'en oubliais le travail et toutes les épreuves que la vie pouvait vous infliger. Celui qui a dit que plus d'argent implique plus de problèmes avait tout à fait raison. Même le FBI était de la partie.

Le FBI était une source de conflit pour ma famille et moi, cela avait toujours été le cas. J'imagine qu'en travaillant dans l'industrie des armes, il faut s'y attendre. Mais ces enculés étaient tellement arrogants qu'ils pensaient qu'il leur suffirait de retourner un caillou pour découvrir une mine d'or.

Les gens du FBI m'agaçaient au plus haut point. Ils ne représentaient pas de réelle menace dans la mesure où nous réalisions toutes nos transactions dans le strict respect de la loi. Ils avaient passé nos dossiers au peigne fin cinq ans auparavant et n'avaient rien trouvé. Je ne comprenais pas pourquoi ils s'acharnaient encore sur nous.

Je jetai un œil vers Natasha, elle semblait se concentrer sur les lumières de la nuit et la beauté de la ville. La ville semblait belle quel que soit l'angle sous lequel on la contemplait.

Mais dans toute beauté se cache la folie et des êtres maléfiques, tapis dans la pénombre des ruelles. C'était ma vision de la vie. La beauté qui masque la hideur qui vit en elle.

Certaines personnes ont le cœur sur la main et vous les deviniez en quelques heures. Je faisais partie d'un monde où les gens disparaissent sous des couches de carapaces constituées de blessures et de tourments que peu de gens ont subis.

On considère fréquemment les riches comme des nantis, certains le sont mais d'autres doivent travailler pour gagner leur vie. Le Club des Beaux Mecs Milliardaires, désormais fréquenté par les hommes de tous âges, avaient été fondé lorsque certains des plus anciens avaient estimé qu'un tel établissement aurait toute raison d'être. Mon père était l'un d'entre eux.

Je devrais peut-être en ressentir une certaine honte mais ça n'était pas le cas. Les fondateurs avaient imaginé la meilleure façon de s'échapper un moment de la pression brutale exercée sur ceux qui brassent de l'argent.

Les plaisirs charnels ont toujours été au premier-plan de nos activités récréatives, nous permettant de nous soustraire à tous nos problèmes, dans un lieu qui permettait que deux personnes, parfois plus, puissent se sentir totalement seules. Dans cet espace-temps, le corps décompressait enfin, se débarrassait de l'excès de pression et de ses inhibitions, augmentant ses chances d'éviter la crise cardiaque.

Certains des membres considéraient mon grand-père et les autres fondateurs comme des guérisseurs. Et leur argent leur permettant tout, ils soignaient allègrement leur stress par des méthodes naturelles. Les femmes !

Ces considérations à l'esprit, je regardai la femme assise à mes côtés, me demandant comment cette jeune, impressionnable et innocente fille pouvait rester impassible face au mal incarné. Je me comparai à un moustique, la vidant subrepticement de sa substance tout en lui inoculant mes poisons.

Je ne pouvais pas imaginer quels étaient ses secrets et les sque-
lettes qu'elle avait forcément dans son placard. Je savais qu'elle
cachait quelque chose. C'est la façon dont elle changeait brutalement
de personnalité qui m'avait mis la puce à l'oreille. Elle était réellement naïve mais certainement pas innocente. J'étais certain qu'elle
aussi cachait un côté sombre hérité de son passé.

Nous qui pratiquons le BDSM possédons une noirceur et nous
faisons face à la douleur et à l'angoisse plutôt que de les ignorer. Je
ne doute pas que cette noirceur me vienne directement de ma
famille.

Vous n'imagineriez pas les choses que j'ai pu entendre à mon
propos tant qu'au sujet de ma pauvre mère de la part de celui que
j'aurais dû regarder comme mon héros, mon protecteur. Il ne m'a
laissé que des cicatrices à l'âme, le pire étant que je n'avais rien trouvé
de mieux que de trouver une jeune fille fraîche et naïve que je ne
destinais qu'à l'assouvissement de mon appétit diabolique.

Natasha avait bien enfoui son côté sombre mais j'étais là, prêt à
creuser jusqu'à le ramener à la surface. Je serai peut-être alors enfin
repu de tout ce que voulais lui prendre. Elle ne trouverait plus le
repos et je l'abandonnerais, probablement en pièces.

Je jetai vers ma victime un regard concupiscent et me garai près
du Musée du Design Cooper-Hewitt, l'ancienne Maison Carnegie.
C'est là qu'allait commencer la soirée à laquelle bien peu d'élus
auraient jamais possibilité d'assister.

Nous étions sur le point de nous laisser entraîner dans un tour-
billon de lubricité et grisé, j'espérais remporter mon trophée. Mon
magnifique et délicieux trophée.

Tout le monde arrivait, y compris certaines des personnalités les
plus riches et connues de New York.

— Laisse-moi t'attacher ça. Je liai un masque de dentelle sur son
visage et mis le mien pour l'escorter jusqu'au théâtre. Elle promenait
son regard bleu glacier sur la foule, son bras accroché au mien. Tous
étaient masqués, comme il se doit lors de tous les événements du
CBMM.

Un homme aux longs cheveux blond sale accompagné d'une

grande brune nous dépassa. Natasha se pencha vers moi. C'était qui ? demanda-t-elle.

Je l'arrêtai d'un doigt sur les lèvres. Tu ne dois jamais poser cette question. L'anonymat était un privilège qu'il ne fallait pas fouler au pied.

A notre arrivée, je remarquai le l'Hôte d la soirée discutant avec des membres. La seule débutante présente était avec Jon X. Elle semblait nerveuse et ses yeux tristes regardaient autour d'elle.

Elle et Natasha étaient semblait-il les deux seules débutantes. Natasha, je reviens dans un instant, lui dis-je. Il était primordial quelle apprenne au plus vite à converser avec les autres femmes lors de ces soirées. Un mode de vie tel que le nôtre impose de savoir à qui l'on se confie. Construire des amitiés solides était essentiel au cas où l'une d'elles pèterait les plombs. Va discuter avec cette jeune femme jusqu'à ce que je revienne. L'apéritif et les hors d'œuvres seront servis dans la salle de réception. Elle acquiesça d'un hochement de tête et je l'accompagnai jusqu'à la jeune femme.

Tout en rejoignant mes amis, j'observai son comportement alors qu'elle faisait connaissance. J'étais fier de les voir échanger toutes les deux. Elle ferait une si merveilleuse esclave si seulement elle acceptait de s'abandonner à ses démons.

— Elle est superbe, Bill, me glissa Jon X. Et que penses-tu de ma dernière victime ?

— Elle a l'air un peu triste. Je devais lui connaître mon opinion.

— Seulement quand je ne suis pas près d'elle. Elle est insatiable, dit-il avec un grognement. Et comment ça se passe pour toi, avec cette belle garce que tu t'es dégotée ?

— Il vaut mieux pas que tu saches, dis-je en ricanant. En fait, nul besoin de surenchère, la mienne est encore un diamant brut. Il me faudra prendre le temps nécessaire pour la perfectionner mais je relève le défi.

Sa grimace dégoûtée m'amusa un instant. Elle doit encore être initiée ? Pas génial. Mais je l'ai déjà vue, à l'entrepôt. Je l'y ai vue deux fois en fait. Ce qui veut dire qu'elle est intéressée.

— La première fois, elle a été embringuée par une amie à elle,

Daniella Day. Elle lui a raconté qu'il s'agissait d'une soirée caritative et rien de plus. Mais après l'expérience qu'on a vécue dans la salle, je suis certain qu'elle est une candidate parfaite. La deuxième fois, elle est venue pour moi. Tout ça est très nouveau pour elle mais elle ne s'est pas sauvée en hurlant.

— Comme elle aurait pu le faire, ajouta-t-il en riant sous cape.

Alors que je l'observai de l'autre bout de la salle, nos regards se croisèrent et elle articula silencieusement, sauve-moi.

Mes genoux flanchaient et je fus surpris du coup frappé dans ma poitrine. Elle voulait que je la sauve alors que je m'apprêtais à faire l'inverse. Je l'entraînais à me suivre dans les profondeurs de notre monde souterrain.

Un endroit où les chaînes et les fouets se côtoyaient pour mater les esprits rebelles et anéantir toute velléité de résistance. Tous les esclaves ne sont pas des femmes. De nombreuses femmes possèdent leur propre esclave mâle. Il n'y a pas de sexisme dans notre société secrète contrairement à ce que les gens pensent.

Elle ne me quittait pas des yeux et me faisait signe du doigt et je fis un pas vers elle, comme un idiot. Je mimais à son intention une fessée, pour la prévenir de ce qu'il l'attendait si elle n'arrêtait pas ses pitreries.

Elle m'adressa un sourire désarmant et me souffla un baiser. Ce simple geste me coupa le souffle un instant. Il me fallut détourner le regard et le rabattre vers mes acolytes. Je ne réalisai pas que Jon X. n'avait rien manqué de nos échanges silencieux.

Il frôla mon épaule en me murmurant : Tu devrais faire attention mon garçon. Celle-ci pourrait bien réussir à t'attraper.

— Jamais, répondis-je brusquement.

Jamais !

17

NATASHA

Je regardai Nicholaï se diriger vers le groupe des membres les plus âgés qui riaient et parlaient déjà entre eux lorsque j'étais arrivée.

Ils étaient tous très habillés et ma tenue provocante jurait, me mettant mal à l'aise. Je remarquai une autre fille semblant aussi égarée que moi et c'est vers elle précisément que Nic m'envoya. Il me demanda d'aller faire sa connaissance pendant qu'il rejoignait ses amis.

Je compris les grandes lignes de ce qu'il attendait de moi. Lie-toi d'amitié, sois agréable, je veux pouvoir être fier de toi.

Avant de le quitter, je nous attrapai deux verres, espérant que ma nervosité n'était pas aussi visible que la sienne. Voici pour toi, dis-je en lui tendant un cocktail vodka myrtille.

— Merci, dit-elle, prenant brusquement le verre et le vidant cul-sec.

— Je m'appelle Natasha. Je lui tendis la main.

— Oh ! Désolée, je suis Trisha, gloussa-t-elle. Elle saisit ma main. La sienne était moite. Donc, tu es prête pour ce soir ? demanda-t-elle en prenant une coupe de champagne sur le plateau d'un serveur.

— J'aurais du mal à te répondre, ne sachant pas moi-même ce qu'il se passe ici, répondis-je, sincère.

Elle me sourit malicieusement. C'est une fête pour célébrer l'intronisation d'une débutante. Ce sera mon tour dans quelques semaines. Elle affichait un sourire radieux qui contrastait avec le fait qu'elle semblait sur le point de fondre en larmes. Et toi ? demanda-t-elle enthousiaste.

Je faillis m'étrangler de surprise. Pardon ? demandai-je en essuyant ma bouche.

— Quand est prévue ta fête ?

J'avais donc bien compris !

— Oh non, tout ça ne me concerne pas, répondis-je en riant.

— Je pensais que tu avais signé ton engagement. C'est bien pour ça que tu es ici, non ? Elle me regardait avec perplexité.

Je restai un moment silencieuse, sachant pertinemment qu'il était exclu que j'envisage ne serait-ce qu'un instant de devenir une esclave. Non, je n'ai pas signé l'accord, devenir une esclave n'est pas ma vision de l'amour. Je regardai par-dessus son épaule mais n'aperçus que le dos de Nicholaï, tout occupé qu'il était à rire avec des amis.

— Tu es avec Bill, n'est-ce pas ? Je t'ai vue arrivée à son bras. Il est si beau. Je pense que tu devrais sauter sur l'occasion de t'engager avec lui. Il est très convoité par les femmes qui fréquentent le CBMM. Il est jeune et bâti comme une armoire à glace.

Elle était incroyablement directe. Tu parles très librement, dis-moi. Et qui es ton beau mâle ?

— C'est celui à qui parle avec le tien, dit-elle en le désignant du doigt. C'est mon Maître. Son discours était léger, bien loin du ton que j'emploierai dans une telle situation. Ce n'est qu'un bout de papier, Natasha. C'est juste pour vous permettre d'avoir des rapports sexuels incroyables avec des accessoires incroyables. Il n'y pas de mal à ça, dit-elle.

Je finis mon verre et à la faveur du passage d'un serveur parmi la foule, le posai sur son plateau et en saisis un autre. Le mal, ma chère, est l'avilissement que t'imposent ces documents. Ils lui permettront de te faire ce qu'il veut quand il le désire. Tu vas devoir l'appeler

Maître, putain ! Je ne pouvais que secouer la tête et pris une gorgée du liquide violet ressemblant à s'y méprendre à du simple jus de raisin.

— Pourquoi t'a-t-il emmenée ici dans ce cas ? rétorqua-t-elle à voix haute. Si tu ne veux pas baiser comme ça, pourquoi est-ce qu'il s'emmerde avec toi ?

Je détournai le regard, elle avait touché un point sensible et agitai son doigt vers moi. Je ris et dit : Ca n'est pas comme ça.

— Oh ! Donc tu aimes baiser comme ça ! Alors quel est le problème avec les papiers ? Tu as des scrupules ? Elle sirota une gorgée comme si nous avions une conversation ordinaire et me regarda par-dessus le bord de son verre.

— C'est tout le reste, le contrôle, que je ne vois pas d'un très bon œil. Il pourrait bien me faire tout ce qu'il voudrait mais ce n'est pas seulement le sexe qu'il veut. Moi je veux aussi de l'amour et d'après quelques remarques qu'il m'a faites, c'est inutile d'y compter, dis-je en buvant pour me calmer.

— L'amour rend faible et stupide, j'en connais un rayon. Mon cœur a été brisé bien trop souvent. Donc pourquoi ne pas me donner à quelqu'un que j'aime bien ? Et tu vois, comme ce soir, on imagine pour toi une mise en scène fabuleuse pour fêter l'accord entre le maître et son esclave. C'est tellement érotique et excitant, tu verras. Si tu es encore là, j'espère que tu viendras à ma soirée. J'ai choisi un thème égyptien, j'ai hâte ! Elle sourit et exprimait son enthousiasme en sautillant presque sur place.

Je me retournai pour le regarder et surpris mon homme en train de m'observer. Sauve-moi. J'articulai ces mots et il me rendit l'un de ses magnifiques sourires. J'agitai ensuite mon doigt vers lui et il fit mine de venir à ma rencontre avant de stopper et de mimer une belle fessée.

Trisha recommençait à me parler. Imagine cette expérience. Et je serai ton amie esclave. Elle considérait ma réticence avec complaisance. Ou était-ce simplement mon ignorance totale de ce mode de vie. Ne te prends pas trop la tête et profite du spectacle, c'est tout ce dont il s'agit de toute façon, un rôle que chacun joue. Ce n'est pas un jeu au quotidien mais une sorte de hobby. Une passion très gratifiante.

Jusqu'à ce que les coups commencent à pleuvoir, pensai-je à part moi. Avant d'avoir pu lui répondre, je sentis la chaleur de la main de Nic sur mes reins. Il est temps d'aller nous asseoir, murmura-t-il à mon oreille, chatouillant les petits cheveux de mon cou.

Il me prit la main et me guida le long d'un couloir dont les murs étaient ornés d'œuvres d'art érotique. Je n'avais jamais visité ce musée, principalement parce que je ne me rendais que rarement en ville. Malgré mon amour de l'art, je n'avais jamais imaginé parcourir une telle distance pour visiter une exposition même si elle pouvait en valoir le coup. Mais j'avais tort et constatai que cet art, dont je n'avais qu'entendu parler ou vu sur internet me fascinait.

Arrivés dans le théâtre, nous nous installâmes. Il me tenait encore la main et l'embrassa en me regardant. Je crus lire quelque chose dans le regard sombre qu'il m'adressa alors, plus que du désir mais moins que de l'amour, un entre-deux dont j'aurais voulu qu'il rejoigne mon côté plutôt que de m'entraîner vers le sien.

Je regardai vers la scène où se trouvait une cage. C'est pour quoi faire ?

Sa voix grave vibra derrière mon oreille, déclenchant un frisson qui me parcourut l'échine et me fit mouiller instantanément. Chut, ma princesse, tu vas voir. Prépare-toi. Tu n'as jamais rien vu de tel de toute ta vie.

Je me tournai vers lui, surprise qu'il m'appelle sa princesse alors que je ne le savais même pas capable d'une telle tendresse. Je me penchai pour embrasser sa joue, sachant pertinemment qu'un tel geste n'était pas autorisé mais je ne pus m'en empêcher. J'ai hâte. Merci de m'avoir emmenée avec toi, mon beau prince.

Les lumières de la salle s'éteignirent et toutes les conversations cessèrent alors que de la musique commençait à se faire entendre. Nicholaï affichait un sourire amusé alors que j'observais la scène, pressée de voir le spectacle.

Nos mains étaient toujours enlacées, posées sur le haut de sa cuisse. Je la pressai alors que je remarquai sur scène l'apparition d'un homme ne portant rien d'autre qu'un masque de squelette brillant dans le noir et une longue cape noire, déployant un drap de soie noire.

La lumière bleue balayait son corps, mettant en relief sa musculature. Qu'allait faire cet homme presque nu et pourquoi la cage était-elle vide ?

Il projeta en l'air l'étoffe légère qui retomba légèrement, comme par magie, sur la cage qu'elle recouvrit parfaitement. Je me redressai sur mon fauteuil pour ne rien louper de ce qui allait se passer sur la scène obscure. Nic pressa ses lèvres contre mon cou. Relax, ça va commencer.

L'homme à la cape tira brusquement sur le drap noir, découvrant une femme blonde assise dans la cage et dont les chevilles et les poignets étaient menottés. Ses bras étaient maintenus attachés autour de ses genoux. Son visage restait caché car sa tête était penchée sur ses jambes repliées.

— Regarde-moi, résonna la voix grave diffusée par la sono.

Elle releva doucement la tête et un faisceau lumineux rouge mit en lumière l'acier d'une balle coincée dans sa bouche. L'homme à la cape se dirigea vers la cage, cinglant l'air de son fouet.

Mes yeux s'écarquillèrent et je regardai Nicholaï concentré sur la performance se déroulant sous nos yeux. Ses muscles étaient tendus et je ressentis l'adrénaline grimper en même temps que l'intensité de la scène.

La lumière rouge illumina la femme dans la cage. Elle portait un harnais de cuir noir qui ne dissimulait que ses tétons et ses parties intimes. Un fin masque noir couvrait ses yeux et ses lèvres charnues portaient un far presque noir. Sa peau rougeoyante sous cette lumière luisait d'huile. La façon dont elle regardait l'homme me fit presque pleurer.

L'expression sur son visage exprimait un mélange de peur et d'espoir, visible d'où je me tenais. Lui n'exprimait rien, sa face dissimulée par le masque.

Elle resta totalement immobile lorsqu'il ouvrit la porte de la cage. Viens, dit-il d'une voix sinistre.

Elle rampa jusqu'à lui à quatre pattes, entravée par les chaînes attachés à cage et qui ne lui permettaient même pas de redresser la tête.

— Lève-toi ! ordonna son maître qui fit claquer le fouet pour accentuer l'effet dramatique. Je haletais et Nic me serra la main. J'entrevis un petit sourire sur son visage.

La femme plantureuse avait tout ce qu'il faut où il faut. Elle se déplaça vers l'homme, tête baissée jusqu'à ce qu'il tendit le bras vers sa poitrine pour l'arrêter. Elle se pencha vers lui comme pour une révérence.

Il abaissa le regard vers elle, un genou encore à terre alors qu'elle tentait de se relever. Il plaça sa main au-dessus de sa tête. Tu es à moi.

— Je suis à toi, Maître, dit-elle d'une voix bien plus douce que la sienne.

Il redressa la tête et tendit ses bras vers le ciel. Maintenant, je vais te prendre.

Deux hommes vêtus à l'identique du Maître détachèrent la chaîne de la fixation de la cage. Elle avait été libérée mais ne bougeait pas, conservant sa position à genou. Ils remplacèrent la cage par une chaise qu'un troisième homme plaça au centre de la scène.

Je regardai Nic et lui murmura : Vont-ils faire l'amour sur la scène ? Devant nous ?

Ses lèvres se tordirent en un demi-sourire et il plaça un doigt devant ses lèvres. Chut, attend et regarde, ma princesse.

J'étais très gênée à l'idée de regarder des gens coucher ensemble en public, sous nos yeux. C'en était trop pour moi !

Mon regard était pourtant attiré vers la scène obscure où ne brillaient que les lumières rouges braquées sur elle et le faisceau bleu éclairant les gestes du Maître fixant une longe au collier de cuir qu'elle portait autour du cou. Le cliquetis du métal résonnait dans les haut-parleurs. Il mena ensuite son esclave vers la chaise.

Il se plaça derrière le dossier de la chaise guidant ses mains pour qu'elle s'y accroche, probablement pour ce qu'il lui réservait ensuite. Il recula de quelques pas derrière elle et sembla attendre que les violons se soient tus pour abattre son fouet sur ses chairs. Son corps ne bougea pas d'un pouce sous la morsure du fouet et elle ne sembla même pas affectée.

J'imaginai qu'il avait dû frapper à côté d'elle et non sur elle. Ca ne pouvait pas en être autrement ! Personne ne pourrait supporter ça sans broncher !

Je sentis des fourmillements dans mon bas-ventre alors que je regardai avec stupeur la sérénité avec lequel elle encaissa le coup suivant. Les lanières semblaient bien avoir mordu sa peau mais elle n'en gardait aucune trace.

Je ressentis un serrement entre les jambes alors que les percussions de la musique accompagnaient l'action sur scène. Je reportai mon attention sur l'homme qui maniait le fouet et remarquai sa queue dressée et dépassant de sa cape. Je me penchai en avant instinctivement, comme pour vérifier que tout cela était bien réel. Allaient-ils vraiment le faire devant tout le monde ?

— Tu vas bien ? demanda Nic dans un souffle.

Je me tournai vers lui, ses yeux étaient aussi calmes que les miens étaient écarquillés. Il a sorti sa bite et est prêt à l'action, Nic. Ils vont vraiment...

J'arrêtai de parler et de penser quand il posa ses lèvres sur les miennes. Regarde, murmura-t-il. Il m'attira vers lui pour que je pose ma tête sur son épaule, lâcha ma main pour placer la sienne sur ma cuisse. Il commença à me caresser, ce qui ne m'aida en rien pour retrouver mon sang-froid !

Mon corps réagissait malgré moi à ce que je voyais, comme jamais auparavant. J'avais déjà regardé des films porno et lu des romans érotiques mais tout ceci se passait sous mes yeux et le bel homme près de moi me caressait si bien que j'imaginais que je pourrai le faire moi aussi.

Mais je n'étais pas du genre à prendre de tels risques et essayer de nouvelles choses si facilement. L'esclave de mon maître. Un putain de maître qui savait exactement où et comment me toucher.

J'étais pour le moment assise près d'un homme qui n'avait certainement rien à voir avec un prince charmant. Il s'attachait à un mode de vie auquel je ne comprenais rien. J'espérais que ce ne serait que temporaire, qu'il finirait par se lasser et apprendrait à devenir un homme meilleur. Un homme normal.

Les instruments tombèrent à terre, me ramenant à la réalité du spectacle dont je m'étais extraite un instant. Je regardai le Maître déposer le fouet au sol et retirer sa cape.

J'eus le souffle coupé lorsque je sentis la main de Nic remonter plus haut sur ma cuisse. Le Maître se tenait, nu, dans le faisceau de lumière bleue, sa queue bien raide. Il caressait le cul de son esclave, y déposant de légers baisers. Un nouvel homme arriva sur les planches, dansant si risiblement qu'on entendit des ricanements dans l'assemblée. Il plaça quelque chose dans la main du Maître et la salle se remplit d'une vibration assourdissante.

— Sérieusement ? demandai-je avec un froncement de sourcils.

Il hocha simplement la tête et retourna vers le spectacle de cette femme, sur le point de se faire enfiler par ça pendant que nous regarderions. J'étais dégoûtée !

Je finis par me recentrer sur le show. Le Maître repoussa de côté la sangle passant entre ses cuisses. Je me penchai pour mieux voir ce qu'il lui faisait. Il allait probablement lui infliger les traditionnels coups de fouet mais sans la pénétrer avec l'objet.

Elle se cambrait pour lui offrir la meilleure vue sur sa croupe. Je tentai de deviner la nature de l'objet dans la main le Maître. C'était un godemiché énorme qui vrombissait déjà. Je détestais le fait que cela m'excitait et la main de Nic remontait lentement mais sûrement le long de ma cuisse direction ma zone de plaisir intime.

Une évidence me frappa soudain. S'il voulait m'enseigner à rester tranquille pendant qu'il me donnait du plaisir, c'est parce qu'il voulait baiser dans des lieux publics sans risquer de se faire griller par mes gémissements de femelle en chaleur. Et en instant, je commençai à comprendre pourquoi ils avaient fait au moins une des choses qui m'avaient semblées si dégradantes auparavant.

Je tournai les yeux vers la femme sur scène et l'observai, les yeux mi-clos, extatique alors que le gode luisant disparaissait en elle. Il était en train de le lui enfiler devant un public captivé et elle prenait son pied.

Elle battait des cils et je ressentais comme elle l'intensité de la pénétration, comme si j'étais celle qui se faisait prendre. Il bougeait en elle doucement, dans un lent va-et-vient, son autre main frottant son cul ou caressant ses seins. Elle semblait sur le point de hurler son plaisir et accompagnai de coups de reins le mouvement régulier de l'énorme gode en caoutchouc, mais elle restait silencieuse. Seules les expressions de son visage et la façon dont elle bougeait montraient qu'elle prenait du plaisir.

J'avais de plus en plus chaud et je risquai de prendre mon pied moi aussi si je continuais à les regarder. J'allais me lever mais Nicholaï m'agrippa la cuisse. C'est presque fini, murmura-t-il avant de lécher mon cou. Ne me laisse pas regarder ça tout seul, s'il te plaît.

Il avait prononcé le mot, s'il te plaît et ça aussi c'était adorable. J'acceptai d'un regard et tentai de me calmer en me concentrant sur les aspects négatifs de la situation. Mais elle montrait tellement de plaisir à ce qu'on lui faisait que je n'en trouvai aucun.

Je regardai de nouveau la femme, qui montrait tous les signes de la montée d'un orgasme intense. Son maître semblait bien connaître son esclave et les réactions de son corps car il retira le sextoy. Elle n'eût pas longtemps à attendre car il s'introduisit en elle. Il agrippa ses hanches et déversa en elle toute rage contenue.

Ses seins tressautaient librement maintenant qu'il en avait écarté les fines lanières de cuir, exposant au public ses tétons durcis. Il les titilla entre ses doigts alors qu'elle s'offrait de plus belle, les reins cambrés et les fesses plaquées contre lui.

Je sentais battre mon clitoris et j'étais prête à jouir, assise là dans ce fauteuil. Nic tenait ma cuisse qui sursautait au rythme de mon pied frappant nerveusement le sol dans l'attente de l'orgasme qu'ils étaient sur le point d'atteindre ?

Elle renversa sa tête et je pouvais voir ses jambes trembler alors qu'elle s'agitait sous lui. Ils jouirent ensemble mais il continua à la pilonner en se lâchant en elle.

L'homme savait que c'est en poursuivant la friction qu'ils parviendraient au paroxysme de la jouissance. Il imprimait régularité et précision à ses à-coups pour parvenir à les satisfaire tous les deux. Le dernier grognement marqua la fin de leurs ébats.

Je me levai dès que les rideaux se refermèrent, cherchant les toilettes les plus proches. J'entendis Nicholaï m'appeler mais je n'étais pas prête à lui obéir à ce moment précis. J'avais désespérément besoin de m'isoler pour reprendre mes esprits.

Je trouvai finalement les toilettes, poussai les portes et me précipitai vers le lavabo. Je m'aspergeai le visage d'eau fraîche.

Je me débattais dans les affres du désir, je tentais de résister à l'envie impérieuse de vivre l'aventure érotique proposée par cet homme sublime.

Je me redressai et attrapai quelques serviettes en papier pour me sécher le visage. Lorsque je me regardai dans le miroir, je l'aperçus, debout derrière moi. Je baissai le regard, consciente que je lui avais désobéi.

— Tu es très belle, dit d'une voix étrange un homme derrière moi portant le même masque que Nic.

Je me retournai et dévisageai l'homme. Ses cheveux et ses yeux étaient sombres comme ceux de Nicholaï mais son corps était plus sec. Nicholaï était bien bâti mais cet homme me semblait plus sculpté et sa voix douce me fit frissonner. Merci mais je dois y aller, dis-je d'une voix éraillée tout en remettant mon loup.

Il me laissa passer mais son visage à la barbe naissante me suivait du regard de façon insistante. Je sortis et aperçus Nicholaï qui fixait ma robe avec insistance.

Le mec choisit ce moment pour sortir à son tour en remontant sa braguette, déclenchant un sourire arrogant sur le visage de Nicholaï.

Je secouai la tête, anxieuse et prête à tout expliquer. Je n'ai...

Il plaça un doigt sur mes lèvres et attrapa ma main pour me guider vers le théâtre. Alors que mon cœur battait la chamade, je n'étais préoccupée que par ce que cette petite mésaventure allait me coûter.

18

NICHOLAI

J'observai James Hawthorne, magnat et héritier de Hawthorne Publications sortir des toilettes à la suite de Natasha. Son regard s'était rempli de peur lorsqu'elle avait remarqué ma présence.

Je savais pertinemment qu'il ne s'était rien passé entre eux. L'homme cherchait comme toujours à me rendre la monnaie de ma pièce. Il finirait bien par me pardonner mon petit écart de conduite avec sa soumise.

C'était il y a un an. Elle souhaitait rompre son engagement sous prétexte d'abus de sa part. J'avais tenté de le faire exclure du CBMM mais sa famille et ses relations personnelles lui avaient permis d'y échapper. Je parvins néanmoins à la lui soustraire bien qu'elle porte sa marque.

Il m'en voulait depuis lors. Qui pourrait l'en blâmer ? Mais lorsque j'avais vu les marques qu'il avait laissées sur le corps de la pauvre fille, je sus que je me devais de la libérer de son accord. Les anciens ne feraient rien pour elle, quelqu'un devait l'aider.

Et le regard qu'il portait sur Natasha me rappela que j'avais intérêt à rester vigilant. Je devais la garder près de moi où il bondirait sur elle en un instant. Je ne prendrai aucun risque. Je refusai de prendre le moindre risque. Je me souviens avoir été obsédé par la question alors que j'avais attrapé le bras de la femme qui marchait à mes côtés.

— Je n'ai... Elle tentait de s'expliquer. Je plaçai un doigt sur ses lèvres et lui prit la main. Il était temps pour nous de partir. Je voulais savoir ce qu'elle avait pensé de ce rituel.

Si elle acceptait l'engagement, Ce serait bientôt son tour de vivre son propre rituel initiatique. J'imaginais déjà comme l'intensité de son show l'attirerait irrémédiablement dans notre monde. Le monde dans lequel je la voulais.

Durant le trajet de retour vers mon appartement, je caressai son bras alors qu'elle regardait par la fenêtre. As-tu apprécié le spectacle ? demandai-je.

Elle se tourna vers moi. Tu l'as apprécié, toi ?

Elle n'était pas dans son assiette mais je ne comprenais pas pourquoi. Natasha, je t'ai posé une question ? Tu ne peux pas y répondre par une autre question. Tu dois juste me dire si tu as apprécié le spectacle ou non. Je la regardai sévèrement et elle s'adoucit.

— C'est donc ça, ton truc ? demanda-t-elle, cherchant des indices dans mes yeux.

Je desserrai mon nœud de cravate. Elle avait été totalement fascinée par la représentation et maintenant que nous étions seuls, elle devenait froide et moralisatrice. Je suppose qu'elle ne savait pas que je pouvais ressentir ses sensations durant le spectacle. La chaleur irradiait de son corps, ma main l'avais senti même si elle était éloignée de ses parties intimes. Elle était excitée, j'en étais certain. Je réalisai alors qu'il allait me falloir prévoir quelque chose de plus personnel qu'habituellement.

— Pas particulièrement la cage ni les menottes mais oui, c'est plutôt mon truc, répondis-je. Je n'ai pas vraiment aimé les menottes et la cage, ça rend les choses assez inhumaines.

— Et si moi, j'aimais les menottes et la cage ? Tu les utiliserais ? demanda-t-elle en souriant.

Sa question me prit de cours mais j'étais persuadé qu'elle me testait. C'est négociable, répondis-je. Je la regardai intensément. Cela veut-il dire que tu es d'accord pour signer l'engagement ? J'étais frappé par la vitesse à laquelle battait mon cœur alors que j'attendais désespérément une réponse que j'espérais positive.

— Non, pas tant que je n'aurai pas lu toutes les conditions et que nous n'en n'aurons pas ajusté certaines. Elle me regardait posément.

Je hochai la tête. Mais j'ai besoins que tu aies tout lu ce soir et que tu établisses la liste de ce que tu souhaites changer ou supprimer. Tu peux utiliser le carnet que je t'ai donné avec les papiers à signer. Je veux que les termes de notre accord soient précis pour que nous puissions tous les deux les valider. Tu dois comprendre que certaines de ces règles sont incontournables. Et tu me diras directement, n'est-ce pas ? Je ressentais physiquement et moralement les effets de l'attente, ce qui était tout à fait inédit. J'aurai dû y voir un signe mais je préférai l'ignorer.

Elle répondit d'un hochement de tête et mordit sa lèvre inférieure. La pointe de ses tétons durcis excita mon regard et je passai mon pouce sur l'un d'eux. Elle en frissonna. Elle entrouvrit sa bouche et ferma lentement les yeux. Je dus ralentir et me garer tant mon corps brûlait de désir pour elle. Je ne pouvais plus attendre.

Je reculai et allongeai le siège de la voiture et aidai Natasha à m'enfourcher. Elle s'était déjà débarrassée de ses escarpins et s'installa prestement sur mes cuisses, face à moi.

J'embrassai son cou et repoussai la robe pour libérer ses seins. Je jouai à les pincer, à les titiller délicatement.

Les yeux dans les yeux, nos lèvres se trouvèrent et, n'y tenant plus, nos langues se mêlèrent, avides et fébriles. Son sein contre ma paume me transmettait les battements saccadés de son cœur.

Elle gémissait dans ma bouche et je pétrissais passionnément sa poitrine offerte. Elle m'attira à elle, ses bras m'agrippant étroitement. Je sentais déjà sa chaleur et la moiteur de son entrejambe qu'elle frottait fermement dans un mouvement circulaire.

Je retirai ma veste sans quitter sa bouche et elle défit ma

braguette. Elle sortit ma queue tendue et je sentis immédiatement sa nudité. A ma grande surprise, elle ne portait pas de culotte. Je n'appréciai pas vraiment qu'elle soit sortie comme ça mais j'étais tout de même assez satisfait qu'aucun tissu ne nous sépare.

Un cognement à la vitre passager nous fit sursauter. Nos deux têtes, bouches bées, se tournèrent vers le bruit qui venait de nous interrompre. C'était un officier de police renfrognés qui nous contemplait. Merde, lâchai-je.

— Crotte, dit-elle en se précipitant sur son propre siège. J'essayai de me rhabiller comme je pouvais.

Je baissai sa vitre et saluai l'agent. Bonsoir, belle nuit, n'est-ce-pas ?

— En effet. Et je suis certain que vous pourriez trouver un endroit plus approprié pour finir ce que vous venez de commencer, vous ne croyez pas ? Il me regardait méchamment et il jeta un œil à la lourde poitrine de Natasha. Ca me rendait malade mais je réussis à garder mon sang-froid.

— Vous avez raison, d'ailleurs, on allait s'en aller, dis-je. Il hocha la tête et s'éloigna.

— Quelle gêne ! s'exclama Natasha en remettant sa ceinture de sécurité.

Je repensai à son absence de sous-vêtements en quittant notre place de stationnement pour la raccompagner. Je lui jetai un regard désapprobateur et m'assurai de capter toute son attention en lui parlant d'une voix grave et calme. Ne sors plus jamais de chez toi sans porter de sous-vêtements.

— La robe était trop moulante et même un string aurait été visible, argua-t-elle, ce qui m'agaça davantage encore.

— Dans ce cas, pourquoi l'avoir portée, Natasha ? La question la fit s'agiter sur son siège. Cette robe ne te correspond pas de toute façon.

— Tu trouves qu'elle ne me va pas ? demanda-t-elle, les yeux écarquillés.

— Je n'ai pas dit ça. Je remontai la rue et la regarda du coin furtivement. Je veux simplement dire qu'elle n'est pas ton style ? Mais nous verrons ça demain. Une fois que tu auras signé l'accord, tu vas y gagner une nouvelle garde-robe complète.

— Dis-moi, Nic, demanda-t-elle d'un air qui me déplût. A quels autres changements dois-je m'attendre une fois que j'aurai signé l'accord ?

— Tu auras ta chambre chez toi. Je remplirai les tiroirs et les armoires de tout ce dont tu auras besoin. Il faudra simplement que ta personne vienne chez moi, dès signature de l'engagement. Je te procurerai tout le reste. Ta voiture sera garée dans on parking personnel. En mon absence, tu n'iras nulle part dans mon chauffeur. Tu ne conduiras plus toi-même. C'est dangereux et je refuse que tu risques le moindre danger.

— Ah, vraiment. Je ne crois pas, Nic, dit-elle en riant de bon cœur. J'aime conduire.

— Alors tu pourras conduire, de temps en temps. Mais quand je serai à côté de toi. Je ne veux plus te savoir je ne sais où et toute seule la plupart du temps. Tu sais, un certain nombre d'hommes aimeraient faire main basse sur ce qui m'appartient, pour l'abimer ensuite.

— Pourquoi quelqu'un essaierait-il de m'abimer, Nic ? demanda-t-elle en commençant à se tordre les mains nerveusement.

Je m'arrêtai au feu et lui prit la main pour l'embrasser. L'homme qui t'a suivie aux toilettes, par exemple. Si tu rencontres à nouveau James Hawthorne, assure-toi de rester polie mais d'éviter de rester en sa présence. Promets-le moi et quoi qu'il advienne de nous, éloigne-toi de lui à tout prix, c'est un homme dangereux.

— Et toi, tu n'es pas dangereux, peut-être ? dit-elle en riant.

Elle ne me prenait pas au sérieux et cela me contrariait au plus haut point. Natasha, je suis sérieux. Je crois que tu ne comprends pas comment les choses se passent dans notre monde, monde dont tu fais désormais partie, que tu le veuilles ou non. Dès le jour où tu es entrée dans ce club. Tu as prétendu que tu étais adepte des mêmes pratiques que nous. Tu seras dorénavant une des femmes que ces hommes pourchassent. Tu es sublime. Je crois que tu n'as aucune idée de la catégorie dans laquelle tu es en tant que trophée.

— Je ne suis qu'un trophée dans ton monde, Nic ? demanda-t-elle stupéfaite. Elle commença à secouer la tête. On ne m'a jamais chassée et je ne suis pas un trophée.

Le feu passa au vert et je redémarrai. Je réalisai qu'elle n'était aucunement consciente de sa beauté et de son charme absolus. Comment ne pouvait-elle s'en apercevoir en se voyant dans le miroir ?

— Peut-être ne te fais-tu pas pourchasser souvent mais c'est uniquement parce que tu possèdes une rare qualité. Aborder une femme de ton calibre nécessite une énorme confiance en soi. Tu n'as pas dû rencontrer beaucoup d'hommes possédant ce genre d'assurance.

Elle hocha la tête et regarda par la vitre. C'est peut-être pour ça qu'il m'a fait ce qu'il m'a fait, marmonna-t-elle.

— Qui ? demandai-je, pensant qu'elle était sur le point de me faire quelque confidence. J'étais sûr qu'elle aussi était brisée quelque part, tout comme je l'étais. Je le devinai.

— Personne, répondit-elle trop rapidement ? Mais peu importe. Elle cherchait à se repérer et se tourna vers moi. Tu me ramènes ?

— Oui, répondis-je. J'ai fait déposer le dossier dans ta chambre. Sur ton lit. J'ai besoin de savoir que tu vs tout lire ce soir ? Je veux que tu viennes t'installer chez moi dès demain ? Donc fais-le dès que tu rentres, s'il-te-plaît. Je veux commencer tout de suite. L'attente est vraiment trop douloureuse.

— Douloureuse ? demanda-t-elle, le visage compassé. Sa main effleura la mienne, toujours sur le levier de vitesse. Je ne savais pas.

— Je m'arrêtai à un nouveau feu rouge. C'était la première fois que j'affichai ainsi ma vulnérabilité. Je te désire. Je te veux à un point que tu es probablement incapable de comprendre. Donc, s'il-te-plaît, fais ce que je te demande. Etudie l'accord et prends des notes pour que l'on puisse en discuter demain.

— Je le ferai, Nic, je te le promets. Elle se détourna à nouveau vers l'extérieur et sembla s'éloigner, en repli sur elle-même.

Je ne savais toujours pas ce qu'elle déciderait et comment je réagirai si elle refusait de signer l'engagement. C'était la toute première fois que j'envisageai quelque chose de plus que l'accord avec une femme. J'étais même prêt à apporter certaines modifications à notre accord si elle les demandait. Même si cela signifiait qu'il me faudrait me résoudre à renoncer à elle. Mais je n'allais pas le lui avouer

Ce serait tellement moins dangereux avec un accord !

19

NATASHA

L'appartement était vide lorsque je rentrai. Je me rendis directement dans ma chambre et me déshabillai. Elle n'était pas vraiment confortable à porter et maintenant que Nic m'avait dit ne pas l'aimer, je ne supportais plus de l'avoir sur le dos. Je savais qu'elle était trop vulgaire !

Je ne revenais pas du fait de donner autant d'importance à ce que pensait cet homme mais tel était bien le cas. Comme si je ne m'habillais que pour lui plaire, en ne sachant même pas ce qu'il aimait. Et je ne savais même pas pourquoi je le faisais. Je ne comprenais pas pourquoi j'étais sur le point de faire tout ça.

Je m'installai sur le lit après avoir enfilé un peignoir bleu et aperçut la boîte blanche contenant l'accord posée au bout du lit. Je la contemplai u moment.

J'essayai d'imaginer ce qui se produirait si je m'engageais. Je visualisai Nic et moi dans les positions les plus invraisemblables. Nus, pantelants, transpirants. J'en restai excitée et mais contrariée du fait qu'il m'avait déjà abandonnée à ma faim à deux reprises. Je n'avais pas l'intention de me laisser prendre à nouveau.

Mon téléphone m'indiqua que je venais de recevoir un texte. Il s'agissait de Nic. « J'espère que tu fais ce que je t'ai demandé. Je voulais également te dire que je suis bien rentrée. Et c'est le genre de petites attentions que tu recevras de ma part et moi de la tienne. Fais de beaux rêves, ma princesse. »

Un ordre immédiatement suivi par la tendresse. J'y voyais un indice de ce qui m'attendait. Il ne s'en rendait probablement pas compte mais il s'attachait à moi.

Et je m'attachais à lui. Je savais qu'il était dangereux de m'abandonner. Il avait été clair avec moi, il n'y aurait nulle place pour l'amour dans notre relation. Nous ne serions que des partenaires sexuels sans émotions.

Je répondis à son SMS. « Je fais ce que tu m'as demandé. Merci de m'avoir prévenue que tu es bien rentré, j'apprécie. Je te souhaite une bonne nuit, mon prince. »

Je reposai le téléphone et sortis le dossier pour étudier les dispositions du contrat qui allait nous lier.

Je scrutai les petites lignes pour y déceler et exclure cette phrase au sujet de l'interdiction de tout lien affectif. Pourquoi les émotions ne pourraient-elles être partie intégrante de notre arrangement ?

Si le plaisir sexuel était son seul objectif, son mode de vie, qu'en était-il des émotions ? Aucun de ces gens ne pourrait affirmer n'en ressentir aucune. J'avais vu leurs visages durant le spectacle. Ils étaient tous fascinés, leurs émotions lisibles.

Si le désir était une émotion qu'ils s'autorisaient, pourquoi se priver d'en ressentir d'autres ?

J'ouvris la boîte et sortis les documents sous lesquels un papier de soie protégeait un autre objet.

J'écartai le papier et elle était là. La ceinture de chasteté que je devrais porter si j'acceptais de consentir à cet absurde contrat. Il avait précisé que ce n'était pas un contrat mais je ne constatais aucune différence entre les deux, ils servaient le même but.

J'extrayais de sa boîte la pièce de métal dont les contours rappelaient ceux d'une petite culotte, dont même le fond était en métal, percé d'ouvertures suffisamment larges pour mon confort et mon hygiène quotidiens.

Je ne pus un sourire, stupéfaite devant cet objet d'un autre âge.

Cette merde était utilisée au Moyen-âge, dans une société qui permettait aux enfants d'enfanter à leur tour, bien trop fréquemment.

La raison pour laquelle il voulait me voir porter cet attirail était une autre histoire. J'enfilai la ceinture et l'attachai. Le métal froid contre ma peau me fit frissonner dans un sourire réflexe morbide.

Je m'observai dans le miroir en pied et remarquai que mon cul paraissait placé plus haut. Oh, waouh, je pourrais m'y habituer, pensai-je, ravie.

Je passai une robe et constatai que j'étais superbe. Je conserverai donc la règle concernant le port de la ceinture de chasteté. Je lui laisserai croire que je ne la porte que pour lui. Même si, en réalité, c'est uniquement pour mon propre plaisir. Il pourrait en revanche décider de conserver la clé sur lui. Peu importe, je n'avais aucune intention de coucher avec quelqu'un d'autre de toute façon.

Il était temps de me concentrer et d'étudier l'ensemble des règles. J'étais prête à me donner à Nic, dieu seul sait combien je le désirais moi-même. Mais tout serait possible à la seule condition qu'il accepte de faire certaines concessions.

Maintenant que je savais qu'il s'agissait plus d'un jeu que quoi que ce soit d'autre, j'étais tentée de tout accepter. Mais jamais je ne signerai des règles que je ne serai pas capable de respecter.

J'ouvris le carnet, prête à lister mes objections en commençant par la règle numéro un. Je refusai qu'il m'appelle son esclave. Cette règle devrait donc être supprimée, bien que je m'attende à voir Nic batailler à son sujet.

J'ajoutai un astérisque en marge de mon commentaire sur le carnet. Elle me rappellerait qu'il pourrait être difficile et peut-être impossible d'obtenir gain de cause. Je passai rapidement sur les requêtes les plus anodines, celle par exemple qui exigeait que je me lave tous les jours. J'estimai que ce genre de règles absurdes ne devrait même pas exister. Certaines des femmes que fréquentaient les mêmes les plus anciens devaient être de véritables souillons. Il y a avait même une règle stipulant l'obligation de se brosser dents et cheveux deux fois par jour.

Je ricanai à la lecture de certains paragraphes, allant du comique à l'autoritaire. J'essayai de me concentrer sur les règles les plus compliquées.

Après réflexion, j'avais décidé d'accepter la clause concernant le bâillon-boule dont l'intérêt résidait dans l'aide qu'il apportait dans l'apprentissage du silence. Cela permettait de profiter du toutes les occasions données dans les lieux ouverts à condition de rester silencieux.

J'arrêtai d'écrire et songeai à l'air extatique affiché sur le visage de la femme de la cage laissant clairement entendre tout le plaisir qu'elle prenait.

J'avais posé mon stylo et me torturai en essayant de deviner ce que Nic pensait de tout ça. Il m'avait déjà exprimé préférer contempler les expressions du visage et les mouvements du corps plutôt que de subir des cris de plaisir peut-être même factice.

J'avais déjà pu entendre de faux orgasmes dans les films. N'importe qui peut faire semblant. Mais le corps et le visage ne mentent pas. Cette pensée me ramena à Nic, qui s'avérait tellement plus consistant que ce que j'avais imaginé.

Je tournai la page et commençai à écrire une nouvelle règle. Nous ferons l'amour au moins une fois par semaine sans autre accessoire que nos corps. Nous partagerons des moments d'intimité affective au moins une fois par semaine.

Je ne savais pas à quelle résistance m'attendre au sujet de cette nouvelle règle mais j'étais prête à me battre pour elle. J'adorais sa façon de manipuler mon corps mais je voulais tout autant qu'il me sente le caresser lui aussi, délicatement. Et si ce qu'il disait était vrai, l'accord devait être mutuel. J'exprimai donc moi aussi mes désirs. Après tout, j'étais sur le point de céder à tout. J'étais prête à accepter de devenir l'esclave de Nic.

La perspective de la cérémonie initiatique à venir me revint brutalement à l'esprit et je m'allongeai sur le lit pour y réfléchir. Serais-je capable de faire ça ? Pourrais-je aller aussi loin, en public ? Etais-je prête pour ça ?

LE BATTU : LIVRE QUATRE

Une Romance de Milliardaire Bad Boy

Par Camile Deneuve

20

NICHOLAI

Je m'assis à mon bureau pour étudier les plans et les contrats pour mon voyage à Bangkok. Jennifer se tenait face à moi, engoncée dans un fauteuil de cuir noir, parlant sans arrêt comme si elle devait m'accompagner. Mais ça n'était pas le cas. J'avais une autre personne en tête pour occuper le poste d'assistante personnelle durant ce périple.

J'avais besoin que ma cousine, Jen, reste sur place pendant que je serai absent. Mon jeune cousin, Dimitri, n'était pas en mesure d'assumer cette responsabilité, tout Directeur Financier qu'il était.

Il n'avait obtenu ce poste qu'en raison de nos liens familiaux. Son épouse le menait à la baguette et aurait finalement mieux convenu pour le poste.

– Nicholaï, tu vas devoir obtenir la signature de ce contrat ou ton père risque de voter contre toi. Et nous savons tous les deux que la plupart des membres du conseil d'administration lui mangent dans la main. Il doit avoir quelque chose de très spécial vu la façon dont ils lui lèchent le cul. Jen rit de sa propre blague.

Elle ne savait pas encore à quel point elle avait vu juste. J'attrapai les contrats et les relus une nouvelle fois, tentant d'envisager quelles clauses le client pourrait souhaiter modifier. J'avais toujours pensé qu'en anticipant les objections du client, sa confiance était plus aisé à obtenir.

Je sentis la vibration de mon téléphone dans la poche de ma veste. Son nom apparut sur l'écran et je décrochai.

– Nicholaï à l'appareil.

— Je voulais savoir si je pourrais te voir ce soir pour parler de certaines choses.

Sa douce voix m'émut.

J'affichai un large sourire. Natasha parvenait comme nulle autre à libérer certains aspects de ma personnalité.

– Bien sûr, j'ai hâte de discuter avec toi. Je passerai te prendre à 20h, lui dis-je, parcourant du doigt le contrat posé sur le bureau.

— Je serai prête. Je porterai des vêtements ordinaires à moins que tu ne m'emmènes dans un endroit qui nécessite que je m'habille.

— Que veux-tu dire par vêtements ordinaires ? demandais-je. Je ne l'avais encore vue que portant des tenues particulières ou en tenue de bureau.

— Jeans, tennis et tee-shirt, répondit-elle. Mon sourire s'élargit un peu plus alors que je l'imaginais déjà en tenue classique de jolie petite américaine.

— Ça me va. À tout à l'heure.

Après avoir raccroché, je me tournai vers Jen, qui arborait un sourire moqueur. « Ça ne te regarde pas, Jen » dis-je avant qu'elle n'ait pu ouvrir la bouche.

Je pris ma mallette, y fourrais les contrats et la refermais. Je me levais et embrassais ma jeune cousine sur le front, comme à l'habitude et me dirigeais vers la sortie. Je préférais finir d'étudier mes dossiers à la maison, où je pourrai également donner des instructions à la cuisinière pour le dîner de ce soir à préparer.

Comme je me dirigeais vers les ascenseurs, mon cousin Dimitri me rejoignit, interrompant son manège de séduction avec la réceptionniste.

– Nicholaï, comment ça va pour toi ?

Il me donna un petit coup de poing dans l'épaule.

— Je rentre à la maison pour corriger tranquillement ces contrats, dis-je en levant les yeux au ciel.

Dimitri était comme un frère pour moi, bien plus que mes deux propres frères avec lesquels je n'étais plus en bons termes à cette époque. Ils m'en voulaient d'avoir obtenu le poste qu'ils briguaient.

— Je reviens Staci, dit-il à l'hôtesse en lui adressant un clin d'œil.

Je décidai de faire une petite blague à mon cousin et regardai par-dessus mon épaule. – Ne serait-ce pas ta femmeTabitha qui vient vers nous ? demandais-je, aussi sérieux que possible.

Il me regarda l'air terrifié.

– Où ça ?

Il se retourna si brutalement qu'il manqua presque de tomber. J'éclatai de rire lorsqu'il réalisa que sa sorcière de femme n'était absolument pas dans les parages.

– Merde, Nicholaï ! J'ai bien failli mourir de trouille, Tabitha a une ouïe bionique. Il secoua la tête.

— Écoute, je te vois plus tard, j'ai encore beaucoup de choses à faire, dis-je en montant dans l'ascenseur. Retourne harceler le personnel, cousin.

Il sourit en rougissant.

– D'accord, mec. On se voit plus tard. On pourrait peut-être aller boire un verre.

— Je te fais signe. À demain.

Dès que les portes de la cabine se fermèrent, mon téléphone sonna de nouveau. Je soupirai profondément et répondis.

– Allô, Nicholaï à l'appareil.

— Nicholaï, c'est moi, Jack, je vous appelle de l'entrepôt. Un véhicule du FBI vient d'arriver. Vous voulez peut-être être là pour les recevoir, dit-il, inquiet.

— Je descends et j'arrive. Que personne ne parle aux agents. Je raccroche.

Mon chauffeur m'attendait et je lui indiquais de me conduire à l'entrepôt. Le FBI avait toujours été pour moi comme une épine dans le pied et je commençais à penser que quitter le pays pour conclure ce contrat n'était peut-être pas la meilleure des idées à ce moment précis. Personne n'était en mesure de gérer l'agence comme moi. Je connaissais la loi et je savais que nous menions nos affaires dans le respect le plus total.

Je m'adressais toujours aux agents en toute franchise. Mon père avait lui, toujours été nerveux, comme s'il y avait quelque chose à cacher. Cet homme avait eu beaucoup de choses à cacher, j'en étais certain. Mais il avait été honnête en ce qui concernait la société, toujours.

Une fois la voiture garée devant l'entrepôt, je remarquai une Tahoe stationnée sur le parking. Je rejoignis Jack, qui semblait assez tendu, en pleine conversation avec un agent.

Lorsqu'il m'aperçut, je pus lire le soulagement sur son visage. Ce que remarque l'officier qui se tourna vers moi.

– Nicholaï Grimm, n'est-ce-pas ? demanda-t-il en me tendant la main.

Je lui serrai la main, sans reconnaître l'homme. Je ne l'avais encore jamais vu.

– Et vous êtes ? Demandai-je, sur un ton désagréable.

Il grimaça et se tourna vers Jack.

– Exactement comme vous l'aviez décrit. Un homme d'affaire pressé qui va droit au but.

J'avais demandé à Jack de ne pas parler mais il n'avait manifestement pas pu s'en empêcher. J'étais furieux qu'il ait parlé de moi.

– Au-revoir, Jack, dis-je pour le congédier.

Je restai debout alors que l'homme s'assit dans la salle de repos bien que je ne l'y ai pas invité. Les officiers fédéraux aimaient se comporter en propriétaires. Comme s'ils étaient responsables de tout ce qui pouvait se produire dans le monde.

– Allez, venez vous asseoir avec moi, Nicholaï. Le service se trouvait dans une impasse et m'a confié l'affaire. Donnez-moi un coup de main.

Je refusai de m'asseoir.

– Ne vous est-il jamais venu à l'esprit que, si vous vous trouviez dans une impasse, c'était peut-être parce qu'il n'y a rien à trouver ?

— Les patrons du FBI semblent penser qu'il se passe quelque

chose ici. De la vente illégale d'armes pour être précis. J'aimerais pouvoir en discuter avec vous.

— Vous auriez pu tout simplement venir à mon bureau et je vous aurais dit, comme je l'ai dit à vos prédécesseurs, que votre enquête ne mènerait à rien. Vous perdez votre temps et le mien par la même occasion. Ce qui, fort heureusement, ne ralentira pas notre production. Je lui indiquai la porte. Vous pouvez convenir d'un rendez-vous avec ma secrétaire. J'ai expressément demandé et à plusieurs reprises qu'aucun agent ne vienne à l'entrepôt ou à aucun de nos autres sites. C'est au bureau que nous réglons nos affaires. Je n'ai aucune idée de ce que vous vous attendiez à trouver ici.

— Donc, vous êtes en train de me dire que je n'ai plus qu'à déambuler en ville jusqu'à ce que vous me consentiez une entrevue. Je n'avais pas l'intention de rester si longtemps. Je vis à Nantucket mais j'ai de quoi m'occuper tant que je suis coincé ici, à attendre que vous m'accordiez quelques-unes de vos précieuses minutes, Nicholaï, dit-il en se levant, me donnant l'opportunité de le raccompagner jusqu'à la porte.

—Je suis un homme pressé. Je pense que vous pouvez le comprendre. J'espère que vous passerez un agréable séjour dans notre belle ville. Votre visite risque de durer un peu plus que prévu, dis-je avec une grimace.

— J'ai hâte. Une de mes filles étudie ici et je suis sûre qu'elle sera prête à héberger son vieux père aussi longtemps que nécessaire pour obtenir un rendez-vous avec vous, dit-il.

Sans savoir pourquoi, ses paroles me refroidirent.

— J'ai des engagements à l'étranger la semaine prochaine. Ensuite, ce sont les vacances, puis nous fermons nos bureaux une semaine pour Thanksgiving puis, deux semaines pour les fêtes de Noël. Vous devriez peut-être rentrer chez vous et revenir en début d'année, dis-je en lui ouvrant la porte et le laissant passer devant moi.

Je le suivis sur le trottoir, où nous nous tenions debout, à nous jauger.

— Il reste trois jours avant la fin de la semaine Nicholaï. Pourquoi ne pas se rencontrer avant votre départ ? Je pense que c'est préférable pour tous les deux. Ne pensez-vous pas ? demanda-t-il en mettant les mains dans ses poches.

— Comme je vous l'ai dit, je préfère que vous contactiez ma secrétaire.

Je lui tendis une carte de visite qu'il prit. « Nous verrons ce qu'elle peut vous proposer. »

— D'accord, Nicholaï.

Il s'éloignait et je réalisai qu'il ne m'avait pas donné son nom.

— Hé ! m'écriais-je. Il s'arrêta et se tourna vers moi. A qui ai-je eu l'honneur de parler ?

Il me répondit en souriant.

– Oh, oui. J'ai oublié de me présenter. Nous allons nous revoir très vite et je ne voudrais pas rester anonyme. Je suis l'agent Norman Greenwell. A bientôt mon garçon.

Mes jambes se figèrent et mon sang se glaça. L'homme venait de Nantucket et son nom était le même que celui de Natasha. C'était donc son père et il menait une enquête sur ma société.

Je n'avais rien vu venir !

21

NATASHA

J'avais terminé ma journée de cours et m'aperçus en sortant mon téléphone du mode silencieux que j'avais loupé un appel de Nic. Je le rappelai tout en espérant qu'il n'allait pas annuler notre rendez-vous. J'avais apporté tous les ajustements qui me permettraient de signer l'accord et j'avais hâte de voir quelle serait sa réaction.

— Enfin ! dit-il en répondant. J'ai besoin de te voir. Mon chauffeur t'attend au pied de ton bâtiment. Apporte tes notes et tout ce dont tu as besoin de discuter. Attrape tes affaires et viens. Pas besoin de te changer pour moi. Je veux juste que tu viennes tout de suite. Et ne parle à personne. Promets-le-moi.

— Mais pourquoi ? demandais-je et me dirigeant vers ma voiture. J'ai toutes mes affaires avec moi. Pourquoi est-ce que je ne pourrais pas venir directement te retrouver où tu te trouves ? Cela évitera à ton chauffeur de me raccompagner plus tard.

— Non ! dit-il, déjà agacé. Attends ! Oui, fais ça. Viens directement chez moi, Natasha. Ne t'arrête nulle part, s'il te plait. Viens chez moi.

— Mince, dis-je en m'installant au volant. Tu es bien sérieux.

— Ne dis rien. Je dois te voir pour t'expliquer certaines choses.

Alors fais attention en voiture mais dépêche-toi. Ne fais aucun détour, compris ?

La gravité du ton qu'il avait employé me laissa perplexe. Etait-il arrivé quelque chose ? Je décidai de me comporter comme il se devait, comme la femme dont il avait besoin à ce moment-là.

– Bien, Monsieur. Je suis en route vers chez toi. A tout de suite.

— Merci. Au-revoir. Il raccrocha et je balançai mon téléphone sur le siège passager.

Je n'avais aucune idée de ce qui avait pu le contrarier à ce point et qui pourrait, avais-je imaginé, reporter la discussion que nous étions censés avoir à propos des nouvelles règles. Et j'avais désespérément besoin d'en parler avec lui.

En raison de la circulation dense, le trajet me prit presque une heure et je fus accueillie à mon arrivée par le portier tout sourire.

— Bonjour, Mademoiselle Greenwell. Quel plaisir de vous revoir aussi vite. Veuillez entrer, le maître est dans son bureau. Asseyez-vous, je le fais venir.

Je m'assis sur le canapé de cuir blanc et déposai mon sac et la boîte de documents sur la table basse devant moi. La façon dont le portier ou le valet, ou quelque que soit son poste, avait appelé Nic « le maître », me fit rire intérieurement.

Cet homme appréciait les signes extérieurs de sa caste, même lorsque cela impliquait de vivre comme un lord du dix-huitième siècle.

Je contemplais le salon richement meublé et repérais des indices quant à la façon dont il aimait mener sa vie. Des portraits anciens, probablement de membres de sa famille, habillaient tout un pan de mur. L'homme figurant en position centrale devait être son père.

Le tableau était d'un plus grand format que les autres et semblait plus récent. Je n'avais jamais vu un tel groupe d'hommes à l'allure si distinguée. Ses origines étaient anciennes, en provenance directe d'Allemagne. Son accent était américain mais il avait conservé une pointe d'accent allemand, un de ces petits détails qui le rendaient si sexy et impressionnant.

Cette façon presque brutale de parler, qui me surprenait à chaque fois qu'il m'aboyait dessus.

— Natasha ! dit-il en approchant derrière moi. Il me fit sursauter et je me levai précipitamment pour me tourner vers lui. Il arrivait à grandes enjambées.

Je marchais à sa rencontre et il me prit dans ses bras, me tenant serrée contre lui, la tête contre son cœur qui battait la chamade.

Je l'enlaçais à mon tour et le sentis se calmer quelque peu.

– Nic, que se passe-t-il ?

— Mon père va arriver dans quelques instants. Il me libéra de son étreinte mais attrapa ma main pour me guider hors de la pièce. Je jetai un regard en arrière, car j'avais laissé toutes mes affaires sur la table basse.

— Nic, je ne devrai pas laisser tout ça ici. J'indiquai d'un geste de la main la boîte blanche.

— Peu importe, j'ai besoin de te parler en privé. Il continua à m'entrainer à sa suite jusqu'à ce que nous arrivions dans une vaste entrée dont il ouvrir la première porte à gauche.

Un lit énorme se tenait au centre de la pièce, un baldaquin en chêne sombre, avec ses montants finement sculptés. Cette pièce lui ressemblait tellement. Masculine, sombre et sophistiquée.

— J'imagine que c'est ta chambre, dis-je en prenant place sur le confortable lit. Je caressais les riches brocards vert foncé qui couvraient le lit. Est-ce du duvet véritable ?

— Oui. Mais j'ai besoin de t'expliquer ce qui s'est passé aujourd'-hui. J'ai fait la connaissance de ton père.

Je relevai la tête instantanément.

— Comment ? » demandais-je, horrifiée. Mon père n'approuverait jamais ce que nous faisions. Il n'avait certainement pas provoqué cette rencontre.

— Il s'est rendu à l'un de nos entrepôts. Il a repris une des affaires que le FBI tente désespérément de mettre sur le dos de ma société. Cette société permet à quasiment tous les membres de ma famille de gagner leur vie et si nous la perdions, cela impacterait nombre de personnes qui me sont chères.

Il caressait mécaniquement ma tête dans un vain effort pour se calmer.

— As-tu fait quelque chose de répréhensible ? » demandais-je. Si c'était le cas, mon père le saurait. Mon père était un fin limier qui ne lâchait sa proie qu'une fois avoir résolu l'affaire.

— Non, tout est en règle pour autant que je sache. Mon père a toujours été réglo quand il s'agissait des affaires. Trop de gens sont impliqués pour qu'il prenne le moindre risque. Ça n'est pas ça qui m'inquiète. Ce qui me soucie est qu'il apprenne ce qu'il y a entre nous, dit-il avant de s'asseoir près de moi.

C'était donc ça. Il voulait rompre à cause de mon père. Je pouvais comprendre mais je n'étais pas pour autant prête à l'accepter.

– Je comprends ce que tu veux dire, Nic. Je comprends ta position. Je vais te laisser.

— Me laisser ? demanda-t-il. Non, certainement pas.

J'étais soulagée.

– Oh. Donc qu'attends-tu de moi ?

— Je veux que tu lui parles de nous. Je veux que tu lui dises que nous nous sommes rencontrés durant cet entretien et que nous sommes tombés follement amoureux dès cette première rencontre. Je veux que tu lui dises que tu vas t'installer chez moi et que notre histoire est très sérieuse. Tu es peut-être la seule personne en mesure de nous retirer de la liste des priorités du FBI.

Son sourire éclatant ne changeait rien au fait que je trouvais incroyable qu'il me demande pareille chose.

— Tu me demandes de mentir à mon père ? demandais-je en tordant nerveusement mes mains. C'est un détecteur de mensonge humain, Nic. Tu ne le connais pas. Il va lire en moi comme dans un livre ouvert et dès qu'il aura compris, il te pourchassera encore plus ardemment que si j'étais restée en dehors de tout ça.

— Je ne pense pas. Il me regarda de ses yeux noirs et prit ma main. Je pense que tu m'aimes, Natasha.

Je m'étranglai presque en entendant ces mots. J'avais certes des sentiments pour cet homme mais aimer était un verbe un peu trop fort. J'espérais de lui plus qu'une relation strictement sexuelle, mais je ne savais pas si je pouvais l'attendre de lui.

Je me détournais de lui lorsque j'entendis le tintement de la sonnette.

– Mais tu ne m'aimes pas, Nic. Et je ne sais pas si c'est toi que j'aime, ou le désir que j'ai pour toi. Nous ne le saurons jamais. Il vaut mieux que nous mettions l'accord de côté tant que les choses ne sont pas arrangées entre toi et le FBI.

— Mon père est là. Il se leva et tendit la main. Je la saisis et le suivis. Je ne veux rien arrêter avec toi, je ne peux pas. Ça va marcher, je suis assez bon comédien. Et on peut tout de même poursuivre nos activités en privé. En public, nous serons un couple d'amants maudits. Ça va marcher. Et la cerise sur le gâteau est que tu vas travailler pour la société.

Je savais qu'il avait tort. Je le savais mais il était tellement sûr de lui et optimiste alors qu'il me guidait le long du couloir, déterminé à me faire rencontrer son père.

— Père, je suis tellement heureux que tu aies pu venir. J'ai de très bonnes nouvelles pour la société. Je crois que j'ai trouvé un moyen de se débarrasser du FBI, dit Nic en pénétrant dans le salon.

Son père était près du bar, faisant tournoyer un verre contenant un liquide transparent. Probablement de la vodka. Ses yeux bleus me transpercèrent.

— Tu invites donc chez toi des personnes que tu ne devrais pas, Nicholaï ? demanda-t-il à son fils en continuant à me fixer du regard.

Je refusai de baisser les yeux et soutins son regard jusqu'à ce que Nic se penche vers moi et m'embrasse sur la bouche. J'étais effarée qu'il fasse une chose pareille.

– Non, père. Je n'invite jamais d'indésirables chez moi. J'ai eu une chance inouïe au CBMM il y a deux semaines. Je n'avais aucune idée de la personne que j'avais marquée à cette soirée. Il s'avère qu'elle est la fille d'un agent du FBI, celui qui a repris l'enquête sur notre société.

— Je ne vois pas en quoi c'est une chance, Nicholaï. Je n'y vois qu'une raison supplémentaire de tout arrêter, immédiatement. Son père but une gorgée et s'assit sur le canapé.

Nic attrapa deux bières dans le mini bar et les décapsula puis m'en tendit une. Il prit ma main et nous fit asseoir sur la banquette en face de son père. Il montra du doigt la boîte blanche.

– Elle et moi avons un accord. Nous sommes sur le point de le signer.

— Je ne le ferai pas à ta place, dit son père en secouant la tête. Je doute que son père approuve, comme la plupart d'entre eux.

— Son père n'est pas au courant des détails. Tout ce qu'il a besoin de savoir est que nous formons un couple heureux. Et comme elle est stagiaire chez nous, tout va fonctionner parfaitement. Tu verras, dit Nic, le ton empreint d'une certitude que ni son père ni moi ne ressentions.

Je restai silencieuse devant cet homme si intimidant.

– Un couple heureux ? demanda-t-il. Que veux-tu dire par là ?

— Je veux dire que nous nous afficherons comme tels, dit Nic. Son père fronçait les sourcils.

— Elle est ta pute, Nicholaï. Elle n'est pas de l'étoffe dont fait les épouses.

Les paroles de son père étaient si dures qu'elles me touchèrent en plein cœur.

— Tu ne la connais pas, père, s'insurgea Nic. Elle a été entraînée au club par Daniella Day, sa colocataire.

— Tu l'as marquée cette nuit-là, Nic. J'étais également présent si tu te souviens. Elle t'a autorisée à la baiser et j'ai remarqué que vous n'aviez pas perdu de temps. C'est une pute, fils. Il posa son regard sur moi et je mis autant de colère que possible dans celui que je lui rendis. « Il ne sait peut-être pas ce qui est bon pour notre compagnie mais moi, oui. Toi et lui en avez terminé, petite salope. »

— Père ! Nic cria et se levant précipitamment. Ça n'est pas à toi de décider et je refuse de te laisser la traiter de cette façon.

Son père ne prit pas la peine de se lever et prit une nouvelle gorgée de son verre.

— Tu es Président de la société uniquement parce que je l'ai permis, mon garçon. Maintenant, assied-toi et conduis-toi comme un gentleman ou ton job pourrait bien sauter.

Je tirai la main de Nic et il se rassit. Son corps tremblait et je ne savais pas quoi faire.

– Tout va bien, murmurai-je.

— Tout va bien ? demanda son père qui partit d'un grand éclat de rire. Rien ne va plus, tu veux dire ! Tu as donc obtenu un stage dans la société ?

— Oui, Monsieur, dis-je, tentant de lui montrer que j'avais déjà assimilé certaines des règles qu'un homme tel que lui imposait.

— Tu pourrais peut-être nous servir à quelque chose. Tu pourrais proposer à ton père de faire la taupe pour lui, suggéra son père devenu pensif. S'il pensait que tu peux te charger de ses basses œuvres, il nous lâcherait la grappe et c'en serait fini de tous nos problèmes. Mais s'il est comme la majorité des autres, il découvrira tout sur Nicholaï et le CBMM et s'empressera de se venger, avec toute la puissance que peut y mettre un père.

Je regardai Nic, sachant que son père avait raison.

– Il a raison, tu sais.

L'expression sur le visage de Nic me fendit le cœur. Il était anéanti. J'eus l'impression que l'idée du couple qu'il voulait que nous formions publiquement était loin d'être un mensonge. S'il tombait amoureux de moi, nous serions libérés de l'engagement et de tout ce qui venait avec.

— Je vais renoncer au club, dit-il en me regardant. Je vais annuler mon adhésion dès aujourd'hui. Comment ton père pourrait-il m'attaquer pour ce que j'ai fait par le passé ? Tout ce que je peux dire est que j'étais un homme perdu avant de te rencontrer et tu m'as sauvé de ma vie de péchés et m'a rendu meilleur et plus équilibré.

Sa déclaration provoqua la même réaction de la part de son père et moi.

– Tu quitterais le club ?

22

NICHOLAI

Les mots étaient sortis de ma bouche avant que je n'y aie vraiment réfléchi. Pourrais-je réellement quitter le club que je fréquentais depuis que j'avais démarré ma carrière au sein de Grimm Défense & Technologie ?

La femme assise à mes côtés me regardait, son ravissant visage exprimant une totale perplexité. Je la regardais éperdument, dévoilant mon cœur.

– Je ne veux pas renoncer à toi. Je ne veux pas te voir tous les jours au bureau sans pouvoir te toucher. Je ne peux pas, Natasha.

Mon père se leva et soupira bruyamment.

– Tout ceci est ridicule, Nicholaï. C'est juste une pute que tu as ramassée dans un club. Arrête de te comporter comme si tu venais de rencontrer l'amour de ta vie. Crois-moi, les âmes-sœur et le grand amour n'existent pas. Il n'y a que des femmes que tu baises et des femmes qui te font des enfants. Et cela n'implique aucun amour.

23

NATASHA

L e menton de Nic frémissait tant il était furieux mais il restait silencieux, laissant son père s'échauffer de l'autre côté de la table basse, sur un sujet auquel il n'entendait rien.

— Il y a de l'amour, Monsieur, dis-je calmement. Je suis navrée que vous ne l'ayez jamais rencontré mais l'amour existe.

— Comment oses-tu parler, esclave ? demanda-t-il en me fusillant du regard.

Je baissais les yeux, me sentant rabaissée et humiliée. La main tremblante de Nic tenait la mienne. Cela me donna le courage nécessaire pour me lever et faire face au vieil homme qui pensait pouvoir nous contrôler.

Nic tenta de m'en empêcher mais je fis face à son père.

– Monsieur, je ne vous le dirai qu'une seule fois, je ne suis l'esclave de personne. Je suis une femme forte qui règlera ses problèmes en privé. Vous devriez partir maintenant.

Ses yeux s'écarquillèrent alors que je m'exprimai tout bas, calmement, lui signifiant ainsi qui contrôlait la situation. Il regarda Nic, debout près de moi, qui avait passé un bras autour de mes épaules.

– Tu vas permettre ça, Nic ?

Nic sourit et s'exprima à son tour.

– Elle n'est l'esclave d'aucun homme, Père. C'est la vérité. Et moi aussi, j'aimerais que tu quittes cette maison. Nous avons beaucoup de choses à discuter et ta manière de penser ne nous mènera qu'à une décision qui me laissera plus brisé que je ne le suis déjà.

— Tu penses être brisé, fils ? s'écria son père en agitant un doigt en l'air. Quand tu devras épouser une pute parce qu'elle est tombée enceinte, là tu pourras me parler d'être brisé.

— Ça suffit ! dis-je en contemplant ce vieil homme aux cheveux blancs qui non seulement m'insultait mais insultait également son propre fils. Ne lui parlez jamais plus sur ce ton. Et c'est de sa mère dont vous parlez. Je ne sais pas pourquoi vous faites tout ça mais vous avez dépassé les bornes.

— Je peux gérer ça, dit Nic en me prenant par la taille et m'attirant contre lui pour m'embrasser sur la tempe. Cette discussion est terminée, Père. Et elle a raison. La façon dont tu me parles a changé. Je ne veux rien entendre de plus sur ma mère. C'est une honnête femme. C'est toi qu'on devrait appeler une pute.

Je déglutis en remarquant la veine palpitant sur le front du père de Nic.

– Je vais vous laisser mais tu peux être sûr d'une chose, Nicholaï. Tu ne risques pas de conserver ton poste si tu étais amené à prendre des décisions mettant en péril la société dans laquelle ton grand-père s'est tant investi et pour laquelle j'ai tellement travaillé. Tes deux aînés ne se feront pas prier pour prendre ta place. Cette femme te rend fou et je vais te donner un conseil, élimine-la de ton esprit aussi vite que possible ou elle provoquera ta perte.

Il nous laissa plantés là, accrochés l'un à l'autre comme si nous venions d'essuyer une tempête et y avions survécu.

Je ne savais pas ce qu'il convenait de faire mais je venais de réaliser que tout ce que Nic avait dû endurer à cause de ce père en avait fait l'homme qu'il était devenu. Mauvais jusqu'à la moelle.

24

NICHOLAI

J e regardai mon père quitter la pièce. Il secouait la tête mais un réel changement venait de s'opérer. J'avais une femme à mes côtés qui était prête à me défendre contre lui.

Elle n'avait absolument pas peur !

Je frissonnai, bouleversé par les émotions nouvelles que je venais de ressentir.

– Tu es une femme incroyable, Natasha Greenwell. Même ma mère n'a jamais été capable de me soutenir comme tu viens de le faire.

Elle me regarda, ses yeux bleus exprimant de la tristesse. Elle caressa ma joue.

– Nous avons tellement de choses à discuter, Nic.

— C'est vrai. Et tu as prononcé le mot le plus important, « nous ». Je l'attirais à moi et l'embrassais avec une passion que je n'avais jamais ressentie auparavant.

J'avais désormais une partenaire. Je n'en avais jamais eue. Une femme était prête à se tenir à mes côtés et affronter les pires démons avec moi. Elle avait dû s'en rendre compte, qu'elle et moi étions quelque chose que ni l'un ni l'autre ne l'avait vu venir.

Je la pris dans mes bras et la portai dans ma chambre. Ses bras passés autour de mon cou, elle m'observait. Que fais-tu ?

— Je t'emmène dans mon lit. Aucune autre femme ne s'y est jamais étendue. Je l'embrassais en la portant dans le couloir.

Elle me regardait encore lorsque nos bouches se séparèrent.

– Et que prévois-tu de me faire lorsque nous y serons ?

— T'embrasser partout et te faire l'amour, Natasha. Je veux faire l'amour avec toi, juste toi et moi. Je veux ta peau sur la mienne et je veux te sentir tout entière. Je l'embrassais encore quand je poussais du pied la porte de ma chambre.

Sa bouche se collait à la mienne, accompagnant la profondeur de notre baiser. C'était mon premier baiser véritable. Aucune domination, juste une alliance tournée vers le même but. Exprimer le respect que nous nous portions l'un à l'autre.

Je la déposais délicatement et m'abîmais dans la contemplation de sa beauté. Je n'avais jamais autorisé d'autres femmes à pénétrer dans ma chambre. Elle était la première et probablement, pensais-je sur l'instant, la seule qui serait jamais invitée dans ma retraite.

Elle déglutit et commença à se confier.

– Ce qu'on est sur le point de faire fait partie de mes nouvelles règles. Une fois par semaine, au grand minimum, je veux faire l'amour avec toi. Ses yeux brillaient et je lapais sur sa joue si douce une larme qui s'en était échappée.

Je retirais lentement ses vêtements, frôlant avec une toute nouvelle révérence les parties exposées de son corps. Elle avait raison, nous n'avions encore jamais fait l'amour. J'élaborais toujours de nouveaux projets quant à la façon dont j'allais prendre une femme mais je ne m'étais jamais encore reposé sur mon seul instinct.

Après l'avoir déshabillée, je reculai d'un pas et en fis de même alors qu'elle me regardait. Son regard prouvait qu'elle appréciait mon physique mais je voyais plus que du désir dans ses yeux bleus. Je le voyais bien, je comptais pour elle.

Avant de la toucher, je lui dis ces mots que je prononçais pour la toute première fois.

– Je crois que je t'aime, Natasha.

Elle murmura dans un demi-sourire.

– C'est drôle, je crois que je t'aime aussi, Nic.

Mon cœur battait la chamade et je m'allongeais près d'elle. Je caressais son ventre nu et plongeais mon regard dans le sien. J'étais comme dans un rêve, rien de tout cela n'était compatible avec ma vraie vie. Aucune femme ne serait jamais capable de me dompter, de m'asservir ou de me posséder.

Natasha n'était pas une femme ordinaire selon moi. Elle était bien supérieure à toutes les femmes que j'avais pu rencontrer auparavant. Elle ne s'intéressait pas à ma fortune et ne fantasmait pas non plus sur mon physique.

Elle était différente. C'était la femme de ma vie et mon esprit obstiné commençait à accepter ce fait. Son corps frissonnait sous mes caresses.

Cette fois, ma partenaire ne réagissait pas sous le coup de la peur mais selon ses émotions véritables. Elle craquait pour moi, je l'avais senti dès le départ, je pouvais le voir dans ses yeux.

L'engagement était voué à l'échec avec une telle femme. Elle n'était pas destinée à la soumission. J'avais dû changer mes projets quand elle m'avait montré cet aspect de sa personnalité. Je découvrais que l'instinct protecteur qu'elle me témoignait me séduisait.

Mais là aussi, personne ne m'avait jamais protégé. Pas même mes parents. Je me souviens avoir été malmené à l'école, à 11 ans, par un garçon de trois ans plus âgé que moi. Lorsque je rentrais à la maison ce soir-là, un œil au beurre noir et la lèvre éclatée, mon père me frappa brutalement.

Ma mère s'était détournée de la scène, me laissant seul avec lui. Après m'avoir corrigé à plusieurs reprises, il m'ordonna d'affronter le garçon en question et me prévins que je recevrais une punition supplémentaire si je n'y parvenais pas.

Je n'avais plus le choix alors. Il me fallait devenir brutal si je voulais pouvoir échapper aux brutes plus grandes et plus fortes que moi et rentrer chez moi indemne. Mon père n'avait jamais pris la peine de m'apprendre à me défendre, il agissait comme si j'allais en être capable d'instinct.

Je ne pouvais pas compter sur l'instinct, si toutefois il existait. J'allais donc à l'école armé d'une pierre, que j'avais cachée dans une des poches extérieures de mon sac à dos pour y accéder facilement. Je savais que si je tenais cette pierre en frappant, mon coup aurait plus de force et lorsque mon agresseur tenta de me provoquer à nouveau, j'avais la pierre bien en main.

Son visage était sanguinolent lorsque j'arrêtai de le frapper et qu'on m'eût désarmé. Je quittais la cour sous les ovations de mes camarades mais sans en ressentir la moindre fierté. J'avais le sentiment d'avoir subi une défaite. J'avais fini par devenir celui dont mon père pourrait être fier et j'en étais malade.

C'est ce sentiment qui m'avait accompagné alors que je grandissais, cherchant sans cesse à répondre à ses exigences, quête qui ne faisait que noircir mon âme. Lorsque j'ai eu 15 ans, il fit venir un soir une femme dans ma chambre et nous y enferma.

Je n'avais alors aucune idée de la raison pour laquelle il avait fait venir cette femme, jusqu'à ce qu'elle vienne à moi et me montre exactement pourquoi elle était là. Elle fut mon premier tuteur en éducation sexuelle. Elle m'apprit à la dominer, pas à lui faire l'amour ou à ce qu'elle me fasse l'amour. Et elle m'apprît toutes des pratiques en usage dans le monde de mon père et le dégoût grandit un peu plus en moi.

Elle m'obligea à la fesser alors que je ne le voulais pas. Elle me força à me comporter comme un animal alors que je plongeais ma bite dans ses profondeurs nauséabondes. Je la haïssais mais, plus encore, je haïssais mon père.

Mes frères aînés réclamaient l'attention de mon père. Ils m'en avaient toujours voulu du fait que mon père avait épousé ma mère mais pas les leurs. Mes frères étaient issus de deux autres femmes. Il semble que mon père n'ait jamais voulu avoir plus d'un enfant par femme.

Elles avaient croisé la route de mon père avant qu'il ne rencontre ma mère au CBMM. Si le club n'avait pas prévu les clauses relatives à d'éventuelles grossesses, il n'aurait jamais pris la peine d'en faire une honnête femme non plus.

Ma mère était une femme agréable lorsque mon père n'était pas dans les parages. Elle me choyait et il lui arrivait même de lâcher le mot « amour » avec moi, parfois. Mon père s'y refusait, alléguant que ces mièvreries me rendraient faible. Il excluait la possibilité d'avoir un fils faible. Pas Nicholaï Grimm !

La douceur de sa caresse me sortit de ma torpeur.

– Tu avais l'air d'être à mille lieues d'ici, Nic. Tu peux me parler, tu sais. Tu peux tout me dire. Je suis là pour toi. Profite de mon écoute, mon prince.

Je la contemplai et je la sentais m'envelopper, cette émotion qui serait ma perte. L'amour absolu pour un autre être humain. La paille qui briserait le dos de mon père.

25

NATASHA

Pendant des heures, Nic me raconta horreur après horreur ce qu'avait été son enfance. J'avais jusqu'à lors pensé avoir eu une enfance traumatisante mais il me battait à plate couture.

Ses yeux restaient secs malgré toutes les atrocités qu'on lui avait fait subir. Ses yeux brillaient parfois aux souvenirs bien enfouis qui refaisaient malgré tout surface.

C'était terrible. Il avait à peine terminé de me raconter cette partie de sa vie que j'étais tombée amoureuse de lui. Je l'embrassai avec compassion et il me rendit un baiser plein d'espoir.

Je sentis qu'il allait mieux. Il avait toujours espéré que la vie avait mieux à offrir que toute cette noirceur. Il envisageait enfin la lumière au bout du tunnel.

Plus que tout, je voulais l'aider. Nos corps bougeaient à l'unisson mais pas seulement pour parvenir au plaisir charnel. Cette fois, la première fois que nous avions réellement fait l'amour, tout était différent.

Toutes les émotions qu'on lui avait appris à ignorer reprenaient leur droit. Ses caresses étaient douces et délicates, ses mains parcouraient librement mon corps, comme une onde purifiante, nous libérant l'un et l'autre de tout ce qui avait pu nous salir.

J'avais moi aussi mes petits secrets mais je n'étais pas encore prête à en parler. Ils étaient enterrés suffisamment profond pour ne pas déjà remonter à la surface. Je ne pourrais pourtant pas les garder enfouis à jamais.

Nous nous sentions comme protégés par un arc-en-ciel qui nous préservait des démons de ce monde tout en nous révélant ce que pouvait être l'amour. Il allait mieux et son corps musculeux ondulait maintenant contre le mien.

Nos souffles se mêlaient en une symphonie de sons sourds et aigus qu'il ne songea pas un instant à interrompre. Bien au contraire, il semblait y prendre plaisir.

– J'adore chacun de tes petits bruits, ils me font chavirer le cœur. Ton corps bougeant à l'unisson du mien et la lumière émanant de ton visage me prouvent la sincérité des émotions que tu exprimes. C'est magnifique.

Ses mots me mirent les larmes aux yeux mais je les retins, me contentant de hocher la tête.

– Tu es un amant incroyable, Nic.

— Qui l'eût cru ? gloussa-t-il.

Son rire tonitruant secouait son corps et faisait vibrer le mien. Nous nous sommes aimés toute la nuit et le sommeil n'interrompait nos étreintes que par brefs épisodes. L'un réveillait rapidement l'autre avec de tendres baisers, des mots doux et des caresses. Ce fût une nuit merveilleuse, plus belle que ce que j'avais imaginé, et je l'avais imaginée...

Notre amour était solide, réel. Je n'avais jamais rien ressenti de tel. Malgré tout, je savais bien qu'après cette période de grâce, les choses ne seraient pas faciles pour nous.

Son père m'avait définitivement repoussée et ne supportait pas le nouvel état d'esprit de Nic à mon égard. Je savais qu'il avait renoncé à toute forme de domination sur moi. Son père me haïrait s'il venait à être témoin de la douceur de nos sentiments.

Mon père non plus ne serait pas heureux de notre relation. Il était également très exigeant en ce qui me concernait. Intégrer le FBI n'était pas à la portée de la première mauviette venue, adjectif qui ne s'appliquait pas non plus à mon père.

J'avais été témoin de la brutalité dont il était capable, expérience d'autant plus effrayante que l'homme qui en avait fait les frais était innocent de ce dont je l'avais accusé.

J'avais menti et accusé cet homme à tort, car j'étais une adolescente dévergondée mais l'homme y avait perdu sa famille et plus encore. La fureur de mon père était telle que je n'avais pas osé rétablir la vérité.

Les autorités ne connaissaient pas la raison pour laquelle j'accusais cet homme et mon père s'était empressé de régler l'affaire à sa manière plutôt que de permettre à une enquête de faire toute la lumière.

Il ne se passait pas une journée sans que je repense à ce que j'avais fait. Pas une seule journée.

26

NICHOLAI

De petites mèches blondes me chatouillaient le nez alors que je la câlinais par-derrière. Je n'avais jamais fait ça. Encore ensommeillé, je souris à l'évocation de ce que nous avions partagé durant cette folle nuit et m'interrogeais sur ce que nous réservaient les jours à venir.

Nous étions couverts par les draps et le lit était un champ de bataille. J'embrassais sa nuque pour la réveiller. J'avais du mal à le croire mais ma queue se raidissait déjà. Nous avions fait l'amour si longtemps et si souvent cette nuit-là que je me pensais incapable de bander de nouveau.

J'avais tort et lorsqu'elle se retourna vers moi avec un adorable gémissement, je sus que nous allions recommencer. Avec son visage encore tout somnolent légèrement gonflé et ses cheveux en désordre, elle ne m'avait jamais semblé aussi belle. Et savoir que mon amour en était responsable ajoutait à mon admiration.

— Bonjour, ma princesse, la saluai-je en embrassant ses lèvres charnues. Mes lèvres aussi étaient gonflées et au contact de sa bouche, je frissonnai.

Elle gémit et m'enlaça, passant une de ses jambes par-dessus les miennes en frottant son corps contre le mien jusqu'à s'empaler sur moi. Je suis incapable d'expliquer ce que je ressentis alors, une sensation incomparable de bien-être que nulle autre qu'elle ne serait jamais en mesure de m'apporter. Elle était la seule à pouvoir le faire.

— Après ça, on va devoir se lever, se doucher et aller travailler, dis-je en effectuant un va-et-vient, qu'elle accompagna.

— D'accord, Maître, murmura-t-elle en m'embrassant.

Je ricanai.

– Je préfère que tu m'appelles ton prince dorénavant, si ça ne t'ennuie pas bien sûr.

Elle ouvrit les yeux et me fixa en passant sa main dans mes cheveux.

– Mon prince. C'est bien ce que tu es, Nic. Mon adorable, adorable Nicholaï.

— Je suis donc ton adorable Nicholaï. Et tu es mon adorable princesse.

Nos deux corps bougeaient au même rythme, doucement, comme dans une bulle de félicité absolue qui m'était jusqu'alors inconnue. Nous atteignîmes l'orgasme au même instant, je sus alors que nous nous étions trouvés. J'aurais pu épouser cette femme le jour-même sans aucune hésitation.

Il y avait toutefois au moins un homme qui s'opposait à notre relation et qui exerçait une réelle emprise sur moi. Je n'étais pas stupide au point d'imaginer pouvoir lui échapper totalement.

Nous aurions ensuite à trouver un terrain d'entente avec son père également, sachant pertinemment qu'il ne serait pas aisé de lui faire accepter notre union. Mais Dieu sait à quel point j'étais prêt à m'investir pour leur faire comprendre à tous les deux que rien ne nous arrêterait. Je ne savais pas encore combien il nous en coûterait.

Une fois nos corps repus l'un de l'autre, je l'accompagnais à la douche où je lui lavais les cheveux et me laissais savonner par ses douces mains. Ce fut une autre expérience nouvelle de par la délicatesse de nos gestes, de la pure douceur accompagnée de tendres baisers.

Je me surpris à prononcer les mots qu'elle méritait tant.

– Je t'aime, Natasha.

Ses yeux brillaient.

– Je t'aime, Nic.

La chose était entendue, nous étions désormais un couple, attaché uniquement par les liens de l'amour que nous nous portions. J'avais du mal à y croire. J'étais parvenu à changer, en une seule nuit d'amour.

— Nous devons te procurer un passeport si tu n'en n'as pas encore. Tu vas m'accompagner à Bangkok, j'ai besoin d'une assistante personnelle. Je rinçais ses cheveux après les avoir shampooinés.

Elle sourit timidement.

– J'en ai un. Je l'avais fait faire pour une croisière avec mes parents l'année dernière. J'ai entendu dire que cet endroit était un repaire de mafieux, Nic.

— C'est vrai, dis-je en embrassant sa nuque.

— Tu devrais peut-être me montrer un peu plus de ce que tu as fait l'autre soir au spectacle. J'avoue que j'ai trouvé cela très stimulant.

Je ne bondis pas de surprise, sachant qu'elle avait un côté plus sombre que ce qu'elle était prête à admettre. Mais nous serions dans un pays étranger où personne ne pourrait la juger.

– Je peux te montrer des choses attrayantes si tu le veux.

Ses yeux brillaient lorsqu'elle me répondit.

– Je le veux. J'ai trouvé tout cela à mon goût et je ne veux pas t'empêcher de faire quoi que ce soit. Tu veux continuer, hein ?

— Il nous suffira de faire profil bas avec le CBMM tant que ton père sera dans les parages. A ce propos, j'aurai besoin de que renonces aux cours que tu pourrais avoir aujourd'hui, car je voudrais que tu viennes au travail avec moi. Je souhaite que tu sois présente à la réunion qu'il a voulu organiser. Et tu te souviens de la façon dont nous nous sommes rencontrés et du petit mensonge que nous lui servirons ? Je passais dans ses cheveux mes mains couvertes d'après-shampooing parfumé à la noix de coco.

— Nous nous sommes rencontrés lors de l'entretien pour le poste de stagiaire. Bien sûr, je m'en souviens. Et que penses-tu que ma présence à cette réunion apporte ?

— Je pense que ta présence apportera plus que si tu n'étais pas présente. Et je pense que ton père risque d'être déstabilisé à l'annonce que nous avons à lui faire, j'en suis certain. Nous aviserons en temps utile. Je rinçais ses cheveux et remarquais qu'elle me regardait l'air pensif.

— Improviser ne te ressemble pourtant pas.

— J'avoue que tu as raison. Mais grâce à ton aide, on arrivera peut-être à se débarrasser du FBI, même juste pour un temps. J'apprécierai un peu de calme, particulièrement depuis que je sais que mon père est sur le sentier de la guerre en ce qui me concerne.

Elle détourna son regard.

– Et qu'est-ce que cela va impliquer ?

— Je n'en ai aucune idée avec cet homme. Tout ce que je sais, c'est que je veux que tu restes près de moi pour pouvoir te protéger. Rien ne lui est impossible.

La tristesse envahit son visage, ce qui me mit immédiatement en colère.

– Donc, pour résumer, je reste ton esclave, car ma liberté pourrait me provoquer des ennuis, c'est bien ce que tu cherches à me dire ?

Je pris son menton et relevai sa tête.

– Tu sais que tu n'es pas une esclave pour moi. Tu es à moi mais je suis également à toi. Pour le moment et tant que mon père n'admet pas que je ne plierai pas devant lui, tu es en sécurité à mes côtés. Les choses se passeront comme je l'ai prévu si tu signe l'accord. Il n'y a que tes vêtements, qui ne seront pas rangés dans l'autre chambre comme prévu, mais dans la mienne. Nous partagerons cette chambre dorénavant, et pour longtemps je l'espère.

— Tout cela tourne plutôt bien finalement, dit-elle. J'acquiesçai d'un hochement de tête.

Tout se passait pour le mieux entre nous. Tout aurait été parfait sans ces interférences. Mais il fallait faire avec. Ma vie n'avait pas été facile.

Et il semblait que tel était également le cas pour elle.

27

NATASHA

Une sueur glacée me couvrit le corps alors que j'attendais avec Nic l'arrivée de mon père à son bureau. Il avait organisé la réunion dans une salle équipée d'une table de conférence ronde et située près de l'entrée, juste en face de son bureau.

Lorsque mon père pénétra dans la pièce où se tiendrait le rendez-vous, ma présence me parut soudain totalement incongrue. Mais Nic avait dans l'idée que je pourrais contribuer à mettre fin à la querelle opposant Grimm Défense & Technologie et le FBI. Je n'en n'étais pas si sûre.

— L'Agent Greenwell est arrivé, Monsieur, annonça sa secrétaire par l'interphone.

Nic se leva, boutonna sa veste sombre et me fit signe de sortir la première. J'aurais préféré me cacher derrière son dos et y rester tout le temps que durerait l'entretien, mais il ne voyait pas les choses comme ça.

Je sortis, Nic sur les talons. Il m'avait offert une tenue correspondant à ses yeux à ce que se devait de porter son assistante personnelle. Un tailleur bleu marine qu'il avait payé un prix absolument exorbitant mais que j'adorais. Il m'allait parfaitement, la longueur de la jupe juste sous le genou était parfaite et la veste me faisait une taille de guêpe.

J'arborais tous les signes extérieurs de l'assistante personnelle du milliardaire mais au fond de moi, je restais la petite fille à papa, effrayée à l'idée de ce que serait sa réaction lorsqu'il me verrait. Effrayée est en-dessous de la vérité en fait, terrifiée serait plus approprié.

Des papillons fourmillaient dans mon estomac alors que nous attendions, debout, l'entrée de mon père dans la pièce et je savais qu'il serait probablement choqué par ce qu'il était sur le point de découvrir.

Alors que Nic avait posé sa main au bas de mes reins, je sursautai presque. Tu ne devrais peut-être pas me toucher en sa présence ?

— C'est ridicule, dit-il d'un air supérieur. Je suis amoureux de toi et il est naturel que je te touche.

— Mais nous essayons de nous montrer professionnels, répondis-je en souriant, attendant toujours que Papa entre dans la salle.

— Nous serons professionnels mais je t'aime donc je te toucherai quand je le désire, dit-il, un sourire vissé sur son visage.

Je constatai qu'il n'avait pas totalement abandonné ses réflexes dominateurs et en étais plutôt satisfaite. Aucune chance qu'il ne devienne un pauvre petit toutou désespérément amoureux. Son père l'aurait méprisé.

La porte s'ouvrit pour laisser le passage à mon père et mon cœur s'arrêta. Ses yeux passèrent de Nic à moi.

– Tasha, mais que fais-tu ici ?

Je lui fis un geste de la main, assez gênée.

– Bonjour, Papa. Je travaille ici désormais. J'ai commencé il y a quelques jours.

Mon père se figea.

– Tu travailles ici ? A quel poste ?

Je désignai Nic, qui se tenait toujours derrière moi.

– Je suis son assistante personnelle.

— Elle est responsable de mes voyages à l'étranger. Elle m'accompagne durant chacun de mes voyages ce qui permet à mon assistante habituelle de rester sur place pour s'occuper des affaires courantes. Lorsqu'elle m'a dit que vous étiez son père, imaginez ma surprise, dit Nic. Il avança d'un pas et tendit sa main à mon père.

Papa prit la main tendue et la serra tout en me regardant.

– Tu travailles donc pour cet homme ?

Je hochai la tête alors que Nic invitait mon père à prendre place dans un des fauteuils. – Voulez-vous vous asseoir, Agent Greenwell. Il me semble que nous avons pas mal de choses à discuter.

— En effet, répondit Papa en s'asseyant.

Je pris également un siège et Nic s'installa près de moi, en face de mon père qui semblait encore abasourdi. Je n'étais pas convaincue qu'il serait en mesure d'accueillir sereinement les autres informations mais Nic était maintenant passé en mode rouleau compresseur et rien ne pourrait l'arrêter.

— Votre fille et moi avons commencé à nous fréquenter après l'entretien que nous avons eu. Je l'ai trouvée fascinante. Notre relation est rapidement devenue sérieuse et elle s'installe chez moi aujourd'hui, annonça Nic, devant mon père blêmissant.

— Tu fais quoi ? demanda Papa en écarquillant les yeux.

— Oui, Nic et moi sommes ensemble, Papa. Je gardai le secret tant que nous n'étions pas certains de vouloir nous lancer. Mais ça y est. Nous allons donc vivre notre histoire au grand jour maintenant. C'est pas génial ?

Il me fixa intensément durant de longues minutes.

– Chérie, sais-tu seulement ce que fait réellement cet homme ?

J'eus l'impression qu'il avait pris tout le temps nécessaire pour creuser et découvrir tout ce qui concernait Nic.

– Oui, Papa. Je suis au courant, Papa.

— J'ai mis tout cela derrière moi, monsieur, je vous le garantis, dit Nic rapidement. Quand j'ai rencontré votre fille, mon monde a changé. Elle est la lumière dans ce qui était une tempête obscure. Elle est ma princesse et je la traite en tant que telle. Vous n'avez pas à vous inquiéter, je ne toucherai jamais à l'un de ses cheveux, je vous le jure.

Papa se tourna vers Nic.

– Je ne peux pas vous donner mon consentement. Ni pour le

travail ni pour votre relation. Vous devez me comprendre, je suis son père, un père très protecteur, cela n'a rien de personnel. Puis il hésita et me regarda avant de se tourner à nouveau vers Nic. Pour être tout à fait honnête, si, c'est personnel. Je sais tout de vous, Nicholaï Grimm. Vous ne serez jamais à la hauteur de ce que j'attends pour ma fille. Vous êtes un monstre et Natasha est seulement aveuglée par votre argent et votre allure. Je vais lui ouvrir les yeux, je vais lui dire tout ce que j'ai trouvé sur vous. Cette relation ne durera pas.

Mon cœur se serra même si je savais que mon père réagirait de cette façon. Je savais aussi qu'on ne pouvait pas me dicter ma façon de vivre.

– Papa, parlons-en entre nous plus tard. Et autant que je te le dise, il est exclu que je rompe avec Nic. Je sais exactement qui il est et j'en sais bien plus que tu ne le crois. Son argent et son physique m'importent peu. Nous avons un attachement profond l'un pour l'autre et je ne m'attends pas à ce que tu le comprennes ou que tu l'acceptes. Mais je suis ta fille et en tant que telle, tu m'as appris à prendre mes propres décisions. Je n'accepterai pas qu'on me dise ce que je dois faire.

Nic rit légèrement.

– Elle a raison. Elle a du caractère et c'est une des raisons pour lesquelles je l'aime. Vous avez élevé une fille formidable qui possède la force d'un ours et le cœur d'un lion. Vous devriez être fier de vous, il n'y en pas deux comme ma Natasha.

Il m'entoura de son bras et embrassa ma joue. Je contemplai mon père serrant les poings, prêt à mettre Nic en pièces.

La porte s'ouvrit soudain, laissant la place au père de Nic.

– Que fais-tu ici ? me demanda-t-il.

Nic se crispa instantanément.

– Père, nous sommes en réunion. Jen aurait dû te prévenir. Je te verrai plus tard. J'arrive dès que j'en ai terminé.

— Pourquoi est-ce que ta pute est ici ? demanda-t-il.

Mon père bondit de son siège.

– C'est ma fille, Grimm. Vous feriez mieux de faire attention à ce que vous dites. J'en ai réduit d'autres au silence pour moins que ça.

Le père de Nic regarda le mien avec dégoût.

– Vous avez élevé ça ? Je me suis souvent demandé quel genre d'homme pouvait élever ces femmes de si peu d'estime d'elles-mêmes. Et c'est un puissant agent du FBI qui a éduqué sa fille pour devenir une esclave. Je ne l'aurais jamais cru.

— Elle n'est pas une esclave, dit Nic. Il leva et me tira à son niveau alors que je n'aspirai qu'à m'enfuir à toutes jambes.

— Cela vaudrait mieux, dit Papa en fixant le père de Nic. Je sais tout de vous aussi, Nicholas Grimm. Et vous brûlerez en enfer pour tout ce que vous avez fait dans votre vie. Votre fils n'est peut-être pas au courant de ce que vous avez fait au nom de la famille et de l'argent. C'est votre père entre autres qui a fondé le club BDSM que vous appelez complaisamment le Club des Beaux Mecs Milliardaires. Un endroit où l'on conduit des femmes pour les torturer et les violer.

— Papa, ça n'a rien à voir avec la description que tu en fais, rétorquai-je, dans une vaine tentative d'apaisement de cette terrible situation. A ce moment précis, je craignais qu'une bagarre n'éclate entre nos pères.

— Tu n'en sais rien, ma chérie, dit Papa. Je l'ai vu de mes propres yeux.

— Quoi !? Nic et moi nous sommes exclamés en même temps.

— J'y suis allé récemment. En compagnie de la fille d'un juge fédéral. Nous avons mené notre enquête en toute discrétion, dit Papa.

J'étais estomaquée.

Il ne pouvait pas avoir été présent la nuit-même où j'y étais. Et il avait précisé y être allé en compagnie de la fille d'un juge. Je retournai tout ça dans mon esprit.

– S'agit-il de Daniella Day ?

Mon père se retourna vers moi.

– Oui, c'est ta colocataire qui m'a introduit. En début de soirée avant que tout le monde n'arrive. J'ai profité de l'arrivée des autres pour me glisser à l'intérieur. Et tu n'imagines pas les choses que j'ai vues là-bas. Et l'homme que tu autorises à te toucher y était présent pratiquement à chacune de mes visites.

Je le savais. Tout devenait clair comme de l'eau de roche. Le rendez-vous de Dani ce soir-là, celui qui conduisait la Tahoe noire était mon père. Elle avait travaillé sous couverture pour faire fermer le club. Alors pourquoi m'y avoir entraînée ?

Je n'avais pas la réponse et ne savais pas non plus si mon père était au courant. Il ne semblait pas savoir, je ne mentionnai donc rien.

Le père de Nic était furieux.

– Fais-la exclure immédiatement ! cria-t-il à Nic.

— Père, je ne fais plus partie de ce club, dit Nic en m'attirant contre lui. Laisse-moi en-dehors de tout ça. Je m'occupe de la société et tu t'occupes du CBMM.

Les informations concernant l'investigation discrètement menée au club coupèrent l'herbe sous le pied du père de Nic, qui se contenterait de régler le problème du CBMM. Je n'étais pas certaine de ce qu'il se passait vraiment, mais je savais que mon père voulait me voir hors de tout ça, mais j'y étais pourtant mêlée de près.

Papa se tourna vers moi.

– Tu viens avec moi.

Nic serra ma main un peu plus fort.

– Non, monsieur.

Le visage de mon père s'empourpra.

– Lui avez-vous fait signer l'un de ces contrats illégaux entre Maître et esclave ?

— Non, il ne l'a pas fait, répondis-je en levant la main à l'approche de mon père.

Je savais qu'il aurait voulu frapper Nic et m'éloigner de lui.

– Je ne te crois pas. Je vois bien qu'il te domine. J'ai déjà vu cet homme en action, chérie. Tu n'appartiens pas à ce monde et tu vas venir avec moi. Ne m'oblige pas à utiliser la force, s'il te plaît. Je t'en supplie. Je ne pourrai jamais tolérer tout ça, Natasha.

Après avoir pris une grande inspiration, je sus ce qu'il me restait à faire. Je me tournai vers Nic.

– Laisse-moi partir. Je vais le suivre. Il ne va pas me lâcher tant que je n'accepte pas de partir et je ne veux pas qu'il te blesse.

J'avais le cœur brisé alors que Nic me serrait dans ses bras. Il cherchait mon regard.

– S'il te plaît, ne pars pas.

— Nic, la situation devient hors contrôle. Il va te faire du mal.

— Elle a raison, Nic. Laissez-la partir, dit mon père en s'approchant de nous.

Nic ne prononça qu'un seul mot, qui me fendit le cœur.

– Pitié.

L'ENCHAÎNEMENT: LIVRE CINQ

Une Romance de Milliardaire Bad Boy

Par Camile Deneuve

28

NICHOLAI

— C'est la dernière chose que je lui ai dite. Pitié. Puis son père l'a traînée hors de mon bureau.

Ses yeux s'étaient alors emplis de larmes et de colère.

– Laisse-le m'emmener. Ne te bats pas avec lui, Nic ! Je t'appelle très vite.

— Et c'était il y a combien de temps exactement ? me demanda mon psychiatre.

— Il y a treize mois, répondis-je. Nous sommes séparés depuis treize mois et je vis un enfer. Je n'ai aucune idée de l'endroit où elle se trouve. Je ne peux même pas contacter son père. La bonne nouvelle est que le FBI nous laisse tranquille, pas un mot depuis, ni au sujet de la société ni du club.

— Je dois vous dire, car c'est une possibilité à envisager, que c'est peut-être la jeune fille elle-même qui se cache de vous, Nicholaï. L'histoire que vous m'avez racontée évoque de nombreuses situations où vous l'avez malmenée. Il est possible que ne vous la revoyiez jamais. Cela fait plus d'un an maintenant. Vous devriez aller de l'avant.

Je le regardais prendre de rapides notes, alimentant l'épais dossier relatant tout ce que je lui avais confié de mon passé et de celui de Natasha.

Il ne m'avait manifestement pas écouté lorsque je lui avais raconté notre dernière nuit ensemble.

– Je vous ai dit que nous avions fait l'amour. Elle savait que les choses n'en resteraient pas à la façon dont tout avait débuté entre nous.

— Mais avec la désapprobation de son père, elle a peut-être décidé que le jeu n'en valait pas la chandelle et qu'il lui serait impossible de lutter contre votre famille. Votre monde n'est pas exactement ce dont rêvent les parents pour leur fille, ou même pour leur garçon en l'occurrence. Vous devez comprendre, vous venez d'un univers très différent du sien.

Il me scrutait de son regard bleu clair, comme pour trouver dans mes yeux un indice prouvant que je l'avais compris.

Mais il n'y en avait aucun.

– Je suis ce que certains appelleraient un bon parti, Dr Freeman. Un milliardaire séduisant et bien bâti. Elle savait que je renoncerais à cette vie pour elle. Je sais qu'elle n'a pas pris toute seule la décision de se cacher de moi. J'ai mis des gens sur ses traces et je continuerai à la chercher. Je suis venu vous voir pour obtenir un conseil, pas pour être jugé.

Il se pencha en avant et se réinstalla confortablement dans son fauteuil, repoussant de la main des mèches de cheveux grisonnants lui tombant sur le visage.

-Je ne vous juge pas, Nicholaï. Je vous explique simplement que cette jeune femme est peut-être contrainte par sa famille. Je ne juge personne. Nous avons tous nos vices et nos petites manies, qui font de nous ce que nous sommes.

Je me sentais pourtant encore jugé.

– Je devrais y aller. J'ai besoin de lâcher un peu la pression. Je remarquai en me levant qu'il fronçait les sourcils. « Pourquoi froncez-vous les sourcils ? »— Qu'allez-vous faire pour vous détendre ? demanda-t-il stylo en l'air, prêt à noter quelque remarque sur son bloc.

— Je vais aller courir et faire de l'exercice, dis-je en souriant. C'est comme cela que je me dépense physiquement maintenant que je l'ai perdue. Depuis que je suis seul, je n'ai pas remis un pied au club, ni ailleurs d'ailleurs.

— Ça a été une douche froide, hein ? Vous verrez, ça vous passera. Et pour le club, chassez le naturel et il revient au galop. Tôt ou tard, vous flancherez.

Je n'obtiendrai donc aucune aide de mon psychiatre.

– Dr Freeman, j'ai le sentiment de ne vous avoir payé que pour que vous écoutiez mon histoire. Vous n'avez même pas essayé d'apaiser mes inquiétudes. Vous n'avez rien fait pour adoucir ma peine, mon agonie.

— Je n'y peux pas grand-chose. Vous devez la laisser partir. Elle est loin maintenant.

Comme si c'était si facile.

— Je ne peux pas, j'ai besoin d'elle. J'ai besoin d'elle comme de l'air que je respire. Je constate simplement que l'approche psychiatrique ne peut rien pour moi. Je resterai l'ombre de moi-même tant que je ne l'aurais pas retrouvée. Et j'en prends le risque même si elle devait me repousser ou ne plus vouloir de moi, je la laisserai. J'en serais effondré. Jamais encore je n'avais ressenti un tel sentiment de manque d'un autre être humain. Elle est la seule et l'unique. Je n'y peux rien.

— Dans ce cas, Nicholaï, vous allez vous maintenir dans un état de frustration et d'anxiété, dit-il en sortant un petit carnet de sa veste. Je vous prescris un anxiolytique, ça devrait vous aider.

— Pas la peine, dis-je en me dirigeant vers la porte. Je vous remercie mais je préfère rester lucide et suffisamment réactif pour être capable de la retrouver.

— Son père travaille pour le FBI, dit-il, me stoppant net. Je doute que vous puissiez la localiser. Pensez à ce que je vous ai dit, essayez d'y penser au moins. Vos deux pères s'opposent à votre relation avec Natasha Greenwell. Ça, c'est un fait. La ramener ici ne fera que relancer son père sur le sentier de la guerre contre votre union.

Je quittai son bureau en grognant, trois mille dollars plus tard et aucun soulagement. Je martelais le sol de mes talons pour rejoindre l'ascenseur. Je n'avais jamais ressenti une telle fureur.

Comment pouvait-il me suggérer de l'oublier ? Pourquoi ne pouvait-il comprendre que j'en étais incapable ?

Les portes s'ouvrirent sur une grande blonde en mini-jupe. Je contemplais ses longues jambes dorées s'éloigner.

– Bonjour, dit-elle d'une voix douce.

— Bon après-midi, dis-je en entrant dans la cabine. J'appuyai sur le bouton de fermeture des portes.

Elle s'était retournée et me regardait sans bouger, souriant, presque aguicheuse.

Je hochai simplement la tête et contemplai à nouveau le sol tandis que les portes se refermaient. Avant de connaître Natasha, je me serai jeté sur cette femme. Depuis qu'elle n'était plus là, j'avais perdu jusqu'au souvenir de ma libido. Je ne savais pas ce qu'il adviendrait de moi si je ne parvenais pas à la retrouver.

Pourrais-je continuer à vivre sans jamais savoir où elle est ni si elle est en sécurité ? La vie vaut-elle d'être vécue sans réponses à mes questions ?

J'étais seul face à toutes ces questions mais je savais que mon cœur battait plus vite, que mes maux de tête étaient quasi quotidiens et que mon corps ne ressentait plus rien. Ça n'était pas une vie. Je ne faisais plus que respirer.

La vibration de mon portable dans ma poche de veste me sortit de ma torpeur. Comme à chaque fois, j'espérais que le nom de Natasha s'afficherait sur l'écran. Numéro inconnu. Grimm à l'appareil.

— Nicholaï, je dois absolument vous rencontrer, prononça une voix d'homme

— Qui est à l'appareil ? demandais-je en sortant de l'ascenseur.

— Peu importe qui je suis. Tout ce que vous devez savoir c'est que c'est Natasha qui m'envoie.

29

NATASHA

Une brise fraîche soufflait dans ma direction alors que je me tenais devant la fenêtre ouverte de la chambre, en haut du château devenu ma prison. La mer Egée scintillait sous les rayons du soleil. Mon père m'avait confiée à la garde d'un de ses amis propriétaire d'un château à Thessalonique en Grèce.

Il m'avait enlevée à Nic un matin, il y a treize mois. Il ne m'avait pas quittée un instant depuis le début de notre périple. Un jet privé appartenant au FBI nous avait transportés de lieux en lieux, pour rendre une éventuelle poursuite impossible.

La première décision que prit mon père fut de détruire mon téléphone portable. Il réduisait ainsi à néant toute possibilité que Nic me contacte. Je dus me soumettre à un suivi psychiatrique quotidien, soi-disant destiné à me guérir du lavage de cerveau que Nic m'aurait fait subir.

Mon père me répétait et répétait à qui voulait l'entendre qu'il n'avait pas élevé une fille pour qu'elle vive ce genre de vie. Selon lui, je valais mieux que ça et Nicholaï Grimm était un démon.

Peu m'importait ce que le psychiatre ou mon père pouvaient dire, j'aimais toujours Nic et il me manquait terriblement. Je n'avais pas l'impression d'avoir subi un lavage de cerveau mais j'avais la certitude d'avoir été kidnappée. On m'avait privée de ma vie.

Sans téléphone au château, je n'avais aucun moyen de contacter Nic. Je ne pourrais compter sur aucune aide pour lui poster un courrier à son bureau, seule adresse à laquelle je pensais pour lui faire savoir où j'étais. J'écrivis plusieurs lettres à son assistante personnelle, qui était également sa cousine, sachant qu'ils ne permettraient jamais qu'une de mes lettres ne soit remise à Nic.

La femme qui s'occupait de moi me promit de les poster. Je constatai qu'elle n'en avait rien fait en trouvant mes missives déchirées au fond de la corbeille. Elle est gentille pourtant, comme tous ceux que mon père a chargés de me garder prisonnière dans ce château, abandonné depuis des années.

Je doute que quiconque imagine jamais que six personnes vivent ici. Il n'y a ni électricité ni lueur de bougies le soir. Dès que le soleil se couche, tout le monde se couche.

Il n'y a pas non plus de télévision ni de radio. Pour m'occuper, on m'a donné des carnets de note et des crayons. J'illustre ou j'écris des histoires, j'écris des romans à Nic, sachant qu'il ne les lira pas. Dire que je me sens triste et seule est bien peu dire.

Mon père me rendait visite une fois par semaine. Il n'avait même pas dit à ma mère où je me trouvais, seulement que j'étais en sécurité. Il avait prévu de me garder enfermée tant que le bon docteur n'aurait pas confirmé ma totale guérison.

J'avais donc choisi de mentir. Je prétendis que je savais que Nic était nocif. Je disais au docteur que je ne rêvais que de retourner à l'université et reprendre ma vie, qu'il n'y avait plus de place pour Nic.

L'homme savait que je mentais. Il ne me l'avait pas avoué de vive voix mais il n'avait pas non plus annoncé à mon père que j'étais libérée de l'emprise de Nic. Ce qui me dit que tres certainement quelqu'un venait fouiller dans mes affaires quand je ne suis pas dans ma chambre, pour savoir ce que j'écris.

Ma dernière idée fût de cesser définitivement d'écrire au sujet de Nic mais c'était tellement dur de ne pouvoir exprimer mes sentiments. Je ne les exprimais plus qu'en pensée.

Mon père, le grand inquisiteur, m'obligea à tout lui dire sur moi et Nic. Je ne sais pas s'il mélange un sérum de vérité à ma nourriture, mais je suis en tout cas incapable de mentir à cet homme.

Il ne m'avait cependant pas interrogée sur qu'il s'était passé durant mon adolescence. J'imagine qu'au plus profond de son être, il préférait ne pas savoir ce qu'il s'était réellement passé. Il aurait alors croulé sous le poids de la honte d'avoir blessé un homme qui ne le méritait pas. Mon père ne supporte pas la honte.

J'avais écrit plusieurs lettres à l'homme dont j'avais ruiné la vie. Celles-là non plus n'avaient pas été envoyées. Je n'avais aucune idée de l'endroit où il vivait mais les écrire avait apaisé ma conscience, pensais-je.

Cette période de ma vie reste encore floue, j'imagine que ça ne m'a donc pas aidée. J'ai alors décidé aujourd'hui de parler au psychiatre et de lui raconter cette partie de ma vie. Nous sommes liés par la confidentialité et je pense qu'il est un homme de parole. J'avais surpris une dispute entre lui et mon père, durant laquelle il se refusait à dévoiler le contenu de nos conversations. Mon père était un homme à qui il était difficile de résister, ce qui me donna un peu plus confiance sur ce que je révèlerai au médecin.

Un bruit à la porte me signala que quelqu'un s'apprêtait à la déverrouiller et à pénétrer dans la chambre. Je n'avais aucune idée de l'heure et, sans montre ou aucun autre appareil, je me contentai de la deviner en m'appuyant sur la position du soleil.

La femme qui s'occupait de moi ne parlait pas anglais. Elle m'apportait mon repas souvent constitué d'un sandwich au fromage et de pommes de terre bouillies, accompagnés d'une théière fumante, le tout sur un grand plateau posé sur la table de chevet.

Je hochai la tête et elle me sourit.

– Merci, dis-je.

Elle hocha également la tête et sortit. La porte était non seulement cadenassée de l'extérieur mais une lourde barre de fer était également insérée en travers, rendant toute fuite impossible.

J'avais de plus été consignée au point le plus haut de la bâtisse pour décourager toute tentative de fuite. Je saluais la perversité du plan mais la détestais. Je détestais tout de cet enfermement.

On m'avait confisqué ma pilule contraceptive, ramenant mon corps aux tourments que mes hormones m'infligeaient. Mon cycle était totalement bouleversé et j'étais assaillie par la douleur et les crampes. Ils ont des progrès à faire ici en matière de gestion des besoins féminins.

En finissant de boire le thé tiédi et devenu amer, je commençais en général à me sentir somnolente et le déjeuner était dorénavant toujours suivi d'une sieste. Je ne savais pas si j'étais souffrante mais je trouvais difficile de réfléchir.

Un coup fut de nouveau frappé à la porte qui s'ouvrit. Un homme jeune entra.

– Je suis ici pour vous, Natasha.

Il était de taille et de poids moyens et son regard bleu brillait comme s'il détenait un quelconque secret. Il ferma la porte derrière lui et j'entendis quelqu'un d'autre cadenasser la porte de l'extérieur.

Mon esprit divaguait et je réalisai soudain qu'on avait dû mettre quelque chose dans le thé, quelque chose qui me rendait comme ça.

– Qui êtes-vous ?

Il se dirigea lentement vers le lit et s'y assit. Je restai près de la table, sur une chaise. Je tentais de le suivre des yeux mais j'avais du mal à me concentrer.

— C'est votre médecin qui m'envoie. Il pense que vous avez besoin d'un autre homme pour vous aider à oublier celui dont vous avez été séparée. Et je suis cet homme, Natasha. Je m'appelle Nic.

Je bégayai en entendant ce nom et secouai la tête.

– Non ! Non, je ne veux pas d'autre homme. Partez.

Il sortit de sa poche un assortiment de préservatifs tout en grimaçant.

– Je pense qu'une séance de sexe pourrait vous apporter un peu de soulagement, non ?

— Non ! J'essayais de me lever mais retombais lourdement sur ma chaise. Partez !

— Mais je ne peux pas partir. Ils m'ont enfermé avec vous. Pour la nuit.

Ses mots me stupéfièrent. Ils allaient trop loin !

— Je ne ferai rien avec vous. Rangez vos capotes et laissez-moi tranquille, criai-je.

Malgré toute ma colère, je ne pouvais empêcher mes yeux de se fermer. Il sortit autre chose de sa poche et se dirigea vers moi.

– Voici quelque chose qui devrait stimuler votre libido, Natasha.

— Non ! m'écriais-je avant de réaliser que je commettais une énorme erreur.

Il plaça la pilule sur ma langue et couvrit ma bouche de sa main. Je sentis le cachet se dissoudre et son goût âcre me donna un haut-le-cœur. Il maintint son bâillon jusqu'à ce que ce qu'il m'ait vue avaler le comprimé.

Il recula alors d'un pas en souriant.

– J'attendrai nu dans le lit. Rejoignez-moi vite.

Je ne disposai que du satané thé, dont je savais maintenant qu'il avait été drogué, pour tenter de me débarrasser du mauvais goût que le cachet avait laissé dans ma bouche. J'en pris une petite gorgée.

– Que m'avez-vous donné ?

— Comment l'appelez-vous dans votre pays ? demanda-ti-il, comme si j'étais capable de répondre. Ici, c'est de l'ecstasy.

J'étais foutue !

30

NICHOLAI

Il est possible que je sois surveillé, dit l'homme au fort accent grec alors que je sortais de l'ascenseur, en m'accrochant à mon téléphone comme à une bouée de sauvetage. « Nous devrions nous rencontrer dans un endroit discret. Vous avez une idée ? »

— Il y a un café où nous pourrions nous retrouver. Vous vous asseyez à une table et je m'installerai à la table juste derrière vous. Nous pourrons ainsi parler sans que quiconque ne s'en aperçoive. Je vais me changer et je porterai chapeau et lunettes de soleil pour passer inaperçu, dis-je. Je vous envoie l'adresse par SMS. Elle va bien ? Je fermai les yeux en attendant sa réponse.

— Elle va bien. Vous lui manquez bien plus que vous n'imaginez.

– Je peux l'imaginer. Elle me manque tant. Je dois aller me changer. Je vous envoie les informations. Et merci.

Je raccrochai et fus saisi par le bouleversement provoqué par ces dernières nouvelles. Je me précipitai à la salle de bain, dans laquelle je m'enfermais, en larmes.

Elle va bien !

Et elle m'a envoyé un messager. Elle serait bientôt dans mes bras à nouveau !

Mes jambes ne me portaient plus et me m'adossai au mur un instant. Je n'aurai su dire quand j'avais pleuré pour la dernière fois. Je pense que j'étais encore un petit garçon. J'avais souvent eu envie de pleurer depuis qu'elle était partie mais à cet instant, je ne pouvais endiguer le flot de larmes.

Je retrouvais mon équilibre et aspergeais mon visage d'eau fraîche. Je réalisais soudain que j'étais en train de perdre un temps précieux et repris mes esprits.

Je m'essuyais rapidement avec une serviette en papier et me précipitais hors de la salle de bain pour me rendre dans une petite boutique près de l'immeuble où mon psy travaille.

Autant me changer dans le magasin, j'en sortirai comme un homme totalement différent. Si j'étais suivi, ils ne pourraient me reconnaître. J'espère que ça va marcher !

La boutique était à droite et je m'y engouffrais. La porte grinça et je me dirigeais directement vers le rayon des vêtements de sport, m'assurant que personne n'était entré juste après moi. Ce serait la preuve que j'étais suivi.

Il n'y avait personne. Je me dépêchais de choisir un bas de jogging et un sweat à capuche. Je trouvais pour finir la tenue une paire de lunettes de soleil et des tennis de course. Je complétais mes achats avec un kit de rasage que je trouvais près de la caisse.

J'avais laissé pousser ma barbe et en la rasant, je m'éloignai un peu plus encore de mon look habituel. Le vendeur scanna mes articles et, mon sac en main, je me dirigeais vers les toilettes que j'avais repérées au fond du magasin.

C'étaient des toilettes privées. Je pus donc m'enfermer dans l'une des cabines pour me changer et me raser, avant de placer mon costume et mes chaussures dans le sac. Je passai ma main sur mes joues rasées et mis les lunettes de soleil et la capuche du sweat.

Je repassai devant le vendeur et constatai qu'il n'avait pas reconnu l'homme qu'il venait pourtant de servir. Il me salua.

– Désirez-vous effectuer un échange, monsieur ?

— Pardon ? demandais-je en m'arrêtant.

Il indiqua mon sac du doigt.

– Avez-vous un article à échanger ?

Je souris en réalisant qu'il ne m'avait pas reconnu.

– Non, je vous remercie mais j'ai changé d'avis. Je vais garder ces vêtements. Au-revoir.

Je repris mon sérieux pour ne pas risquer d'attirer l'attention et quittai le magasin. Je rejoignis rapidement le café dans lequel je devais retrouver l'homme qui savait où se trouvait ma Natasha.

Avant d'arriver au bar, j'envoyai un message à l'homme.

– Etes-vous déjà au café ?

Il répondit aussitôt.

– Oui, j'y suis. Je porte une casquette de base-ball rouge et me suis installé dans le fond. Il y a une table libre juste derrière la mienne.

J'ouvris la porte et repérai immédiatement la casquette rouge dans le fond de l'établissement, l'un de ceux dans lesquels vous passez commande directement au bar.

– Que puis-je vous servir, Monsieur ?

Il me fallait éviter de me faire remarquer et je passai donc ma commande.

– Une bouteille d'eau et un cookie, s'il vous plaît. Au chocolat. Juste un petit en-cas, je n'ai pas très faim.

Elle hocha la tête, me tendit ma commande et je payai avec ma carte. Je me dirigeai ensuite vers la table du fond. Je m'installai derrière l'homme.

– Je suis Nic, dis-je en m'asseyant.

— Moi aussi, dit-il. Votre femme a besoin de votre aide pour sortir de sa captivité.

— Elle est retenue contre son gré ?

L'idée même me rendait fou de rage à l'encontre de son père. Comment pouvait-il faire une chose pareille à sa propre fille ?

— Oui. On s'occupe bien d'elle cependant. J'ai rencontré beaucoup de difficultés pour vous trouver. J'ai misé tout ce dont je disposai juste pour prendre l'avion. Elle m'a dit que vous m'aideriez financièrement si je parvenais à vous joindre. C'est bien le cas ? demanda-t-il.

L'homme me mit mal à l'aise mais je comprenais vite que même s'il me faisait perdre de l'argent, le jeu en valait la chandelle si ça me permettait de la retrouver.

— Vous serez généreusement récompensé pour tout ça. Dites-moi où elle est et j'irai la chercher, dis-je en pianotant nerveusement sur la table, anxieux comme jamais.

— Ça ne va pas être facile. Elle est très bien protégée. J'ai essayé à plusieurs reprises de la libérer du château et me suis cassé le nez à chaque fois. C'est pour ça qu'elle m'a demandé de venir vous rencontrer en Amérique.

— Elle se trouve dans un château à l'étranger ? demandais-je en tentant de canaliser la rage qui m'aveuglait.

— Elle est en Grèce, à Thessalonique pour être précis. Sa chambre est tout en-haut d'un château abandonné. Le volet en bois de sa fenêtre peut être ouvert, vous n'avez plus qu'à trouver comment vous y prendre.

— C'est la seule façon de la sortir de là ? Je me triturai les méninges pour trouver un plan d'évasion. Et on parle de quelle hauteur ?

— J'aurais du mal à en juger mais c'est tout en haut de cette énorme bâtisse. Devinez, dit-il dans un énorme soupir.

— J'ai besoin de trouver un moyen pour l'atteindre sans me faire voir. C'est compliqué d'approcher sans se faire repérer j'imagine ? demandais-je, certain de la réponse.

— Très compliqué, confirma-t-il. Mais je pourrai peut-être vous faire entrer de nuit. Au sol bien sûr. Je ne pourrai pas vous faire entrer dans le château, il y a trop de surveillance et il n'y a qu'une seule porte d'accès.

— Un vol régulier vers la Grèce est la meilleure option. Si je prends mon jet privé, ils sauront que je suis à sa recherche et son père la déplacera avant même mon arrivée. Je prendrai les billets dès demain. Vous pourrez prendre un petit hôtel pour la nuit. Je paierai. Je vais laisser mille dollars sur la table. Prenez-les rapidement. Nous sommes à New-York et du liquide sur une table ne risque pas d'y rester très longtemps. Evitez les lieux publics et je vous appellerai avec tous les détails du voyage.

— J'attendrai de vos nouvelles. Et si ça peut vous rassurer, elle ne m'a jamais laissée la toucher. Elle m'a dit vous appartenir, Nic.

Je sortis l'argent de mon portefeuille. Je ne pus retenir un soupir en l'entendant, j'en étais bouleversé. Elle m'attend. Elle sait que je suis l'homme de sa vie. Je me demandai soudain pourquoi ils en étaient arrivés à une telle discussion.

– Et pourquoi a-t-elle parlé de ça ?

— Son médecin m'a demandé de coucher avec elle. Pour qu'elle vous oublie. J'ai dû lui donner de l'ecstasy pendant trois jours alors que j'étais enfermé avec elle. Et elle ne m'a jamais permis de la toucher. C'était dur pour la pauvre petite, je vous le garantis. Mais je ne l'ai jamais touchée autrement que pour lui donner les pilules. Le médecin a vu que cela ne fonctionnait pas et m'a sorti de là. Mais elle m'avait tout raconté à propos de vous deux. Ça m'a brisé le cœur quand j'ai réalisé qu'on vous avait séparés.

— Ça a aussi brisé le mien. Mais dès que je l'aurai retrouvée, je serai guéri. Merci, Nic. Je vous recontacte très vite. Vous serez récompensé dès que je la tiendrai à nouveau dans mes bras.

Je plaçai l'argent sur la table, me levai et partis.

Mon cerveau allait à cent à l'heure suite à ces bonnes nouvelles et je m'aperçus que je m'étais mis à courir. J'appelai mon chauffeur pour qu'il passe me prendre dans une contre-allée, de manière à ne pas me faire remarquer en montant en voiture.

Je vais bientôt la récupérer et tout ira bien à nouveau !

31

NATASHA

L'homme qu'on m'avait envoyé pour m'aider à accepter la séparation d'avec Nic s'est éclipsé. J'ai surpris une discussion entre mon père et les autres dans l'entrée. Juste à l'extérieur de ma chambre, ils évoquaient sa disparition.

Il était également question de me déplacer, ce qui me terrifiait. Mon père entra et je me montrai imperturbable.

– Bonjour, Papa. Je vais bien me comporter. Puis-je rentrer à la maison maintenant ?

Il rit en secouant la tête.

– Tasha, tu ne trompes personne. J'ai besoin de te poser une question à laquelle tu devras répondre, jeune fille.

J'étais pétrifiée, sachant quelle était la question mais ne sachant pas si je serai en mesure de lui mentir.

– Oui, Monsieur. Je te dis toujours la vérité, Papa. Tu le sais. Même les choses que je ne veux pas que tu saches, je te les ai dites. Que veux-tu savoir ?

Ses yeux scrutaient les miens quand il saisit mes deux bras en les tenant fermement. J'imaginai qu'il tentait de mesurer mon rythme cardiaque pour déterminer si ma réponse serait ou non un mensonge.

— Natasha Greenwell, as-tu envoyé à New-York l'homme qui devait t'aider ? demanda-t-il en me fixant du regard.

— Non, répondis-je en soutenant son regard et restant aussi impassible que lui.

Il continua à me mesurer du regard pendant ce qui sembla être une éternité.

– Où est parti Nic ?

Je haussai les épaules.

– Comment le saurai-je ?

— Parce que vous avez énormément discuté tous les deux, dit-il.

Je me demandai comment il le savait puisque je murmurais à chacune de nos conversations concernant Nic. Il ne portait aucun vêtement qui auraient permis de dissimuler un micro. Jusqu'à ce moment précis, je n'étais même pas sûre qu'il ait pu se rendre à New York. Il avait disparu donc j'imaginai que oui.

— A-t-il mentionné quelqu'un ou quelque chose susceptible de le faire disparaître du jour au lendemain ? demanda-t-il en lâchant mes bras.

J'étouffai un soupir de soulagement qui aurait paru suspect et retournai m'asseoir à la table.

– Nous n'avons pas parlé de lui ou de sa vie. Et à propos, dis-moi qu'est-ce qui t'a fait penser que je me laisserais faire par cet homme ?

Papa se tourna vers moi, une ride profonde lui barrait le front.

– C'était une idée de ton médecin. Il ne m'en a pas parlé et ne m'a pas demandé ce que j'en pensais. Je ne suis pas d'accord avec de telles méthodes et je m'en suis débarrassé.

Je déglutis en comprenant ce que ça signifiait quand mon père disait ça.

– Papa, non !

Son expression vira du tout au tout et il commença à rire.

– Je ne m'en suis pas débarrassé dans ce sens ! Je l'ai viré, tout simplement. Je n'ai tué personne.

Je soupirai de soulagement et me détendis.

– Ouf, papa ! Tu m'as vraiment fait peur. Je sais ce que tu penses de Nic et j'ai promis de rester éloignée de lui. Mais tu m'as fait prendre tellement de retard à l'école que je ne serai jamais diplômée cette année.

Il m'interrompit d'un geste du doigt.

– Tu as d'autres problèmes à gérer en ce moment. Tu finiras bien par l'obtenir, ton diplôme. Qu'est-ce qui est le plus important, ta vie ou ton diplôme ?

— Ma vie n'est pas en danger, rétorquai-je en fronçant les yeux. Nic ne me ferait jamais de mal, Papa. Et si je lui disais que je ne voulais plus le voir, il l'accepterait et me laisserait tranquille. Il a des tonnes de prétendantes avec qui passer du bon temps.

— Eh bien, il semble qu'il ne se soit pas senti d'humeur à batifoler avec aucune d'entre elles depuis treize mois. Il est obsédé par toi, dit-il en prenant place sur un petit canapé à l'angle de la pièce.

— Tu le fais suivre ou quoi ? demandais-je, repensant à ce que mon père venait de dire. Nic n'avait donc pas couché à droite et à gauche depuis notre séparation. Il m'avait attendue !

Mon père hocha la tête.

– Bien entendu.

Je fus brutalement ramenée à la réalité. Même si Nic parvenait jusqu'à moi pour me libérer, nous serions séparés à nouveau. Un énorme sentiment d'échec s'abattit sur moi. Ma résistance céda et je m'affalai au sol.

Je n'y voyais rien et on me souleva pour me déposer délicatement sur le lit.

– Tasha !

Je ne parvenais pas à ouvrir les yeux. Mon père souleva un de mes bras, qui retomba mollement lorsqu'il le lâcha. Je pouvais l'entendre, il me criait de me réveiller. Il me gifla même, sans obtenir le moindre résultat. Je ne pouvais toujours pas ouvrir les yeux ou même parler

Je l'entendis claquer la porte de la salle de bain attenante. Puis le bruit de ses pas qui revenaient vers moi et une vague d'eau froide me submergea qui me sortit de ma torpeur.

– Papa, suppliai-je faiblement.

Mon corps commençait à trembler et il se tenait immobile et silencieux.

– Tasha, qu'est-ce qui ne va pas?

J'entendis un petit coup sur la porte, on m'apportait mon déjeuner. La femme prononça quelques mots en grec et mon père blêmit.

– Remportez ce thé et refaites-en. Assurez-vous que rien ne soit ajouté à la théière, ordonna-t-il.

Elle posa malgré tout le plateau sur la table puis chuchota à nouveau à l'oreille de mon père. Il hocha la tête et passa sa main son front. Je le regardai, inquiète.

– Qu'a-t-elle dit, papa ?

— La drogue qu'ils t'ont fait boire trois fois par jour t'a rendue dépendante. Si tu arrêtes brutalement d'en prendre, tu risques des crises de tremblement ou de convulsions. Il paraissait tellement démuni et ses yeux tristes montraient toute sa peine et une pointe de culpabilité.

— Tu veux dire que tu m'as droguée et que tu m'as rendue dépendante ? demandais-je en le foudroyant du regard.

Il ne répondit pas et congédia la domestique, qui avait laissé le thé empoisonné à mon intention.

– Ça n'était pas mon idée. Je pensais que lui comme toi parviendriez à passer à autre chose. Je n'avais jamais imaginé que ça pourrait prendre si longtemps, Tasha. Je vais te faire suivre une cure de désintoxication. Je suis désolé.

— Désolé ? J'essayai de me redresser.

Ma tête me faisait un mal de chien et il me tendit une tasse de son putain de thé.

Je renversai intentionnellement la tasse, le liquide aspergeant tout son tee-shirt blanc. « Tasha ! »

— Lâche-moi, tu veux ? dis-je les dents serrées de fureur contenue.

— Dis-donc, tu vas m'écouter...

Je le stoppai net.

– Non. Arrête. Tu m'as fait quelque chose de terrible et je ne m'allongerai pas ce sur lit pour tu fasses ce que tu veux de moi. Tu ne l'as peut-être fait que sur de mauvais conseils mais le mal est fait. C'est terminé. Tu me comprends ?

La façon dont il me regardait, les yeux baissés comme pour me prouver ses regrets, me permit d'envisager un possible retour à la maison. Même si je n'avais plus aucun endroit où aller puisque ma chambre à l'université avait dû être libérée.

Personne n'attend pendant treize mois de savoir si quelqu'un va revenir. Et Dani avait probablement elle aussi disparu suite à ce que mon père nous avait lâché dans le bureau de Nic, ce maudit jour où ma putain de vie avait basculé.

— Je suis devenue une putain de toxico par ta faute.

Je lui tournais le dos et l'entendis quitter la pièce.

J'avais des nausées et sentais mon crâne palpiter. Je savais qu'il me suffirait de boire un peu de thé pour m'apaiser mais il était hors de question que j'absorbe la moindre goutte de cette merde.

Je devais surmonter le fait d'avoir été nourrie d'ecstasy pendant trois jours. Je pouvais y arriver. Je le devais !

Nic allait peut-être venir me chercher. Il était peut-être déjà dans un avion. Il pourrait me retrouver faible et malade et incapable de voyager. Et c'était probablement exactement ce que voulait mon père.

Allongée sur le lit, je me repassais le film des récents événements. Mon père avait été soit un génial instigateur, soit un pitoyable comploteur, je ne parvenais pas à trancher mais peu m'importait. Il me dégoûtait et je ne voulais plus jamais voir cet homme.

Des heures ont passées depuis que mon père avait quitté la pièce. J'avais vomi quatre fois et me sentais vraiment mal. J'avais eu la grippe une fois et je me sentais pareil. Je peux dépasser ça. Je sais que je peux. Nic hante mes délires fiévreux et je sais que je peux dépasser ça pour lui.

J'entendis la porte s'ouvrir et gardai les yeux fermés, qui me brûlaient, alors que mon père pénétrait dans la pièce.

– Voyez, ça n'est pas brillant.

— Mais j'ai quelque chose qui va la soulager, dit une voix de femme.

Je sentis une piqûre aigüe au creux du coude alors qu'elle enfonçait une aiguille dans ma veine. Je tentai de la repousser.

– Je ne veux plus de drogues, murmurai-je.

Sa main passa sur mon front.

– Ce ne sont pas des drogues, ma jolie. Juste un cocktail de vitamines et de nutriments qui vont vous aider. Il n'y aura plus de drogues. Et je vais vous installer une perfusion pour réhydrater votre organisme.

Je me tournai et remarquai les yeux rougis de mon père, qui tendit le bras pour caresser ma joue.

– Je suis désolé et je te ramène à la maison. Dès que tu seras capable de supporter le voyage. J'en ai assez, ça suffit. Je suis un imbécile mais je sais reconnaître quand je suis allé trop loin. Je n'avais pas l'intention que tout cela arrive. Je te le jure.

Une larme roula sur sa joue et je le scrutai, s'agenouillant à côté de mon lit.

– Papa ? Une boule dans la gorge m'empêcha de poursuivre.

— N'essaie pas de parler. Repose-toi et laisse les vitamines agir. Je suis désolé. Je vais me racheter, je te le promets. Je te ramène à la maison auprès de ta mère. On s'occupera de toi jusqu'à ce que tu ailles mieux, dit-il.

Je ne voulais pas rentrer chez eux. Je voulais aller chez Nic. Mais je n'étais en état de discuter. Nous allions rentrer aux Etats-Unis et après tout, Nantucket n'est pas si loin de New York et je pourrais alors rejoindre Nic.

La mixture que l'on m'avait fait ingurgiter semblait faire des merveilles, car je ne me sentais plus nauséeuse. Le sommeil m'envahit et je me laissai aller, sachant que je serais bientôt en mesure de le revoir. Revoir l'homme que j'aimais.

32

NICHOLAI

Après dix heures de vol, l'avions se posa enfin en Grèce. La nuit était tombée et Nic et moi allions prendre une voiture pour rejoindre le lieu où Natasha était retenue prisonnière. Le frère de Nic s'était procuré une corde à grappins pour que je puisse escalader le mur de la tour où elle se trouvait.

Je n'avais jamais tenté ce genre d'escalade mais il m'avait dit que c'était à ma portée. J'espérais qu'il avait raison. Il me faudrait redescendre Natasha le long de cette corde et je voulais éviter le moindre incident.

— Heureusement que la nuit tombée va nous permettre de passer inaperçus, hein, Nicholaï ? demanda-t-il alors que nous attendions de pouvoir descendre de l'avion.

J'avais tout prévu et portai une tenue sombre grâce à laquelle je serai difficile à repérer. L'hôtesse me regardait me diriger vers la sortie.

– Vous ressemblez à un homme investi d'une importante mission, dit-elle.

Ne sachant que répondre, Nic trouva la parade.

– Son truc, c'est le gothique. J'ai beau lui dire qu'il a l'air nul.

— Vous semblez plutôt être un homme qui porte des costumes de haute qualité.

Je secouai la tête et souris à la justesse de sa remarque.

– À bientôt pour le retour, messieurs, dit-elle alors que nous sortions.

Nous n'avions ni l'un ni l'autre prévu de rentrer par un vol régulier. Nic resterait en Grèce, bien sûr. Je devrais pour ma part nous cacher, Natasha et moi, en attendant l'arrivée de mon jet. Nous déciderions alors de la destination qui nous accueillerait le temps que toute cette affaire se tasse. Je ne la ramènerai pas à New York où il suffirait à son père de me l'enlever à nouveau. Nous devrions élaborer un plan et peut-être négocier avec l'homme, pour lui faire comprendre que nous allions nous remettre ensemble, envers et contre tous.

Un taxi nous conduisit vers la maison de Nic. Je savais malgré la pénombre combien le paysage devait être magnifique. Les maisons le long desquelles nous sommes passés étaient baignées de lumières et l'une d'elles accueillait une réunion familiale dans son jardin.

— Tout le monde paraît si heureux ici, dis-je en regardant autour de moi.

— En général, oui, acquiesça Nic.

— Ma famille va vous accueillir les bras ouverts. J'ai plusieurs sœurs donc préparez-vous à recevoir quelques tapes sur les fesses, dit-il en riant.

— Je devrais m'en sortir, Nic. Merci encore pour tout ce que vous faîtes pour nous. Je ne peux pas exprimer ma gratitude pour tout ce que vous avez fait. Avant de partir, je m'assurerai de bien regarnir votre compte en banque. Je lui tapotai l'épaule et il me sourit.

— Vous savez, j'y ai bien pensé, Nicholaï, je ne veux pas de dédommagement de votre part. Ce qui est arrivé à Natasha est un crime. Je souhaite réellement la voir partir avec vous, indemne et heureuse. Ce sera ma plus belle récompense. Il me tapota l'épaule à son tour. Ce sera mon cadeau.

Je hochai la tête mais je me devais d'offrir à cet homme un signe de ma reconnaissance. Il ne s'en apercevrait pas tant qu'il n'aurait pas vérifié son compte en banque et je serai alors parti depuis longtemps. Mais je le remercierai.

Le véhicule s'arrêta en haut d'une colline, devant une maison modeste. Combien de personnes vivent ici ? demandais-je en attrapant mon sac à l'arrière de la voiture.

— Quinze. Nous sommes complets ici mais rassurez-vous, nous réservons une chambre particulière pour nos invités. Il me guida vers la porte ou trois jeunes hommes nous accueillirent.

— Nic ! Où étais-tu ? demanda l'un d'eux en maintenant ouverte la porte d'entrée. Tu as eu plusieurs visites.

— Merde, marmonna-t-il. Ça sent pas bon.

— Pourquoi donc ? lui demandai-je une fois à l'intérieur.

Il secoua la tête et me présenta.

– Voici Nicholaï. Au fait, je t'ai demandé de me trouver une corde et un grappin. Il s'adressait à l'un des hommes qui haussa les épaules. Ne me dis pas que tu ne les as pas !

— Non, je n'en ai pas trouvé, répondit-il, me regardant d'un air inquiet et nerveux.

— Pour quelle raison en as-tu besoin, Nic ? demanda une femme, qui devait être sa mère, en pénétrant dans la pièce. Elle s'arrêta en remarquant ma présence et s'essuya les mains sur son tablier. Et ton ami ?

— Voici Nicholaï Grimm, Mamma. Il me regarda. « Ma mère ».

Elle ouvrit ses bras et je m'avançai vers elle. « Ravi de vous rencontrer ».

— Vous pouvez m'appeler Mamma. Comme tout le monde. Le repas est sur la table, dit-elle en m'entraînant dans une autre pièce.

Plusieurs enfants y jouaient autour d'un jeu de société et tous les yeux se braquèrent sur moi. « C'est mon ami et vous pouvez l'appeler Nicholaï », cria Nic en me regardant. « Ce sont quelques-uns de mes nièces et neveux ».

Il me guida vers la porte menant au jardin de derrière, tout éclairé. Chacun des arbres était décoré d'une guirlande de petites lumières blanches, illuminant le grand jardin. Les trois oliviers parfumaient délicieusement l'atmosphère.

– C'est charmant, dis-je, ce qui fit immédiatement sourire sa mère.

– Vous êtes célibataire, n'est-ce pas ? demanda-t-elle en regardant a main gauche.

— Il n'est pas encore marié, Mamma, précisa Nic. Mais il n'est pas libre. Il est plutôt engagé.

Elle m'observa durant un moment.

– Il se trouve que j'ai d'adorables filles qui sont encore célibataires. Si vous souhaitez faire un tour des rayons avant d'effectuer votre choix de femme, vous êtes le bienvenu.

— Mamma ! la réprimanda Nic en remarquant ma grimace.

— Quoi ? cria-t-elle en levant les bras au ciel. Un homme devrait pouvoir considérer l'offre avant de faire un tel choix. Le mariage est définitif tu sais. Va dire à tes sœurs que nous avons un homme à la maison. Elle avait missionné l'un des autres garçons et je ne pus qu'éclater de rire aux paroles de la mère.

— Merci, Mamma, dis-je en prenant le siège qu'elle me tendait. Vous savez, j'ai largement butiné jusqu'à présent. Celle que j'ai choisie est la femme de ma vie. Cela fait plus d'un an que nous ne nous sommes pas vus et que nous n'avons pu nous parler et cela m'a brisé le cœur. Personne ne pourra jamais lui arriver à la cheville. Désolé.

Elle me tapota le dos et me garnissait une assiette de nourriture qu'elle plaça devant moi.

– Dites-moi la raison pour laquelle vous avez été séparés si longtemps.

— Son père. Il s'oppose à notre union, me confiai-je alors qu'elle me servait un grand verre de vin rouge.

Je n'avais pas bu une goutte d'alcool depuis ce matin funeste où elle m'avait été enlevée. Il me semblait injuste de me permettre de noyer mon chagrin dans la boisson alors que je ne savais même pas où elle était. Mais il n'y avait semble-t-il rien d'autre à boire et, espérant que ce verre marquerait le début de ce qui se présentait comme une nuit fantastique, je m'autorisai la douceur du liquide à chatouiller mon gosier.

Elle me regardait prendre ma première gorgée.

– Délicieux, dis-je. Elle applaudit en souriant.

— Oui ! Ma famille fait son propre vin depuis des générations. Nous avons essayé de monter notre propre société mais nous ne sommes pas de bons commerçants. Nous sommes de bons producteurs mais incapables de vendre nos vins et nos légumes. Elle me montra une feuille de vigne enveloppement habilement quelque chose. Goûtez-moi ça. Ça ne ressemble à rien que vous n'ayez jamais goûté, je vous le garantis.

Je m'exécutai et découvris la viande garnissant la feuille de vigne fondant dans la bouche.

– Mmm.

– C'est bon, hein ? demanda-t-elle en hochant la tête.

— Délicieux ! répondis-je en prenant une autre bouchée. Vous ne rentreriez pas avec moi aux Etats-Unis, j'ai besoin d'une cuisinière ?

Elle rit en applaudissant à nouveau. J'entendis les femmes venues nous rejoindre.

– Et qui avons-nous là ? demanda la plus grande des trois jeunes filles brunes.

Je me levai.

– Je suis Nicholaï Grimm. Elles rirent à la révérence dont je les avais gratifiées.

Elles s'installèrent sur les chaises près de moi et Nic tenta de les éloigner.

– Il n'est pas disponible, annonça-t-il.

— Il ne porte pas d'alliance, dit l'une d'elles en prenant ma main gauche.

Je la retirai et embrassai le dos de la sienne, ce qui la fit rougir et embrasa, j'imaginai, son entrejambe.

– Je sais mais je vous assure que je suis pris. Vous rencontrerez, très vite j'espère, la femme dont je suis désespérément amoureux.

Elle se tourna vers Nic.

– Qui est-elle ?

— Elle est américaine, répondit-il.

— Oui ! ajouta sa mère. Vous étiez sur le point de nous raconter votre histoire, Nicholaï.

Tout le monde s'était soudainement installé autour de l'imposante table et attendait en fixant du regard.

– Mon histoire est plutôt banale, dis-je en les regardant, chacun d'eux semblant attendre avec impatience mon récit.

Nic tenta une diversion.

– Je vous assure, son histoire devrait être classée X. Il me l'a racontée et elle n'est pas recommandée aux âmes sensibles.

L'une de ses sœurs posa discrètement sa main sur ma cuisse, main que je m'empressai de déplacer. Je secouai la tête en lui souriant.

– Petite coquine.

Elle retroussa son petit nez et m'encouragea.

– Allez, Nicholaï. On apprécie toujours une bonne petite histoire de cul.

Je lançai un clin d'œil à Nic.

– D'accord mais je vais vous la faire un peu plus soft.

Il hocha la tête.

– Bonne idée, Nicholaï. Ma mère est veuve et passera encore la nuit seule ce soir. Pas la peine de l'exciter.

La mère se frottait les mains.

– Dites-nous, Nicholaï. Quel est l'objet de votre séjour dans notre pays et dans notre petite ville.

Je m'installai confortablement, mon verre à la main, et commençai le récit de mon histoire avec Natasha et du destin qui semblait s'acharner contre nous. Les yeux s'écarquillèrent et des larmes coulèrent mais pour finir, je lus de la compassion sur chacun des visages présents.

— Je vais vous dire quelque chose, Nicholaï, dit la mère de Nic. Vous devriez rester dans cette ville tous les deux. Nous sommes une communauté unie et solidaire. Personne ne pourra jamais vous atteindre ici.

Les yeux de Nic s'agrandirent lorsqu'il ajouta :

– Vous pourriez acheter la grande maison sur la colline, juste à l'extérieur du village. Ma mère pourrait même cuisiner pour toi.

— On pourrait même tenir la maison, pour vous et votre amoureuse, renchérit l'une de ses sœurs.

Ils étaient tellement heureux de m'aider. Leur énergie était communicative et je me demandai si Natasha aimerait la vie ici en Grèce. J'étais certain que je pourrais monter une affaire autour des produits locaux qu'ils proposaient.

— J'en parlerai à ma princesse. Mais sa longue captivité ne gâcherait-elle pas toutes ses chances de souhaiter rester dans le pays dont elle avait été prisonnière ? Vous savez, les raisons qui la gardent ici lui donneront peut-être envie de quitter cet endroit pourtant merveilleux. Son bonheur est tout ce qui compte pour moi.

Mon public improvisé ne cachait pas son émotion et tous furent touchés par mon récit. – Vous êtes une perle, Nicholaï, me susurra une autre des sœurs de Nic en essuyant ses yeux humides.

— Je ne suis pas une perle mais Natasha, elle, en est une. Et vous pouvez peut-être tous m'aider à la récupérer, au château dont je vous ai parlé tout à l'heure.

L'enthousiasme prit le pas sur la tristesse et tout le monde s'agitait en tous sens. Nic m'attrapa par le bras.

– Venez, Nicholaï. Allons prendre ce château d'assaut pour sauver votre princesse !

Mon cœur battait la chamade, ils étaient tous derrière moi. Notre petite bande descendit la rue, racontant l'objet de notre mission de sauvetage à qui voulait l'entendre. Chaque personne rencontrée se joignait à nous. Avant que je puisse m'en rendre compte, nous étions une petite armée, en route vers le bas de la route où nous attendait dans une obscurité presque totale, le sombre château.

Nic était à mes côtés.

– Il n'y a aucune lumière allumée, dis-je.

— Ils n'ont pas l'électricité, dit-il en continuant d'avancer.

J'étais furieux de savoir dans quelles conditions son père la gardait, alors qu'il m'estimait indigne de m'occuper d'elle. Il ne manquait pas de culot et je ne laisserai pas Natasha m'empêcher de lui dire ce que je pensais.

Il devrait cesser sa tyrannie. Je m'en assurerai. Ma princesse ne me serait jamais plus enlevée. Ou son père allait voir ce qu'il en coûte de me ravir ma princesse !

33

NATASHA

La jeune femme médecin trouvée par mon père nous accompagnait dans le jet affrété par le FBI. C'était le début de la soirée et il m'avait dit que nous serions à la maison d'ici dix heures environ.

J'étais allongée à l'arrière de la cabine après que l'on ait réinstallé le dispositif de perfusion, retiré lors du transfert jusqu'à l'aéroport. J'étais dans état d'anxiété avancé mais continuai de cacher mon jeu. Ma seule obsession était la façon dont j'allais m'y prendre pour rejoindre Nic. J'avais prévu de l'appeler dès que je pourrais m'approcher d'un téléphone.

Papa m'avait dit que Nic n'était pas passé à autre chose et qu'il ne s'était pas fait consoler ailleurs. Je gardai donc tous mes espoirs intacts, je savais qu'il voudrait me parler. On trouverait bien le moyen d'être à nouveau ensemble, je le sais.

Papa ouvrit la porte de la minuscule cabine.

– Comment va-t-elle ?

— Très bien, répondit le docteur en remontant la couverture sous mon menton. Vous pouvez dire au pilote que l'on peut décoller. Je reste près d'elle. Elle s'assura que les sangles me sécurisant sur le lit pendant le décollage étaient correctement bouclées.

Un siège avec ceinture de sécurité se trouve également dans la petite pièce. J'imaginais qu'elle allait s'y installer. Mon père entra et embrassa mon front. « Toi et moi allons avoir une petite discussion dès que nous aurons décollé et que nous pourrons nous déplacer dans l'avion. »

Je tournai mon visage vers lui alors qu'il s'apprêtait à sortir et me sentis obligée de dire quelque chose.

– Papa ? Il s'arrêta et me regarda. Je t'ai pardonné.

Il hocha la tête et sans un mot, quitta la pièce. Je remarquai le médecin s'essuyant discrètement les yeux qui prit place sur le siège. Le commandant s'adressa à nous par l'interphone, indiquant que nous devions boucler nos ceintures et nous préparer au décollage.

— Il n'est pas si mauvais, dit-elle.

J'imagine que le cocktail que je recevais en intraveineuse avait stimulé mes capacités intellectuelles quand je réalisai soudain qu'elle n'était pas grecque. Elle était américaine !

— Comment connaissez-vous mon père ? demandais-je. Elle avait baissé le regard.

Elle ne dit rien. Son corps tremblait légèrement, me laissant supposer qu'il y avait quelque chose entre eux.

– Vous devriez vous reposer.

— Vous devriez me dire, répondis-je alors que l'avion commençait à bouger.

Nous étions bringuebalées alors que l'avion prenait de la vitesse sur la piste d'envol. Elle fuyait mon regard et je pensais en connaître la raison. Elle mordit sa lèvre inférieure puis me regarda.

– Ça n'est pas à moi de le dire.

— Il vous a demandé de garder le secret ? lui demandai-je.

Elle hocha simplement la tête et j'eus alors la confirmation qu'elle entretenait une relation avec mon père. Elle était jeune, peut-être trente ans. Jolie aussi avec ses longs cheveux bruns s'éparpillant sur ses épaules en une vague brillante et lisse. Son regard brun était amical et bienveillant.

Maman était blonde aux yeux bleus, comme moi. Maman était une femme plutôt distante et éteinte. Elle n'avait jamais travaillé et ne s'intéressait qu'aux fleurs qu'elle avait plantées partout dans le jardin de cette maison que nous occupions depuis que j'avais quatre ans.

Le travail de mon père lui fournissait une bonne excuse pour ne pas y passer trop de temps. J'avais compris qu'il était un homme très occupé. On m'avait également inculqué que le travail de mon père était extrêmement dangereux et qu'il n'aimait pas en parler. Je ne lui posai donc jamais de questions, ma mère non plus.

Je regardais la femme assise en face de moi, le regard baissé fixé sur le sol et commençais à comprendre. Mon père utilisait les femmes. Il avait de grandes ambitions en ce qui concernait l'homme qui serait autorisé à vivre avec moi alors que lui-même était incapable de traiter les femmes correctement.

Il ne savait peut-être pas ce que représentait l'amour. C'était peut-être la raison pour laquelle il avait agi comme si j'étais une petite idiote quand je le suppliais de ne pas me séparer de Nic. Il devait penser que l'amour n'existait pas, comme Nic, avant.

Je me détournais de la pauvre femme, qui devait probablement se sentir honteuse.

– Je ne vous jugerai pas, dis-je alors que le jet se stabilisait.

Le pilote nous informa que nous étions désormais libres de nos déplacements à bord.

Elle détacha sa ceinture et mon père arriva.

– J'ai besoin d'un verre, dit-elle en quittant la pièce.

Il persistait à ne regarder que moi. Il était doué quand il s'agissait de prétendre qu'il ne se passait rien entre eux. Il s'avança et s'assit sur le bord du lit, posant ses mains sur mes jambes couvertes.

– Je veux te parler de notre retour à la maison.

— Quoi ? Je m'attendais à ce qu'il m'annonce que maman et lui se séparaient ou quelque chose comme ça.

— Je veux que tu saches que je vais faire mettre les lignes de téléphone sur écoute. Si tu devais appeler le portable ou le bureau de cet homme, le FBI serait immédiatement au courant et je prendrai les mesures nécessaires à son encontre. Je ne lui veux pas de mal mais je le ferai si nécessaire, pour te protéger.

— J'ai menti, dis-je brusquement.

— A quel sujet ? demanda-t-il, déconcerté.

— Au sujet de Paul, dis-je, évoquant pour la première fois ce qui s'était produit lorsque j'étais adolescente.

— Ne mentionne pas le nom de cette merde, Tasha, dit-il la mâchoire serrée.

— Ça n'en était pas une. C'était moi, avouais-je en le voyant blêmir.

— Ne dis pas ça, dit-il en fronçant les sourcils. Les plis de son front se creusèrent, il était anéanti.

Je devais tout avouer. Je ne voulais plus laisser tout ça pourrir à l'intérieur de moi.

– Je vais tout te dire, papa. J'avais l'habitude de garder les enfants de Paul et Sandy, ça tu le sais. Ce que tu ne sais pas c'est que j'ai vu Sandy traiter Paul, son mari, comme une merde, tous les jours. Je l'ai vue sortir avec d'autres hommes pendant que son mari travaillait. J'ai tout vu, et j'ai vu un homme qui était au plus bas.

— Arrête, m'intima mon père en s'abimant dans la contemplation de la couverture.

— C'est moi qui l'ai séduit. C'est moi qui ai fait le premier pas vers lui. J'ai pris sa main pour qu'il touche mes seins. J'ai sorti sa queue de son pantalon et y ai posé ma bouche. J'ai tout fait, moi-même.

Mon père se tenait debout et secouait la tête.

– Non ! Il t'a forcée ! Il t'a eue, Tasha ! Tu regardes en arrière et tu culpabilises mais c'est lui qui t'a fait ça ! Tu n'avais que seize ans. Il a mérité ce que je lui ai fait. Il l'a mérité !

— C'était un homme brisé et j'ai profité de la situation. Le pire c'est que je savais exactement ce que je faisais. Et tu es venu me chercher et tu m'as surprise dès la première fois où j'allais le prendre dans ma bouche et tu l'as quasiement battu à mort.

Je le regardais et il semblait sur le point de craquer.

— Non ! cria-t-il. Tasha, non ! Il t'a obligée à lui faire ça. Et ce salopard de Grimm, lui aussi te fait faire d'horribles choses avec lui. Tu ne voulais pas et tu le sais !

Je secouais la tête.

– Je le voulais. J'ai assisté à un spectacle magnifique avec un homme et une femme, au-delà du merveilleux. Je le veux. Je veux cet homme et je veux ressentir cette excitation dans ma vie. Je veux la ressentir, Papa. Que tu le comprennes ou non, je m'en fiche.

— Natasha Greenwell, je ne t'ai pas élevée pour que tu deviennes ça. Je n'ai pas élevé une perverse sexuelle, cria-t-il.

— Tu me prends pour une perverse, Papa ? Son visage changea soudainement de couleur. Je ne lui en voulais pas du dégoût qu'il paraissait ressentir mais en s'immisçant dans ma vie sexuelle, je n'étais pas responsable de la façon dont il interprétait une réalité qui était la mienne.

Il quitta mon lit et s'assit sur le siège, respirant bruyamment.

– Tu es descendue bien bas. Tu as besoin d'aide, mon bébé.

— Papa, tout ce dont j'ai besoin, c'est Nic. Il est vraiment tout ce que je désire. Cela fait treize mois et il occupe encore toutes mes pensées. Cela veut bien dire quelque chose. Je ne m'attends pas à ce que tu me comprennes mais je veux que tu nous lâche la grappe. En fait, je l'exige.

Son visage blêmit.

– Tu exiges de moi que je laisse ce fils de pute te faire tout ce dont il a envie ?

— Il ne me fait rien que je ne veuille.

Il se leva en hochant la tête.

– Non, dit-il simplement.

Je décidai de sortir mon atout.

– Tu en es bien sûr ? Parce que je suis à peu près certaine que cette femme, que tu prétends être médecin, est ta maîtresse.

Ses yeux n'étaient plus que deux fentes lorsqu'il finit par me regarder.

– Elle t'a dit ça ? C'est une menteuse !

— Non, elle ne m'a rien dit. J'ai juste trouvé étrange que tu sois parvenu à trouver un médecin américain en Grèce pour soigner mon addiction, addiction que tu as toi-même provoquée. J'en ai tiré mes conclusions. C'est d'ailleurs beaucoup plus facile maintenant que j'ai repris mes esprits. La façon dont son corps tressaillait prouvait que j'avais vu juste.

— Tu ne sais rien, Tasha, dit-il en postillonnant.

— Je sais une chose. Tu vas arrêter de régenter ma vie. Tu ferais mieux d'accepter, Papa. Si tu veux te battre contre moi, c'est une bataille perdue d'avance.

La porte claqua contre la cloison lorsqu'il l'ouvrit à la volée et il me laissa seule. Je me contrôlais totalement, me confirmant si besoin en était qu'il n'avait plus aucun pouvoir sur moi. J'avais également désormais la conscience tranquille en ce qui concernait Paul.

Que la vérité fait du bien !

34

NICHOLAI

L'homme qui atteignit le premier les portes du château les ouvrit et sonda l'intérieur de sa lampe-torche.

– Nous sommes ici pour la princesse, s'écria-t-il.

Personne ne répondit et Nic et moi nous regardâmes.

– Où sont les gens chargés de surveiller cet endroit ? demandais-je.

— Je n'en ai aucune idée. Je vous jure qu'il y avait toujours trois hommes qui gardaient cette porte. Il se dirigea vers le groupe d'hommes armés eux aussi de torches.

Le château était bien vide de tout habitant. Rien ne laissait supposer que quiconque y avait jamais séjourné. Pas de lit dans la chambre qu'elle était supposée avoir occupée. Il n'y avait même pas de serrure sur la porte.

— Nic, comment avez-vous pu me faire ça ? demandais-je. Le reste de la troupe continuait de chercher.

— Je vous le jure, Nicholaï. Elle était encore là quand je suis venu vous chercher. Il se laissa tomber à genoux. Je vous le jure !

— Bon, eh bien où est-elle maintenant ? Je brûlais de l'envie de lui casser la gueule.

— Je ne sais pas, répondit-il bêtement.

— Qu'est-ce que je vais faire de vous, Nic ? J'étais aveuglé par la colère de m'être fait posséder par ce menteur.

Je ne suis pas sûr que les choses finissent bien pour lui.

LA BÊTE : LIVRE SIX

Une Romance de Milliardaire Bad Boy

Par Camile Deneuve

35

NICHOLAI

Le bruit régulier des moteurs de l'avion m'apaisait alors que me ramenait, de Grèce en Amérique, le premier vol régulier que j'avais pu trouver. J'étais parvenu à maîtriser ma rage contre le jeune homme qui, je le pensais alors, m'avait fait croire que j'étais sur le point de retrouver Natasha.

L'un de ses frères nous sépara avant que je ne lève la main sur lui et nous étions ensuite partis prendre un verre dans le bar le plus proche. Je m'étais rapidement calmé et savais que je devais rentrer à New York.

Natasha ayant quitté la Grèce, mes espoirs de la récupérer s'amenuisaient. J'étais sûr que son père s'assurerait de la déplacer régulièrement pour que je ne puisse jamais la retrouver.

Je repensais également à ce que le psy que j'avais consultée m'avait dit. Etais-je capable d'attendre ? Combien de temps ?

Je secouai la tête et but une gorgée du Scotch que m'avait apporté l'hôtesse. Elle m'avait tellement regardé que j'aurai pu l'entraîner dans les toilettes pour y faire tout ce que je voulais d'elle. Je perdais de vue l'espoir que j'avais eu de retrouver Natasha, comme avalé par un trou noir qui aurait également aspiré toutes mes émotions. Je me sentais comme en chute libre dans un trou sans fond.

Je sortis mon téléphone et contemplais une des photos de nous, prise le matin de notre première nuit passée ensemble, après nous être préparés pour aller travailler.

– Qui est-elle ? demanda une voix féminine située derrière moi.

Je me tournais et une femme d'un certain âge se penchait vers moi.

– C'est la femme que je recherche. Elle m'a été enlevée il y a treize mois.

— Elle est si belle. Vous formez un très beau couple. Elle a été kidnappée ? demanda-t-elle en scrutant la photo.

Je hochai la tête.

– Par son père, qui est un agent du FBI. Il est parvenu à la cacher hors de ma portée.

— Un agent du FBI ? demanda-t-elle, semblant en pleine réflexion.

— Oui, il menait une enquête sur ma société. Ma famille est propriétaire d'une entreprise de vente d'armes. Il ne voulait pas qu'elle me fréquente.

Je rangeai mon téléphone.

— Un fabricant d'armes ? demanda-t-elle les yeux plissés. Il ne s'appellerait pas Norman Greenwell à tout hasard ?

— Oui, Norman Greenwell, c'est bien ça. J'étais estomaqué. Vous le connaissez ?

— Oui, je le connais. Je ne l'ai jamais rencontré personnellement mais j'aimerai beaucoup. J'aimerai pouvoir lui passer un savon. Il mène ma fille en bateau depuis deux ans. Il n'arrête pas de lui promettre qu'il va quitter sa femme pour elle. Mon frère est lui aussi agent au FBI et c'est par son intermédiaire que Greenwell a rencontré ma fille.

Je retournais les informations données par la femme dans ma tête.

— L'homme trompe sa femme et a le culot de me juger ? demandais-je tout haut.

— Cet homme est un sacré numéro, dit-elle. Je suis allée jusqu'en Grèce pour l'affronter. Mon frère m'avait informée qu'ils y seraient, car Greenwell avait une affaire à régler là-bas. J'ai pris le premier vol pour la Grèce mais ils étaient déjà partis à mon arrivée.

— J'y suis allé pour sa fille. Et je comprends maintenant que le jeune homme qui était venu me prévenir avait raison. Je suis arrivé trop tard pour la récupérer. Votre frère vous a-t-il dit où ils se rendaient ensuite ?

Je croisai les doigts en attendant sa réponse.

— En fait, je sais exactement où ils se rendent. Nantucket, dit-elle.

J'étais à nouveau électrisé par l'espoir qu'elle avait fait renaître.

— Où vit sa femme ?

— Mon frère m'a dit avoir discuté avec Norman qui aurait des choses à régler sur place avant de rentrer à New York. Je dois retrouver ma fille et lui ouvrir les yeux sur cet homme. Voyez-vous, j'ai trouvé deux autres femmes avec lesquelles il a toujours une relation. Ma fille pense être la seule. Elle ne répond même plus à mes appels. Elle voudrait que je les laisse tranquilles mais c'est hors de question.

— Vous êtes tenace !

Je pensais aller directement frapper à leur porte à mon retour.

— Oui, je suis têtue. Ma fille doit hériter de pas mal d'argent quand son grand-père paternel quittera ce monde et je suis certaine qu'il ne l'utilise que pour la fortune qui lui est destinée. Loretta est médecin et elle a tout bonnement abandonné sa carrière, pour lui obéir au doigt et à l'œil. Je ne m'y attendais absolument pas. Elle est bien trop intelligente pour rester avec un homme pareil. J'espère qu'une fois qu'elle aura vu les photos de lui avec d'autres femmes, elle reviendra à la raison et rentrera à la maison avec moi.

— Où vit-elle à l'heure actuelle ? demandais-je, sachant que je trouverai l'homme chez elle s'il n'était pas chez lui avec sa femme et Natasha.

— Il l'installe dans des chambres d'hôtel. Elle n'a pas d'appartement à elle. Cet l'homme l'a complètement déracinée et isolée. Je dois dire que jamais je n'ai haï quiconque comme je hais cet homme.

— Nous pourrions peut-être travailler ensemble ? Quel est votre nom ? demandais-je en prenant un stylo et un papier dans le filet du siège devant moi.

— Je suis Stacy Holland. Et j'aimerai beaucoup vous aider dans la mesure de mes moyens. Et vous êtes ?

— Je suis Nicholaï Grimm. Son visage pâlit sans que j'en comprenne la raison.

— Grimm ? Elle me scrutait et tendit la main pour toucher mon visage.

– Etes-vous de la famille de Nicholas Grimm ?

— Je suis son fils, dis-je, étonné qu'elle connaisse mon père.

— J'étais à l'école avec votre père. Nous étions amoureux durant nos années collège. Mon père était militaire et lorsqu'il fut mobilisé et envoyé en Allemagne, nous avons tous déménagé. J'ai perdu Nicholas de vue et mes lettres ont commencé à me revenir. Je ne comprenais pas pourquoi mais j'en ai eu le cœur brisé. J'avais prévu de rentrer à New York à mes dix-huit ans. Cela faisait déjà trois ans que nous étions partis. Seulement, il était passé à autre chose. Nous n'étions que des enfants alors, même si je pensais être réellement amoureuse. Ça n'était manifestement pas son cas. Je crois qu'il s'en sort bien aujourd'hui.

— Pas vraiment. Il a épousé ma mère mais ça n'est qu'une parodie de mariage. J'ai bien peur qu'il ne soit plus du tout celui que vous avez rencontré. Mais c'est intéressant de savoir que vous avez été amoureux. Lui est-il arrivé de vous dire qu'il vous aimait ? demandais-je.

Elle hocha la tête.

– On n'arrêtait pas de se le dire. C'est pourquoi j'ai tellement souffert lorsque mes courriers me sont revenus.

— Il ne m'a jamais dit qu'il m'aimait. Mon père est dur et peut même être cruel parfois. Il ne croit pas en l'amour. Lui aussi s'oppose à ma relation avec Natasha. Si je la trouve, nous devrons affronter nos deux pères.

— Il ne vous a jamais dit, à vous son fils, qu'il vous aimait ? demanda-t-elle en secouant la tête. Ça n'est certainement pas la même personne que celle que j'ai connue.

— Pas du tout, apparemment. Je pourrais faire en sorte que vous vous rencontriez, mais je ne pense pas que vous voudriez connaitre l'homme qu'il est devenu, Stacy, dis-je, la regardant hocher tristement la tête.

— Vous avez raison, je préfère conserver l'image du garçon amoureux de ma jeunesse. Donc oublions tout ça et essayons de trouver le moyen d'unir nos forces pour parvenir à nos fins. Il semble que l'on pourchasse tous les deux la même personne.

Il semblait que ce fut le cas et cette femme disposait d'informations dont j'avais désespérément besoin !

36

NATASHA

L e cocktail de vitamines qui m'avait été administré m'avait considérablement revigorée et je pouvais désormais marcher jusqu'à la maison de mes parents à Nantucket. Il me fallait encore accéder à un téléphone pour appeler Nic mais j'y arriverais.

Mon père affichait un calme inquiétant alors que nous approchions de la maison. Une autre voiture était passée prendre le médecin, rentrée de Grèce avec nous. Malgré toutes les questions que je leur avais posées, aucun n'avait pris la peine de me répondre.

Sa main toucha mon bras avant d'arriver à la porte.

– Promets-moi que tu ne feras pas de mal à ta mère en lui parlant de tes fantasmes à propos de cette femme, Tasha.

Et d'un coup, je me suis rendue compte que j'avais un moyen de pression.

– Bien sûr, Papa. Et tu sors de ma vie personnelle toi aussi.

Il secoua la tête et ses yeux n'étaient plus que deux fentes lorsqu'il me répondit.

– Tasha, n'oublie pas que je peux vous pourrir la vie. Ne joue pas à ça avec moi.

En un instant, il me rappelait qu'il avait bien plus de pouvoir que je n'en n'aurai jamais. Je m'inclinai donc, juste un peu.

– Je ne dirai rien. Pas la peine de faire de mal à maman.

— Non, en effet. Tes soupçons sont infondés de toute façon. J'aime ta mère, dit-il en ouvrant la porte.

Il était encore tôt et j'imaginais, au silence qui régnait dans la maison, que ma mère dormait encore. Papa saisit le code de l'alarme avant de refermer la porte et de la réactiver.

– Papa, tu es en train de nous enfermer à l'intérieur.

— Oui. J'ai besoin de me reposer et je préfère être certain que tu n'iras nulle part. J'ai changé le code de l'alarme. Si un mauvais code est entré, l'alarme se mettra à sonner. Si une fenêtre est ouverte, l'alarme se déclenchera. N'essaye donc même pas, Tasha. Il souriait en s'éloignant. Va dans ta chambre et repose-toi.

Je n'avais pas besoin d'aller où que ce soit, j'avais seulement besoin de trouver un téléphone. Il m'avait prévenue que les appareils étaient sur écoute et intercepteraient tout appel vers le portable de Nic ou son bureau. Mais il ne connaissait pas le numéro de son domicile. Moi non plus mais je pouvais appeler les renseignements pour l'obtenir. Tout ce que j'aurais à faire serait de prévenir un des membres du personnel de Nic et il viendrait me chercher.

J'entrais dans ma chambre d'ado, propre et rangée. Maman l'avait préparée pour moi. J'ouvris un placard et y trouvai tous les vêtements que j'avais dans ma chambre à l'université. Papa avait dû récupérer toutes mes affaires, au moins ne les avait-il pas jetées.

En cherchant dans mes affaires, je m'aperçus que les négligés coquins et les masques que m'avait offerts Nic n'y étaient pas. Prévisible de la part de mon père..

Je tendis l'oreille lorsque j'entendis mon père et ma mère discuter dans l'entrée.

– Elle va bien ? demanda ma mère.

La porte s'ouvrit et ma mère se précipita sur moi pour me serrer dans ses bras.

– Bonjour, Maman.

— Oh, mon bébé, dit-elle en m'étouffant presque. Tu as maigri.

Elle recula d'un pas pour mieux me scruter et lança un regard désapprobateur à mon père.

Il affichait un air penaud et son téléphone sonnant, il en profita pour s'éclipser de ma chambre pour répondre. La présence de ma mère me donnait envie de pleurer et d'implorer son aide.

– Maman, j'ai besoin de toi.

Elle m'interrompit en posant un doigt sur ma bouche et me fit un clin d'œil.

– J'y travaille déjà, mon bébé.

Mon cœur palpitait, j'avais enfin trouvé la personne qui pourrait m'aider. Maman n'avait pas toujours été autorisée à intervenir dans mon éducation. Elle avait toujours soutenu que Papa était le chef de famille et qu'il avait toujours raison. Cette fois pourtant, les choses étaient différentes.

Elle mettait peut-être en doute sa fidélité et était en train d'envisager de le quitter. Je ne l'en blâmerais certainement pas.

Les portes du bureau de mon père claquèrent bruyamment.

– Je me demande ce qui peut le rendre si furieux, dis-je alors que Maman fermait la porte de ma chambre.

— Je n'en sais rien et je m'en fiche. Tu sais, j'ai reçu l'appel d'un homme qui veut te faire faire un stage dans son entreprise, dans l'édition. Tu étudies l'édition il me semble, ce serait donc parfait pour toi. J'ai appelé l'université et tu peux retourner en cours dès que tu le souhaites. Toi et moi allons rentrer à New York grâce à un homme du nom de James Hawthorn. Il dirige Hawthorn Publications.

Je mordis ma lèvre, ne sachant pas comment annoncer à ma mère que cet homme était celui dont Nic m'avait demandé de me tenir éloignée.

– Maman, pourquoi veut-il que je fasse un stage chez lui.

— Il m'a dit que tes professeurs t'avaient recommandée et il a décidé de t'offrir ce poste dès qu'il a vu tes excellents résultats. Et pour faciliter les choses, il a prévu de mettre à ta disposition un appartement trois pièces à New York.

— Papa ne le permettra jamais, dis-je en m'asseyant au bout du lit.

— Je ne lui demanderai pas son avis. Quand j'ai été prévenue de ton retour, j'ai appelé James et lui ai annoncé la bonne nouvelle. Il est en ville et il veut te voir, dit-elle avec un grand sourire.

— Maman, c'est trop tôt. Je me sens encore faible et je ne ressemble à rien.

Il me fallait trouver de bonnes excuses pour éviter l'homme avec qui Nic m'avait demandé de rester polie mais qu'ill fallait que j'évite à tout prix.

La porte s'ouvrit à la volée et mon père s'engouffra dans la chambre, furieux.

– Je dois aller à New York. Il y a une avancée dans l'affaire engagée contre les Grimm. Je te confie notre fille, Natalie.

— Très bien. Je m'occupe d'elle, Norman. Elle me jeta un regard inquiétant. Va t'occuper de tes affaires et laisse-la moi.

— Qu'avez-vous trouvé sur leur société, Papa ? demandasi-je quelque peu inquiète pour Nic.

— Peu importe. Oublie-le. Il va finir en prison de toute façon. Ses mots me terrassèrent, je n'avais jamais eu aussi peur pour Nic.

— Papa, non ! criais-je alors qu'il s'apprêtait à quitter la pièce.

Ma mère m'empêcha de me jeter sur lui.

– Il n'y a rien que tu puisses faire pour aider Nicholaï à sortir de ce mauvais pas. Tu as de nouvelles opportunités avec cette autre société. La compagnie Grimm ne t'aurait rien apporté de toute façon. Va prendre une douche maintenant et prépare-toi. James veut te rencontrer aussi vite que possible.

Elle me laissa et je m'aperçus que je tremblai. Nic pourrait finir en prison !

NICHOLAI

J e rallumai mon téléphone en traversant l'aéroport à New York et commençai par appeler mon chauffeur. J'avais loupé une bonne quinzaine d'appels de mon père. Je m'installai dans un petit café pour attendre l'arrivée de mon chauffeur et décidai de rappeler mon père.

— Nicholaï ! répondit-il immédiatement. Mais où es-tu ?

— Je suis à new York, je viens de descendre de l'avion. Que se passe-t-il ? demandais-je. Il semblait encore plus stressé qu'à son habitude.

— Tu as vu les actualités ? demanda-t-il. Un petit poste de télévision sur le comptoir diffusait les informations de CNN et je remarquai dans le coin de l'écran mon putain de portrait. Mon cœur se glaça à la lecture du bandeau défilant sous ma photo. « Suite à la transmission d'informations accablantes par un informateur, le FBI recherche Nicholaï Grimm pour l'interroger sur une vente d'armes ».

— Père, que se passe-t-il ? J'étais glacé.

— Rentre à la maison, Nicholaï. J'ai convoqué nos avocats. L'information est tombée il y a juste quelques heures. J'ai besoin de savoir une chose, étais-tu en Grèce ?

— Comment le sais-tu ?

Une patrouille de deux agents de sécurité regardait dans ma direction.

— Parce que l'informateur a déclaré que tu t'y étais rendu pour livrer des informations à un intermédiaire. Dis-moi que tu n'es pas impliqué dans ce trafic, supplia-t-il.

— Rien de tout cela n'est vrai. J'étais en Grèce uniquement pour Natasha. Quelqu'un ment au FBI, Père.

— J'espère. J'espère que nous pourrons démonter les soi-disant renseignements donnés par cet informateur. Ou tu risques de passer un certain temps en prison. Tu es officiellement démis de tes fonctions de Directeur Général de la société Je n'ai pas eu le choix. On ne peut pas se permettre de perdre la boîte à cause de ce qui t'est reproché.

Mon cœur battait à tout rompre lorsque j'aperçus les cinq hommes en costume sombre et lunettes noires se diriger vers moi.

– Ils sont là, Père. Je dois y aller. Conduis les avocats à l'endroit où on m'emmène.

— Rends-toi mais ne dis rien, m'ordonna-t-il. Je raccrochai.

Je plaçai mes mains derrière ma tête et m'adressai aux hommes qui s'approchaient de moi.

– Je suis Nicholaï Grimm et je suis celui que vous cherchez. Je suis innocent de tout ce dont on m'accuse et je vous suivrai de mon plein gré mais je ne dirai plus rien en l'absence de mes avocats.

— Parfait, dit une voix familière. Je reconnus Norman Greenwell, qui ôta ses lunettes et me regarda. « Allez, Nicholaï, la fête est finie. »

C'était un supplice de ne rien dire mais je me laissai emmener par les agents vers la Tahoe noire où l'on me fit monter sur la banquette arrière. On ne m'a pas mis les menottes et personne ne m'a lu mes droits, je n'étais donc pas en état d'arrestation. Ma respiration s'apaisa quelque peu.

Le père de Natasha était dans une autre voiture. Je me demandai où elle pouvait être en cet instant. Sûrement à Nantucket mais je ne pouvais en être certain. Ni le conducteur ni le passager ne me prêtaient la moindre attention ? Je pris donc mon téléphone et cherchai le numéro de la maison des Greenwell. Je le trouvai facilement sur internet. Je peux passer un coup de fil ? demandais-je.

— Bien sûr, répondit le passager.

J'appelai donc la résidence des Greenwell en priant pour que quelqu'un me réponde. Je laissai sonner sans succès. Son père avait peut-être fait en sorte de bloquer mon numéro. Il me fallait me déplacer et aller vérifier par moi-même si Natasha y avait été installée.

Aujourd'hui, la majeure partie de ma journée risquait d'être occupée à répondre aux questions de ce putain de FBI. Heureusement, j'avais un témoin en la personne de Nic. Durant tout mon séjour en Grèce, il avait été à mes côtés et il serait prêt à témoigner des raisons de mon séjour dans son pays.

Puis je me souvins que j'étais retourné à l'aéroport seul, on pourrait estimer que la durée du trajet m'aurait largement permis de rencontrer l'intermédiaire et lui livrer les informations. Je me trouvais dans une merde sans nom et je ne pouvais que prier et espérer que mes avocats parviendraient à m'en extirper.

38

NATASHA

J'étais assise dans le salon de mes parents, dans le canapé, en face de l'homme qui m'avait suivie dans les toilettes à la fin de la cérémonie initiatique à laquelle nous avions assistée à New York. Il agissait comme s'il ne m'avait jamais rencontrée et ç me fascinait.

Lorsque ma mère choisit de quitter la pièce pour nous laisser seuls, je m'aperçus que je discutais avec l'homme plus librement que quand elle était présente.

– Je sais qui vous êtes, dis-je. Un grand sourire anima son beau visage.

— Bien, comme ça, je n'aurai pas besoin de mentir sur ce que j'attends de vous, dit-il d'un ton calme.

— Je déteste les jeux de toute façon.

Maman m'avait fait porter une robe bleue, pour mettre mes yeux en valeur. Elle m'avait aidée à me lisser les cheveux et à me maquiller, pour que je sois parfaite pour l'entretien. Je remarquai ses yeux, sombres comme ceux de Nic, qui s'attardaient sur mes jambes nues.

— Nic m'a dit que vous êtes un homme dangereux et que je dois vous éviter, M. Hawthorn. Nos regards se croisèrent.

— Appelez-moi James, j'insiste. Et c'est l'hôpital qui se moque de

la charité, non ? demanda-t-il en grimaçant. Je ne suis pas plus dangereux que lui. Vous avez entendu les nouvelles, Natasha ?

Je secouai la tête.

– Je ne me suis pas sentie très bien, ces jours-ci. Pourquoi me le
demandez-vous ?

— Votre Nicholaï Grimm va passer par la case prison, semble-t-il.
Il serait mouillé dans des affaires pas très légales et il s'est fait arrêter
par le FBI. Je suis surpris que votre père ne vous en ait rien dit, dit-il
en matant mes seins.

Je gigotai sur le canapé, mal à l'aise sous ses coups d'œil
insistants.

– Si, il m'en a parlé. Mais je doute que ce soit vrai.

— Il rentre juste de Grèce, dit-il en me regardant à nouveau dans
les yeux. Le saviez-vous ?

— Je ne sais pas grand-chose puisque mon père m'avait enfermée
dans un château abandonné pour m'éloigner de Nic. Vous devez
savoir que, s'il n'est pas encore au courant que vous êtes membre du
CBMM, mon père s'en rendra compte dès qu'il vérifiera votre pedi-
gree. Et je ne doute pas qu'il le fasse. Donc, si vous imaginiez que
notre relation puisse être autre chose que celle qui lie un employeur à
sa stagiaire, vous allez être déçu.

— C'est ce que vous pensez de moi, Natasha ? demanda-t-il,
grimaçant à nouveau.

Je hochai la tête et croisait mes chevilles.

– N'ai-je pas raison ? Et souvenez-vous, vous n'aimez pas jouer et
moi non plus.

— Venez déjeuner avec moi, dit-il, évitant de répondre à ma question. J'ai une proposition à vous faire.

— C'est une perte de temps, j'en ai bien peur. Voyez-vous, mon
cœur appartient à Nic. Vous devriez être capable de comprendre ça.
Et pour être franche, je ne souhaite pas effectuer mon stage dans
votre société. Je le regardai, il était amusé.

— Venez déjeuner avec moi. Je pense que vous pourriez changer
d'avis après que je vous aie tout expliqué. Vous savez, j'obtiens

toujours ce que je veux et je vous veux vous, dit-il, me faisant frissonner.

L'homme était séduisant, un peu à la manière de Nic. Ténébreux, séducteur au corps musclé, il semblait plus fort que Nic et le dépassait de cinq bons centimètres. Indiscutablement, un très beau spécimen. Mais c'est un autre homme qui tenait mon cœur à sa merci et je n'éprouvai aucun désir pour la bombe sexuelle assise en face de moi, me contemplant comme s'il était prêt à se jeter sur moi si je le lui demandais.

Je le fixai et secouai la tête.

– Je me fiche de ce que vous voulez. Je suis prise.

— Vous ne l'êtes pas. J'ai vérifié auprès du CBMM et vous n'avez pas d'accord. Vous êtes donc toujours disponible. Nicholaï est dans une merde noire et vous êtes la seule à pouvoir le sortir de là. Donc, venez avec moi et je vous expliquerai comment empêcher que tout cela n'arrive à celui que vous dîtes aimer. Vous devrez faire exactement ce que je vous demande.

Je frissonnai de colère à l'expression sinistre affichée par James.

– Ecoutez, James. Je sais que vous m'avez vue au club et au spectacle donné au musée mais je ne suis pas adepte de ce mode de vie. Pas vraiment en tous cas. Vous voyez, Nic et moi étions sur le point d'apporter de grands changements à notre vie. Il allait quitter le club. Nos projets étaient très ordinaires. En ce qui me concerne, vous ne m'aimeriez pas longtemps. Je ne suis pas une femme malléable, vous pouvez demander à Nic si vous voulez. Je ne suis pas le type de femme que l'on traite de la façon dont vous voulez me traiter.

Son regard se dirigea derrière mon épaule et il sourit.

– Mme Greenwell, J'ai besoin d'aller manger un morceau et je voudrais profiter de la compagnie de votre fille. Ce serait merveilleux que vous m'autorisiez à l'emmener dans l'un de nos petits cafés du quartier.

— Oh ! Mais bien sûr, allez-y.

Je ne savais pas quoi faire. Je ne supportais pas l'idée d'un tête-à-tête avec cet homme.

– Maman, je ne sais pas.

Elle m'arrêta. « Je voulais te dire que Nic a été arrêté. Il a de gros problèmes, Tasha. C'est une bonne chose que ton père t'ait soustraite à cet homme. On dirait qu'il est en train de couler, et vite. »

— Quel dommage, dit James qui se leva. On y va, Natasha ?

Je n'avais aucune idée de ce que je risquais mais je devais savoir ce qu'il était capable de faire pour sortir Nic du merdier dans lequel il s'était fourré. Donc je me levai pour suivre l'homme dont j'étais censée me tenir à l'écart.

J'espèrais prendre la bonne décision !

39

NICHOLAI

Ma tête semblait sur le point d'éclater à la fin des heures d'interrogatoire que je venais de subir. Ma seule priorité était de récupérer Natasha mais j'étais coincé là, obligé d'écouter mes avocats argumenter avec les agents du FBI qui prétendaient que quelqu'un avait dévoilé des choses a mon sujet.

Des choses qui pourraient me faire enfermer pour haute trahison !

L'un de mes avocats se pencha vers moi.

– Ça ne se présente pas bien, murmura-t-il.

Je hochai la tête et écoutai quand la porte s'ouvrit. Un employé apportait une note à l'un des officiers qui fronça les sourcils.

– Merde ! Il se leva brusquement et quitta la pièce.

Les autres hommes, y compris le père de Natasha, sortirent à sa suite. L'un d'eux resta. Les avocats et moi étions confus.

– Que se passe-t-il ? demandais-je finalement à l'agent restant.

Il haussa les épaules et se leva pour aller questionner ses collègues quand la porte s'ouvrit à nouveau. Greenwell se dirigea directement vers moi.

– J'aimerais rencontrer l'ange qui semble vous protéger, Grimm. L'homme qui vous accusait vient de nous appeler pour nous dire qu'il avait menti. Une crise de conscience, probablement, et il a pensé qu'il était préférable de dire toute la vérité. Il n'est pas citoyen américain et ne peut donc pas être poursuivi par le gouvernement pour ses mensonges. Vous êtes libre.

— Je vous avais dit que ça n'était que des mensonges, dis-je. Je veux voir Natasha.

— Ça ne dépend que d'elle, dit son père avant de quitter les lieux.

Je n'en revenais pas de ce qu'il venait de dire et me précipitai hors de la pièce pour rallier Nantucket aussi vite que possible. Je dépassai son père dans le hall alors que mes avocats et moi quittions le bâtiment. Le regard qu'il me jeta me fit réfléchir sur la raison pour laquelle il arborait ce large sourire.

— L'avez-vous déplacée, Greenwell ? demandais-je en m'arrêtant à sa hauteur.

— Non, répondit-il en soutenant mon regard. Je n'ai rien fait avec elle. Mais je viens de recevoir un coup de fil réjouissant il y a une minute. Elle a trouvé un autre travail et m'a promis qu'elle n'essaierait plus de vous voir. Donc, je suis heureux.

J'étais en rage mais ne dis mot, persuadé qu'elle était en train de lui jouer un de ses tours.

– Je vois.

— Vous respecterez ses désirs, n'est-ce pas, Grimm ? demanda-t-il en s'éloignant.

— Bien entendu. Mais avant de la laisser tranquille, j'attendrai d'entendre de sa bouche qu'elle ne souhaite plus me voir, lâchai-je avant de partir.

— Parfait, c'est tout ce que je demande.

Je l'entendis siffloter et son apparente désinvolture me mettait les nerfs à vif. Elle ne pouvait pas décider de ne plus jamais me voir. Elle ne peut pas !

L'un des avocats me déposa chez moi et je me précipitai sur le téléphone fixe pour rappeler chez les parents de Natasha.

– Allô, répondit presque immédiatement une voix de femme.

— Bonjour, Natasha est-elle là ? demandais-je.

— Euh, dit la femme. Est-ce que c'est Nic ?

— Oui, c'est moi, répondis-je, mon pied tressautant sur le sol.

— Je suis la mère de Tasha. Voyez-vous, elle vient de trouver un nouveau travail et son employeur l'a inscrite à des cours par correspondance pour qu'elle finisse tranquillement ses études. Il a également loué un appartement pour elle à New York. Je me décomposai.

— Est-elle là ? demandais-je la voix tremblante. J'ai besoin de lui parler.

— J'ai bien peur qu'elle ne soit sortie avec l'homme pour lequel elle travaille dorénavant. Vous savez, compte tenu de la position que son père a à votre égard, vous feriez mieux de laisser notre fille tranquille maintenant. Elle ne vous causerait que des problèmes supplémentaires, j'en ai bien peur, dit-elle, compréhensive.

— Je l'aime, dis-je. A-t-elle son téléphone portable avec elle ? J'ai vraiment besoin de lui parler.

— Je ne crois pas qu'elle l'ait. Vous devriez vraiment passer à autre chose. J'ai surpris une conversation entre elle et son père, juste avant qu'elle ne sorte.Elle lui disait qu'elle ne chercherait plus à vous voir. Elle le lui a promis.

— Qui est l'homme avec lequel elle est sortie ? lui demandais-je en serrant les poings.

— Je ne peux pas vous le dire. Il m'a demandé de n'en rien faire. Tasha lui a parlé de vous deux, j'imagine. Il ne veut pas de problème avec vous, a-t-il précisé. Donc, je ne peux vous révéler ni le nom de cet homme ni l'endroit où elle va travailler. Désolée. Vous devez le comprendre.

— Qui se déplacerait jusqu'à Nantucket pour offrir un job ? Ça n'a pas de sens, dis-je en regardant le plafond et retenant mes larmes. Quelque chose n'est pas logique, vous ne pensez pas ?

— L'homme a dit que ses professeurs la lui avaient recommandée. Il avait appelé il y a longtemps déjà pour la recevoir en entretien mais elle n'est rentrée que ce matin ? Je l'ai contacté hier soir quand j'ai su qu'elle rentrait de Grèce. Il est venu tôt ce matin pour la rencontrer et il a été tout à fait impressionné. Je suis tellement heureuse pour elle. Ce qui lui est proposé par cette nouvelle compagnie est tellement plus cohérent pour sa carrière que ce que votre société pouvait lui offrir. Travailler chez vous était absurde, dit-elle.

— Veuillez lui demander de m'appeler lorsque vous la verrez, dis-je en tentant de digérer tout ce qui était en train de se passer dans ma vie.

— Je lui laisserai le message, Nicholaï. Au-revoir.

Je rangeai mon téléphone dans ma poche et m'affalai sur le canapé. Je n'avais aucune idée de ce que je devais faire. Aucune idée !

Mon mobile sonna et je le sortis précipitamment, priant pour ce que ce soit elle, mais c'était mon père.

– Mais qu'est-ce qui se passe ? Tu aurais pu m'appeler !

— Celui qui a balancé sur moi mentait. Je peux récupérer mon poste ou non ?

— Bien sûr. Qui peut t'en vouloir au point de faire un truc pareil, Nicholaï ?

— Je n'en n'ai aucune idée. Tout ce que je sais, c'est que c'est terminé. Dieu merci, l'informateur a avoué au FBI pour tout n'était que mensonges.

— Un ange te protège, c'est certain, dit mon père. Viens au club, fils. Viens décompresser un peu. Tu dois te débarrasser de ton stress. Redeviens l'homme que tu étais

— A ce propos, tu te souviens d'une femme nommée Stacy Holland ?

Il se tut.

– Pourquoi me poses-tu cette question ? murmura-t-il.

— J'ai fait sa connaissance dans l'avion qui me ramenait de Grèce. Elle m'a dit que vous étiez amoureux lorsque vous étiez au collège. Je tentais une diversion pour qu'il oublie cette idée de me faire venir au club.

— C'est la vérité. T'a-t-elle dit qu'elle ne m'avait pas écrit une seule fois alors qu'elle me l'avait promis ? demanda-t-il, la voix émue.

— En fait, elle m'a dit qu'elle t'avait écrit mais que toutes ses lettres lui avaient été renvoyées.

— Je lui ai écrit et n'ai jamais reçu la moindre réponse. J'ai pensé qu'elle m'avait menti quand elle me disait m'aimer.

— Elle pensait la même chose de son côté. Tu n'as pas imaginé que son père ou sa mère pourrait avoir quelque chose à voir avec l'interception de vos courriers ?

— Mon père aurait pu. Il voulait que je me focalise sur les affaires et pas sur cette fille. Elle a été mon seul amour.

— Donc l'amour existe, hein, Père ? Je me levai et me dirigeai vers mon bureau. J'avais une petite idée.

— Je n'ai jamais dit qu'il n'existait pas. Dis-moi, as-tu pris son numéro de téléphone ?

— Oui, je l'ai, dis-je en me servant un verre.

J'ai besoin de quelque chose pour me débarrasser de mon mal de tête.

— Envoie-moi son numéro, tu veux ? demanda-t-il doucement.

— D'accord. Je te parle plus tard. Je rentre, je suis crevé.

— OK, au-revoir.

Je remis mon téléphone dans ma poche et repensai à la mère de Natasha, qui pensait que son nouveau poste lui conviendrait mieux pour sa carrière. Elle visait un diplôme en ingénierie mécanique et un dans l'édition en option.

J'emportai mon verre à mon bureau, où je m'installai devant mon ordinateur portable. J'avais décidé de chercher quelles étaient les entreprises à New York susceptibles de s'intéresser à de jeunes diplômés dans ces spécialités. Ce serait un bon début pour entamer mes recherches.

Je devais la retrouver !

40

NATASHA

James maîtrisait ses mains alors qu'il s'était assis à côté de moi à l'arrière de la berline qui nous conduisait à New York. Ma mère avait été emballée lorsque je lui avais raconté que James était fortuné et qu'il avait meublé et équipé de tout ce dont je pourrais avoir besoin l'appartement qu'il me louait. Y compris des vêtements. Je n'avais besoin de rien de plus.

Je me remémorais les paroles de Nic. « Viens et n'emporte rien ».

Ce nouvel accord n'était en rien négociable. J'avais tout abandonné à James en échange de la liberté de Nic. Il m'avait obligée à signer l'accord à l'arrière de la voiture puis il avait passé un coup de fil. Je parlai ensuite à mon père. Il me dit qu'un inconnu les avait appelés pour avouer que tout ce qu'il avait dit précédemment n'était que des mensonges. Nic avait été libéré. James me souffla de dire à mon père que je ne verrai plus Nic.

Après cette conversation, James m'affubla d'un collier d'esclave auquel était reliée une laisse. « Juste au cas où tu voudrais sauter de la voiture, Natasha » dit-il.

L'accord était brutal. Il serait désormais mon Maître en toutes choses. Je ne disposerais plus de mon libre arbitre. Dès à présent, je ne pouvais plus rien demander. Je ne pouvais parler que s'il m'y autorisait.

Je n'osai pas lui désobéir ou il s'assurerait de remettre le FBI sur les traces de Nic. Je me creusais les méninges pour trouver une échappatoire. Au moins, je serais à New York, plus près de Nic. Et peut-être, seulement peut-être, me retrouverait-il un jour.

Une des clauses de l'accord stipulait que je n'aurais pas accès ni au téléphone ni à aucun autre moyen de communication. James me surveillerait lorsque je devrais utiliser l'ordinateur pour mes cours en ligne. Je devrais également porter un bracelet électronique qui lui permettrait d'être immédiatement prévenu si je cherchais à quitter l'appartement.

Je n'aurais pas de boulot dans sa société. Je ne serais plus que son secret. S'il avait besoin de mes services, il viendrait à moi. Je serais sa captive. Plus de simagrées, plus de jeu. Tout était très réel !

C'est comme ça qu'il voyait les choses, comme ça qu'il les voulait. Et je le haïssais déjà.

– Toi et moi célèbrerons ton initiation la veille de Noël, Natasha. Ça va être quelque chose, n'est-ce pas ? demanda-t-il en se tournant vers moi.

Je levai immédiatement la tête et le regardai dans les yeux, comme stipulé par la règle numéro dix-sept. Je hochai la tête, il fit de même. Je vissai ensuite mon regard au sol.

— J'ai déjà tout prévu. Je relevai brusquement la tête. Nos visages étaient proches et il entrouvrit les lèvres, le dos de sa main caressant ma joue. « Je ne te toucherai pas avant que nous ne soyons entrés en scène, Natasha. Je te laisserai totalement seule dans l'appartement pendant les trois prochains jours et nuits. Puis la veille de Noël, je viendrai te chercher et de conduirai à l'endroit où se tiendra la céré-monie. C'est seulement à ce moment-là que ton somptueux corps recevra les coups de mon fouet. A ce moment-là que j'enfouirai ma queue à l'intérieur de toi. »

— Puis-je vous parler, Maître ? demandais-je avec toute la révé-rence nécessaire, comme précisé par la règle trente-cinq.

— Tu le peux, autorisa-t-il.

— Je ne prends aucun contraceptif. Je sais que c'est la règle numéro cinq, dis-je.

Il fronça les sourcils et ce que j'avais jusqu'alors considéré comme un visage avenant s'était transformé en celui du diable.

— Je te procurerai un préservatif féminin pour la soirée de la cérémonie. J'enverrai mon médecin te consulter à l'appartement et je ne te baiserai plus tant que le docteur ne m'aura pas confirmée que tu es saine.

Je hochai la tête et baissai à nouveau le regard au sol. Le collier de cuir était bien trop serré. Mon cou était déjà irrité et le poids du collier me faisait mal. Je souffrais mais gardai toutefois le silence.

L'homme assis à côté de moi ne rigolait pas. Il ne maîtrisait absolument pas les codes de ce mode de vie. Il était la méchanceté incarnée. Sa cruauté suintait par tous les pores de sa peau. Je remarquai une énergie particulière émanant de lui maintenant que nous étions seuls dans ce lieu confiné.

Seul, il était tout sauf charmant. Il était exigeant et toujours dans le contrôle. Je ne ressentais rien de comparable à ce que provoquait Nic en moi. Nic avait une attitude totalement différente et les effets de son comportement étaient bien différents. J'étais terrifiée à l'idée de ce que James pourrait me faire. Et il le savait, semblant même s'amuser de ma peur.

Il passa un moment sur son téléphone et s'adossa, un bras négligemment posé au dossier de la banquette de cuir rouge.

– Je viens d'envoyer les invitations à notre cérémonie aux membres du CBMM.

Mon cœur s'arrêta. Je le regardai les yeux écarquillés. Il rit de ma réaction.

– Mais Nic..., commençai-je. Je m'interrompis, il ne m'avait rien demandé, je n'étais donc pas censée répondre.

Il me gifla et ma tête se trouva propulsée sur le côté, me faisant monter les larmes aux yeux. Je fixai le sol et retins un cri de douleur.

– Je ne tolèrerai aucun manquement au respect des règles. Tu recevras un châtiment immédiat à chaque infraction, de quelque nature qu'elle soit.

Je hochai la tête et le regardai, pour lui montrer qu'il avait toute mon attention. Il sourit et passa sa main à l'endroit où j'avais reçu la claque.

– J'aime cette nuance de rouge sur toi, Esclave. Il pinça ma joue déjà douloureuse. Voilà, un beau bleu violet pour te rappeler la leçon.

Je ravalai mes larmes. Il avait précisé dans les notes annexes de l'accord que j'avais le droit de pleurer. Il l'encourageait même. Je ne lui donnerai pas ce plaisir, jamais !

Il contemplait le bleu dont il m'avait marquée en me tenant par le menton, le regard brillant. Je remarquai soudain la bosse soulevant son pantalon et réalisai qu'il était excité par ce qu'il constatait sur mon visage.

– Eh oui ! siffla-t-il. Il saisit ma main pour la frotter contre son érection. « Regarde ce que ça me fait, Esclave. »

— Oui, Maître, dis-je et le regardant dans les yeux.

J'étais paniquée à l'idée qu'il puisse changer d'avis et décide soudain de me prendre, là.

— Si tu avais pris la pilule ou si j'avais eu des capotes, je t'aurais prise immédiatement. Mais je pense que c'est plus mignon d'attendre jusqu'à la cérémonie. Tu seras vierge de toutes mes tortures. Je suis sûr que tu auras encore meilleur goût une fois que j'aurai martyrisé tes chairs immaculées. Je te dévorerai pendant que tous mes amis nous observent. Je ne suis pas comme les autres. J'aime entendre les cris quand je malmène les peaux et les muscles. Je veux que tu hurles quand je te ferai mienne. Je veux que tu souffres. Dis-moi que c'est ce que tu veux toi aussi, Esclave.

Seule la pensée de Nic me permit de prononcer, bien malgré moi, les paroles attendues.

– Je le veux, Maître.

— Ton sang va couler sur la scène. Tout le monde pensera que c'est une mise en scène, nous serons les seuls à savoir que c'est vrai. A chaque fois que je te prendrai, je ferai couler ton sang. Je te laisserai tranquille la semaine suivante, car il te faudra reconstituer tes réserves de fer et panser tes blessures. Puis je reviendrai te torturer à nouveau. Dis-moi que tu adores l'idée, Esclave.

Je plantai mon regard dans le sien.

– J'adore l'idée, Maître.

— Tu vois, tu sais obéir. Cet idiot de Nicholaï ne sait pas être un bon maître. Il est trop faible, cet homme. Tu aurais peut-être dû te dépêcher de signer l'accord avec lui, cela t'aurait protégée de moi. Tu as hésité trop longtemps. Tu as laissé ton père te séparer de lui, ça n'arrivera jamais avec moi. Si tu autorises quiconque à t'enlever, prépares-toi à souffrir encore plus. Dis-moi que tu as compris, Esclave.

— J'ai compris, Maître. Je soutins son regard jusqu'à ce qu'il pose la main sur ma tête pour la baisser.

— Je vois de l'arrogance dans ton regard, Esclave. Ça ne va pas durer. Je ne vais pas t'emmener au club pour t'y torturer comme je l'ai fait avec une de mes dernières esclaves. Elle m'a été enlevée par ton gentil Nicholaï. Il a cherché à me faire exclure du club mais a échoué lamentablement, comme pour tout ce qu'il entreprend d'ailleurs. Ce n'est qu'à la fin de la cérémonie que je dévoilerai ton visage à l'assemblée, pour leur faire savoir que tu m'appartiens. Ton gentil Nicholaï devrait être dévasté. Même s'il ne venait pas, bien que je l'aie invité, les autres membres ne manqueront pas de le lui dire. J'ai vraiment hâte de voir ça. J'en bande d'avance. Il arrêta de frotter ma main contre sa bite et la lâcha.

J'essayai de ne pas réagir à ses propos et levai la main pour signifier que je souhaitai parler.

– L'invitation mentionne-t-elle mon nom ?

— Non, dit-il en passant son doigt sur l'ecchymose de ma joue. Elle porte simplement le nom que je porte au club, Pete. Elle précise que j'ajoute une esclave à mon harem. Veux-tu savoir combien j'ai d'esclaves ?

— Oui, Maître, répondis-je.

— Douze, dit-il. Tu seras la treizième.

J'acquiesçai et, sous la poussée de sa main, baissai un peu plus la tête.

– Je suis fatigué. Je dois me reposer un peu. Allonge-toi par terre, Esclave.

Je m'exécutai et m'étendais comme je le pouvais sur le sol de la voiture. Il entoura la laisse, attachée au collier enserrant mon cou, autour de son poignet, alors que je m'installais au sol en position fœtale. Il ferma les yeux et s'adossa confortablement au dossier de la banquette.

J'avais mal à la tête à penser et repenser aux options qui m'étaient offertes de m'échapper de tout ça. Je n'avais pas de téléphone, aucun moyen de communiquer avec quiconque et j'étais certaine que ce grand malade avait truffé l'appartement de systèmes de surveillance.

Mon espoir s'amenuisait que Nic ou qui que ce soit d'autre parvienne à me sauver de cet homme cramponné à ma laisse et qui ronflait au-dessus de moi. Mon père m'avait appris à me défendre mais James était bien trop musclé pour que j'envisage de lui échapper.

La seule issue serait de lui porter un coup mortel. Un bon coup de poing contre son nez qui emboîterait l'os dans son crâne. Ce serait le seul moyen de l'arrêter.

Mais suis-je capable de vraiment tuer quelqu'un ?

41

NICHOLAI

Ce n'était rien de moins que James Hawthorn qui m'envoyait un message sur mon téléphone. Il m'invitait à sa prochaine cérémonie initiatique durant laquelle il présenterait sa dernière esclave en date. Cet homme était insatiable. J'étais navré pour sa pauvre nouvelle victime.

Toute participation devant être confirmée, je me demandais si j'allais m'y rendre. La date choisie était inhabituelle, la veille de Noël. L'événement pourrait me changer les idées, Dieu seul sait combien j'en avais besoin compte tenu de l'état de stress dans lequel je me trouvais.

Je ne comprenais pas pourquoi Natasha, alors qu'elle avait été libérée, ne me contactait pas. Cela n'avait pas de sens. Elle connaissait mon numéro de portable puisqu'elle l'avait donné à Nic et elle savait où je vivais et où je travaillais.

Mais peut-être son père lui avait-il interdit de me voir ou de me contacter. Il lui avait probablement extirpé cette promesse, ça ne pouvait pas venir d'elle.

Elle devait rejoindre New York et devait déjà s'y trouver. Je me demandai si elle envisagerait de me retrouver au club où, chacun portant un masque, elle pourrait se dissimuler même à la vue de tous.

L'idée m'excita et je quittai mon bureau, une liste des sociétés susceptibles de prendre des stagiaires, posée sur mon bureau. Je descendis dans ma chambre pour prendre une douche et me changer et je réalisai soudain que Hawthorn Publications figurait sur cette liste.

Je saisis l'invitation et en relus chaque mot. Aucune précision quant à l'identité de la nouvelle esclave. Je chassai de mon esprit une sensation bizarre et me dirigeai vers la douche.

J'attendrai Natasha au club. J'étais certain qu'elle viendrait m'y retrouver. Même contre la volonté de son père comme du mien, nous nous échapperions de cet endroit pour nous retrouver ensemble. J'avais largement assez d'argent pour ne plus jamais avoir à travailler.

Si son père pouvait la faire disparaître, je le pourrais aussi !

NATASHA

Des gouttes de sang coulaient de ma lèvre, que James avait mordue au lieu de l'embrasser, avant de quitter l'appartement qui serait ma nouvelle prison. Ma nouvelle geôle au moins pour les trois jours à venir, car j'étais certaine que Nic me libèrerait une fois que James m'aurait présentée lors de la cérémonie.

J'espèrais tant qu'il vienne !

La marque que James inscrirait sur mon épaule serait réelle. Un vrai marquage au fer rouge serait utilisé pour que tous sachent à qui j'appartiens. Il le ferait pendant la cérémonie et dire que j'étais terrifiée à l'idée que cela se passe avant que Nic ou quelqu'un d'autre puisse me sauver était un euphémisme.

James m'avait montré la deuxième chambre de l'appartement, une vraie chambre de torture. Les fouets s'alignaient sur les murs et de drôles d'engins remplissaient la pièce.

L'appartement était joliment meublé, la cuisine proposait toutes sortes de nourritures et de boissons. Des règles strictes s'appliquaient cependant pour ce que j'étais autorisée à consommer et à quel moment. Il me prévint qu'il ferait l'inventaire pour vérifier que je respectais ses règles. Au moindre manquement, je subirais un nouveau châtiment.

En allant aux toilettes, je remarquai une caméra miniature au plafond. J'en trouvai une dans toutes les pièces de l'appartement, y compris dans la salle de bain. Il serait donc en mesure de surveiller chacun de mes mouvements si l'envie lui en prenait.

Je contrôlais mon profond désir de me recroqueviller et de fondre en larmes, consciente du plaisir qu'il ressentirait en contemplant une telle scène. Je devais me souvenir des raisons qui me permettaient d'encaisser tout ça, Nic. Avec un peu de chance, je serais secourue avant qu'il ne me fasse véritablement mal et tout le monde saurait enfin ce que James Hawthorn infligeait aux jeunes femmes.

D'autres filles subissaient le même sort et je doutais qu'aucune d'entre elles n'ait choisi en toute conscience d'adopter le mode de vie extrême proposé par James. Il pratiquait un autre niveau de BDSM, un niveau où régnait le mal et où faire semblant n'était pas autorisé.

Je n'avais aucune idée de ce qu'il avait prévu de me faire lors de la cérémonie, sous le regard de tous ses amis qui croiraient à une mise en scène. Il m'avait donné quelques indices qui m'avaient dégoûtée et terrifiée.

Les yeux fermés, je priai à genoux près de mon lit que quelqu'un me vienne en aide. J'avais besoin de toute l'aide possible !

NICHOLAI

Cela faisait plus d'un an que je n'avais pas mis les pieds à l'entrepôt qui accueillait les réunions du Club des Beaux Mecs Milliardaires. Les mêmes relents d'humidité mêlée à l'odeur âcre du cigare, de l'alcool et des parfums m'assaillirent.

Je me souvins avoir eu l'habitude de prendre une grande inspiration en pénétrant dans ce lieu sombre. Aujourd'hui, j'essayais au contraire de bloquer ma respiration. Je jetai un regard circulaire à l'assemblée, tentant de repérer la chevelure blonde de Natasha.

Son père avait peut-être eu l'idée de lui faire teindre ou couper courts ses cheveux, Elle avait pu prendre du poids pendant sa captivité de plus d'un an dans le château. Je ne savais plus rien. Seulement qu'elle serait nerveuse et mal à l'aise.

Je ne voyais que des femmes accrochées au bras et aux paroles de leurs hommes. Personne ne semblait perdu ou en train de chercher quelqu'un. Je croisai soudain le regard de Hawthorn, qui me regardait dissimulé derrière un banal masque.

Une simple bande de cuir noir couvrait ses yeux. Il était clairement reconnaissable, ce qui me parut étrange. Il hocha la tête puis se pencha pour mordiller le cou de la rousse incendiaire à son bras.

Je détournai le regard et me demandai si elle était sa dernière esclave en date. Quelqu'un devrait prévenir la pauvre fille qu'il n'était pas ce qu'il semblait être. Selon les dires de la femme que j'avais sauvée de ses griffes, il pratiquait le BDSM avec une cruauté insoupçonnée.

Je suppose que c'est grâce à son allure qu'il parvenait à attirer ces femmes crédules dans son antre du mal. Il aurait dû être exclu du club pour ses actes. L'aspect le plus étrange était qu'une fois que James Hawthorn avait marqué une nouvelle esclave et depuis que je lui avais soustrait la dernière, il ne l'amenait plus jamais au club.

J'en connaissais au moins trois que personne n'avait jamais revues, ni à un événement ni au club. C'était assez effrayant une fois qu'on en avait pris conscience. Je veux dire, où étaient-elles passées ?

Je me dirigeai vers la table de poker et prit un verre sur le plateau d'une serveuse. Elle me considéra avec surprise.

– Bill, vous êtes de retour !

— Oui. J'imagine que personne ne m'a demandé ce soir ? Je bus une gorgée en cherchant toujours Natasha du regard.

— Non, dit-elle. Je suis ravie que vous soyez de retour. Si vous avez besoin de quoi que ce soir, dites-le-moi !

— Oui, merci, dis-je.

Une main sur mon épaule me stoppa et je me tournai. J'étais face à James Hawthorn. – Oui ? demandais-je alors qu'il retirait sa main.

— Je t'ai envoyé une invitation à laquelle tu n'as pas répondu, dit-il, plus agité qu'il ne convenait.

— C'est la veille de Noël. Je ne pense pas que ma famille ait prévu quoi que ce soit mais je dois vérifier avant de pouvoir te répondre, dis-je. Il grimaçait.

— J'espère que tu viendras. Je pense qu'il est temps que nous enterrions la hache de guerre. Je préférerai oublier nos querelles, tu n'es pas d'accord ? demanda-t-il en me tendant la main.

Je remarquai pourtant dans ses yeux une curieuse lueur d'amusement. J'acceptai de lui serrer la main.

– D'accord, faisons table rase du passé, James.

— Parfait, dit-il. Il me lâcha la main et me contempla en souriant.

Cela fait plus d'un an que je ne t'ai pas vu ici. Qu'est-ce qui t'a fait venir ce soir, si je peux me permettre ?

— Je viens de passer une journée atroce et j'avais besoin de lâcher un peu la pression, dis-je en buvant une gorgée et me demandant pourquoi il voudrait soudain devenir mon ami.

— J'ai vu les informations. Mais j'ai aussi entendu que ce trou du cul qui avait balancé sur ton compte est revenu sur ses aveux. Tu es donc blanchi, ça doit être un énorme soulagement. Il me regarda intensément. « Mais tu ne montres aucun signe d'apaisement. Tu devrais choisir une fille et la frapper jusqu'à ce que tu te sentes mieux. »

— Je ne bats pas les femmes, répondis-je. Je finis mon verre d'un trait, tentant de calmer l'exaspération que je ressentais à chaque fois que j'étais en sa présence.

— Bien sûr, Grimm. Ce n'était qu'une blague, dit-il avant de tourner les talons. « Mais pour ma part, je suis venu profiter des femmes donc, je te laisse. J'espère que tu décideras d'assister à ma cérémonie. Ce sera au zoo de Central Park. Il devrait y avoir suffisamment de neige pour que l'effet des gouttes de son sang sur le sol soit absolument fantastique. »

Mon estomac se retourna à la description écœurante qu'il venait de faire de sa dernière lubie.

– Tu as réussi à récupérer du faux sang de Halloween ? demandais-je, sarcastique.

— Faux ? demanda-t-il en suivant des yeux une femme qui venait d'arriver. « Bien sûr. »

Je l'observai se rapprocher de la femme tel le lion tarabustant sa proie. Sa main enserra soudain la gorge de la femme et il la retourna face à lui. Il prit brutalement sa bouche et, avant qu'elle ait réalisé ce qui se passait, il l'avait entraînée dans une chambre privée.

Je frissonnai en le regardant et m'interrogeai, perplexe, sur les raisons pour lesquelles il faisait encore partie du club. Il ne faisait pas réellement partie de notre monde. Il était le mal incarné et s'en rengorgeait. Je plaignais la pauvre femme qui avait accepté de devenir son esclave. L'enfer l'attendait.

NATASHA

Etendue sur le lit, je me demandais ce qu'il allait advenir de moi. Mes parents viendraient sûrement me chercher si je le leur demandais. Ils iraient chez James et lui demanderaient où je me trouvais et il serait contraint de leur fournir une réponse logique. Ou même convenir d'un rendez-vous, un déjeuner par exemple. Si mes parents me voyaient blessée d'une quelconque manière, mon père lui ferait bouffer ses couilles en un rien de temps.

Je me demandais également si Nic savait que j'étais à New York. Il pensait peut-être que j'aurais dû chercher à le contacter ou à le voir. Je savais qu'il voulait me voir. Il était même allé jusqu'en Grèce pour me retrouver, c'est bien qu'il voulait encore de moi.

Mais j'étais enfermée dans un étrange appartement, prisonnière d'un homme plus étrange encore, que je craignais comme jamais je n'avais craint quiconque auparavant. Et tout ce que je pouvais faire était prier et espérer que tout finirait bien pour moi.

Un son perçant se fit entendre et je remarquai la lumière verte venant d'une petite boîte noire posée sur la table de chevet.

– Natasha ?

C'était James, s'adressant à moi par le biais de ce que j'imagine être un l'interphone.

– Oui, Maître, dis-je en me profitant de l'obscurité pour lever impunément les yeux au ciel.

— Je te vois. J'ai des caméras à infrarouges partout dans l'appartement. Pour te punir, je te garantis un petit quelque chose en plus lors de la cérémonie. Je voulais te dire que j'ai vu ton bien-aimé, Nicholaï, au club ce soir.

Je m'assis et fixai la boîte.

– Vous l'avez vu ?

— Oh, quel enthousiasme ! Tu vas me payer ça aussi. Mais la réponse est oui, je l'ai vu. Je pensais que tu voudrais savoir qu'il n'a pas choisi qu'une mais trois femmes pour l'accompagner dans une chambre privée ce soir. On dirait qu'il est de retour parmi nous et qu'il est plus diabolique que jamais. J'en ai profité pour les espionner, lui et sa bande de salopes. J'ai assisté à une magnifique démonstration de virilité. Il les baisait comme un malade et je l'ai même entendu crier ton nom. Je pensais juste que tu voudrais le savoir, Esclave.

Le même sifflement se fit s'entendre lorsqu'il raccrocha l'interphone. J'avais mal à la tête.

Allongée sur l'oreiller, j'essayais vainement d'ignorer ce qu'il venait de m'apprendre. Il me mentait probablement, pour m'anéantir. Il m'infligeait une torture totale, physique et morale.

En fermant les yeux, j'imaginai Nic fouettant une femme en en baisant une autre par derrière et embrassant la troisième. Puis, je le vis me dire qu'il me haïssait et mes larmes commencèrent à couler en un flot incessant.

Pourvu que James m'ait menti. S'il vous plaît !

LA GUERRE : LIVRE SEPT

Une Romance de Milliardaire Bad Boy

Par Camile Deneuve

44

NICHOLAI

J'étais hypnotisé par la lente chute des flocons blancs défilant derrière la fenêtre de mon bureau. Ou peut-être mon esprit était-il engourdi par la question qui me taraudait depuis des heures, pourquoi Natasha ne m'avait-elle pas encore contacté.

Je n'aurais même pas dû être au bureau. C'était la veille de Noël et le bureau était désert. Mais j'avais toujours ce petit espoir qu'elle viendrait m'y trouver. Je savais qu'elle m'aimait, ou elle n'aurait pas envoyé cet homme depuis la Grèce pour me rencontrer.

Je ne comprenais pas !

Me détournant de la fenêtre, je retournai à mon bureau et prit le téléphone pour appeler chez ses parents. J'avais été très patient et ne les avais pas dérangés depuis mon retour à New York. Mais ma patience avait des limites.

— Allô, répondit sa mère.

— Joyeux Noël, Mme Greenwell, c'est Nicholaï Grimm.

Elle marqua un temps et son hésitation m'indiqua que Natasha était peut-être près d'elle ? Et près de son père également.

— Avez-vous eu des nouvelles de ma fille, Nicholaï ? finit-elle par demander.

— Non et c'est la raison pour laquelle je vous appelle. Je pensais avoir des nouvelles de sa part, même pour me dire que tout était fini entre nous. Lui avez-vous parlé ? Je pris un stylo et commençait à en mordre l'extrémité nerveusement.

— Je ne lui ai pas parlé et je pensais qu'elle m'appellerait pour me parler de son nouveau poste et son appartement. Je sais qu'elle n'a pas de téléphone portable et j'imagine que l'homme qui l'emploie n'aura pas fait mettre de ligne fixe dans l'appartement. Mais je dois dire que je croyais comme vous qu'elle aurait essayé de vous joindre personnellement pour vous prévenir qu'elle souhaitait rompre.

— Elle ne veut pas rompre. Je ne sais pas si vous êtes au courant mais elle m'a envoyé un jeune homme de Grèce. Elle et moi, nous sommes loupés sur place, probablement à quelques minutes seulement. Elle n'aurait jamais fait une chose pareille si elle voulait rompre. Vous comprenez ? demandais-je en balançant le stylo en travers de la table.

Ma colère était exacerbée par mon impuissance à sortir la femme que j'aimais de l'impasse dans laquelle elle semblait se trouver. J'étais de plus en plus oppressé par la frustration.

— Je n'étais pas au courant de ça. Son père non plus, dit-elle. J'entendis une porte se fermer. « Il vient de rentrer. Puis-je vous rappeler, Nic ? »

— Oui, je vous en prie, dis-je et elle raccrocha. J'imagine qu'elle ne souhaitait pas que son mari sache que nous nous parlions

Il me fallait trouver le nom de l'homme qui l'avait embauchée et emmenée avec lui. Tous ces mystères étaient inconcevables et je n'imaginais pas que son père approuverait.

Mon portable sonna.

– Bonjour, Père.

— Bonjour. Je voulais que tu sois le premier à l'apprendre. Ta mère et moi avons discuté et nous avons décidé de demander le divorce. Nous sommes parvenus à un accord qui lui convient. Elle garde la maison et les voitures qu'elle veut et je lui verserai une petite rente chaque mois. Elle est ravie. Pour la première fois depuis des années, elle avait un grand sourire.

Je me tenais parfaitement immobile, absolument stupéfait.

– Elle est ravie ?

— Oui, elle l'est. Elle m'a dit de te dire que pour démarrer sa nouvelle vie, elle partait faire un voyage. Elle veut que tu l'appelles, car elle veut te parler de ses projets, dit-il avant de s'éclaircir la voix. J'ai parlé à Stacy.

— J'entends. Vous allez vous mettre ensemble ? demandais-je en m'asseyant

— Non, dit-il curieusement. Nous allons parler de temps en temps. Je voulais libérer ta mère de ce mariage qui n'avait plus de sens. Je voulais nous donner à tous les deux une nouvelle chance. Je me souviens avoir ressenti l'amour, il y a bien longtemps et je me dis que si ça a été possible, ça le serait à nouveau. Peut-être pas avec Stacy. Mais ça peut se reproduire.

— Oh ! m'écriais-je. Je restai bouche bée.

— Oui, oh, dit-il. Il s'éclaircit à nouveau la gorge. A propos de ta femme, Nicholaï. Tu as entendu parler d'elle ?

— Non. Rien depuis ce que je t'ai dit il y a trois jours. Elle est ici, à New York. On lui a trouvé un appartement et un emploi. Mais selon sa mère, elle n'a pas de téléphone portable. Je ne peux pas croire qu'elle n'ait même pas pris un taxi pour venir me voir au bureau. Je pivotais sur mon fauteuil pour contempler la vue magnifique de la ville, délicatement saupoudrée de neige.

— Je sais que je me suis opposé à ta relation avec cette femme. Mais je commence à réaliser que je me suis interdit beaucoup de choses et depuis bien trop longtemps. Je baisse la garde. Et il y a autre chose que je voulais te dire. Stacy m'a permis de prendre conscience que je ne t'avais jamais dit que je t'aimais. Je t'aime. J'aime tous mes garçons. Et à partir de maintenant, j'ai l'intention de changer. Prépare-toi à un nouveau père, Nicholaï.

Je ne retins plus mes larmes en entendant ces quelques mots que je ne pensais jamais entendre.

– Je t'aime aussi, Père.

— Parfait ! On va pouvoir avancer. Il y a du changement dans l'air, Nicholaï. Et je pense que c'est pour le meilleur. Je n'assisterai pas à la cérémonie de Hawthorn ce soir. C'est à minuit et j'ai bien l'intention d'être déjà couché. Tu comprends, n'est-ce pas ? demanda-t-il.

Il ne s'était jamais auparavant préoccupé de connaître mon opinion. Je commençai à envisager que les choses puissent changer.

– Oui, je comprends. Je ne suis pas sûr d'y aller non plus. Si par miracle, Natasha arrivait pour me voir, je n'irai certainement pas.

— Tu sais, Nicholaï, je pense qu'il est temps pour moi de mettre tout ça derrière moi. Jamais je ne pourrai trouver une gentille femme à aimer et qui m'aimera si je ne change pas de mode de vie. Mais ne t'inquiète pas, je ne te jugerai pas si tu décides de rester au club !

— C'est bon à savoir ! En fait, je ne sais pas ce que je dois faire. Tout dépendra de Natasha. Si elle me revient, je vais m'accrocher à ses basques et l'épouser. Si elle me laisse tomber sans même prendre la peine de me l'annoncer, je serai dévasté et Dieu seul sait de quoi je serai capable alors. Il me sera facile de me convaincre à nouveau que l'amour n'existe pas, pour moi tout du moins.

— Je comprends. Et j'espère qu'elle viendra. Tu sais, elle attendait peut-être ce soir ou même demain pour te rejoindre. Comme un cadeau de Noël, tu vois ?

Je fermai les yeux et l'imaginai, se tenant sur le pas de la porte. En corset rouge et chapeau du Père Noël, une bouteille de vin à la main et ses lèvres tendues pour un baiser.

— Je n'en peux plus d'espérer. Tu as raison, Père. Passe un Joyeux Noël. Je t'appelle demain.

— Toi aussi, Nicholaï.

L'appel terminé, je me demandais ce que je pourrais faire pour être sûr de passer Noël avec la femme que j'aimais.

Mais où pouvait-elle être ?

45

NATASHA

James était passé durant la nuit pour m'apporter la tenue que je devais porter pour la cérémonie. J'avais trouvé la boîte rouge posée sur la table basse, accompagnée d'une note.

Il me demandait de jeûner aujourd'hui, ne rien boire ni manger jusqu'à son arrivée. Je savais qu'il voulait ainsi m'affaiblir pour que je ne puisse pas me débattre. C'était un homme intelligent qui ne me sous-estimait jamais.

C'était comme s'il pouvait lire dans mes pensées. J'avais prévu de mettre à exécution mon idée de me débarrasser de lui. Un coup bien placé dans le nez, comme mon père me l'avait enseigné. Mais il avait déposé une paire de menottes dans la boîte et je devrais les porter avant son arrivée.

Je ne me sentais pas très à l'aise avec la tenue qu'il m'imposait de porter. Je pourrais dire que je n'étais pas à l'aise du tout. C'était une simple lanière de cuir noir encerclant d'abord mon buste, juste sous les seins et qui passait autour de mes cuisses. Je serai totalement exposée.

Une cape rouge me dissimulerait durant le trajet vers l'endroit prévu pour la cérémonie. Je ne porterais pas de chaussures apparemment puisqu'il n'y en avait pas dans la boîte.

Il m'ordonnait de me laver les cheveux, de les plaquer en arrière et de les attacher. Le masque qu'il avait prévu était immense, couvrant mon visage en totalité. Personne ne pourrait me reconnaître.

Je secouai la tête en contemplant, dans le miroir de ma chambre, mon corps paré de cette soi-disant tenue. On pouvait voir la cicatrice sous mon sein gauche, causée par une chute d'un arbre lorsque j'avais douze ans. Je m'étais pratiquement empalée sur une branche et avait dû être transportée à l'hôpital.

La branche m'avait presque transpercé le cœur. C'avait été un miracle, avaient dit les médecins. En passant les doigts sur la cicatrice, je me souvins que l'accident s'était produit une veille de Noël.

Je grimpais aux arbres avec mes cousins, dans le jardin de ma grand-mère. A cause de ma chute, Noël en avait été gâché. Mais toute ma famille m'avait rendu visite à l'hôpital et je reçus bien plus de cadeaux que les autres.

Je portais toujours des maillots de bain qui couvraient ma cicatrice. Je la détestais. Et il me faudrait maintenant m'exhiber devant une foule de gens, totalement nue.

Incapable de contester, j'étais accablée par la situation désespérée dans laquelle je me trouvais. Je me jetai à terre et enfouis mon visage dans l'épais tapis. Je ne pouvais plus retenir les sanglots qui me submergeaient.

Je gémissais bruyamment. Je ne m'étais jamais sentie aussi désespérée. Personne ne pourrait plus me sauver !

Peu importait le bruit que je ferai, ils penseraient que je jouais un rôle. Peu importe que j'implore de l'aide, ils croiraient que j'ajoutais du drame à la scène.

Le son de l'interphone attira mon attention et je relevai la tête vers la caméra de ma chambre emplie de la voix de James.

– Enfin, tu as fini par craquer !

— S'il vous plaît, James. S'il vous plaît, laissez-moi partir, suppliai-je. Je ne peux pas faire ça, je ne peux pas !

— Tu peux partir. Cela signifie seulement que Nicholaï sera conduit à sa ruine. Habille-toi et je te laisserai partir, dit-il.

— Qu'allez-vous faire contre Nic ? demandais-je. J'imaginais déjà que je pourrai m'enfuir et prévenir mon père de ce qu'il avait l'intention de faire à Nic.

— J'ai imaginé sept possibilités pour l'envoyer en prison. Si tu veux, je te laisserai choisir la façon de l'entraîner à sa perte. Tout est prêt. Il se fera arrêter avant même que je t'aie libérée.

J'avais le cœur brisé mais je ne pouvais pas laisser faire. Je resterai.

– Laissez-le tranquille. Je respecterai les termes de l'accord.

— Ravi de l'entendre. Maintenant, n'hésite pas à pleurer encore un peu. Ça me distrait et je m'ennuie en ce moment. Si ça te rassure, Nicholaï est allé au club tous les soirs et même durant la journée je crois. Il a gardé une rouquine qui l'accompagne partout. Je crois qu'il t'a déjà remplacée.

J'étais anéantie. Je me relevai péniblement et me jetai sur le lit. Il pouvait me mentir comme il pouvait me dire la vérité, je n'avais aucun moyen de le déterminer. Je savais seulement que j'étais à la merci de cet homme. Ce soir, il allait m'appeler sur l'interphone et je sentais déjà la brûlure qu'il infligerait à la peau de mon cou lorsqu'il me marquerait.

Je pleurai dans l'oreiller, me demandant pourquoi mon père n'avait pas encore envoyé ses hommes me chercher. Je pensais que mes parents savaient que j'étais le genre de femme à prévenir lorsque je me déplaçais. Je suis le type de femme qui garde le contact au quotidien.

Sans argent ni téléphone, ni même de vêtements convenables pour l'extérieur, même si je parvenais à sortir de l'appartement, je serai coincée. Je pourrais probablement sortir mais cela déclencherait l'alarme et signerait probablement l'arrêt de mort de Nic. Je restai donc là, attendant que l'inévitable se produise, j'allais devenir une véritable esclave sexuelle pour James Hawthorn.

J'avais perdu tout espoir d'être secourue. Personne ne pourrait me reconnaître. Mon destin était tracé et je n'avais rien vu venir.

Je n'aurai jamais dû entrer dans ce putain de Club des Beaux Mecs Milliardaires !

NICHOLAI

Je réalisai après avoir tenté sans succès de joindre les parents de Natasha, qu'ils étaient partis à New York pour la chercher. Ils m'avaient laissé hors du coup.

Mais j'aurai dû le savoir. La journée était finie et il était déjà onze heures. Mon portable s'éclaira lorsqu'arriva un SMS de Hawthorn.

– Viens-tu à la cérémonie ?

Son insistance à vouloir me voir assister à la cérémonie de bienvenue à sa nouvelle esclave commençait à m'exaspérer. Après avoir passé quelques heures au club ce soir-là, après mon interrogatoire, pour essayer, sans succès, de me distraire en jouant au poker, j'étais rentré chez moi et avait reçu des messages répétés m'invitant à le rejoindre au club.

Pourquoi voulait-il soudain que nous devenions les meilleurs amis du monde. Je n'en voyais ni la raison ni l'intérêt. Je me retirai dans ma chambre et déposai mon téléphone sur ma table de chevet. J'avais encore un minime espoir que Natasha puisse me surprendre à minuit et je devais donc me préparer à son arrivée. Si cela devait se produire.

L'écran de mon portable s'éclaira à nouveau et je l'attrapai, prêt à composer un cinglant message pour qu'il me laisse en paix. Mais le numéro de l'expéditeur m'était inconnu. « Il y a quelque chose qui ne va pas avec Natasha. »

« Qui est-ce ? » demandai-je en retour.

« Sa mère. Son père et moi sommes allés la chercher mais il n'y avait personne à l'adresse que l'homme nous a indiquée. Le concierge ne l'a pas reconnue lorsque nous lui avons montré sa photo. J'ai demandé à Norman s'il pourrait vous appeler mais il m'a dit de vous laisser en-dehors de tout ça. Je suis inquiète. »

Après quelques minutes, je lui répondis. « J'ai besoin de connaître le nom de l'homme qui lui a donné un job et cet appartement. »

« Il m'a demandé de ne rien vous en dire. Il m'a aussi demandé de ne rien dire à son père. Je dois agir comme si je ne connaissais pas son nom. Pour le reste, demandez-moi tout ce que vous voulez, » répondit-elle.

« Dans quelle société doit-elle faire son stage ? » J'espérais que cette information m'aiderait à la retrouver.

« Ils sont fermés pendant les vacances, donc ça ne vous aidera pas. J'ai peur que nous ayons tout gâché pour elle. Je ne voudrais pas agir prématurément. »

La femme mettait ma patience à mal. « Dites-moi quel est le nom de cette société ! »

« Hawthorn Publications. »

Alors que mes yeux se concentraient sur le nom de la compagnie, mon cœur battait à tout rompre. J'écartai les couvertures et sautai à bas du lit pour me préparer.

Avant de m'habiller, j'envoyai un message à James Hawthorn pour l'emmerder. « Je ne viendrai pas. Merci quand même pour l'invitation. »

Puis j'en envoyai un autre à la mère de Natasha. « Allez au zoo de Central Park ce soir. Portez un masque de carnaval et ne parlez à personne. Assurez-vous que votre mari emporte son arme et préparez-vous à voir des choses que vous n'avez jamais vues auparavant. Je serai sur place et je porterai un smoking noir et un masque du Fantôme de l'Opéra. »

Espérant ne pas être complètement à côté de la plaque, je finissais de me préparer à la hâte pour me rendre au zoo. Je n'aurais jamais pu imaginer Natasha acceptant de signer volontairement un accord pour devenir l'esclave de cet homme. Pas elle !

Il devait utiliser un moyen de pression. Peut-être l'avait-il menacée de révéler à son père ses liens avec le club. Ou quelque chose de bien pire. Le fait que le portier de l'immeuble ne l'ait pas reconnue me mettait mal à l'aise.

La femme que j'avais soustraite à James m'avait expliqué qu'il la laissait seule dans l'appartement qu'il lui avait loué. Il lui avait attaché un bracelet électronique à la cheville dont l'alarme se déclencherait dès qu'elle tenterait une sortie. Il disposait des moyens et de l'ingéniosité pour enlever Natasha et l'enfermer jusqu'à ce qu'il ait besoin d'elle.

Si ce mec pense pouvoir prendre cette femme, il se trompe !

47

NATASHA

Seulement vêtue du masque et d'une cape, je quittai l'appartement sous les coups de fouet de James. Il s'était débarrassé du portier, à qui il avait demandé d'effectuer une course. Il prenait toutes les précautions pour que jamais personne ne m'aperçoive.

Le chauffeur m'ouvrit la portière et je me glissai à l'arrière, où James me rejoignit.

– Au sol, Esclave.

J'obéis immédiatement, préservant mes forces pour la bataille à venir, lorsque j'aurai besoin de toutes mes réserves d'énergie.

– Oui, Maître. Je me glissai sur le sol et adoptai la position de la soumission.

Bien que mon corps ait été ravagé, d'abord par les drogues que mon père m'avait fait prendre pendant un an, puis par le jeûne imposé par James, mon esprit était plus lucide que jamais. Il y aura bien au moins un des hommes présents ce soir dans l'assemblée qui m'entendrait lorsque je crierai le nom de Nic.

J'étais prête à encaisser tout ce qui risquait de se passer avant le marquage au fer. Je me battrai bec et ongles pour empêcher que ça ne se produise. James Hawthorn allait tomber de haut, je l'avais pourtant prévenu de se méfier de moi.

Après m'être effondrée et avoir pleuré pendant plus d'une heure, j'avais trouvé une réserve de force et de foi enfouie en moi. Je m'étais souvenu des personnes que j'avais pu rencontrer au club. Elles étaient peu nombreuses mais j'étais certaine qu'elles oseraient se lever et m'accorder leur aide si je leur demandais.

James n'avait pu s'empêcher de m'avouer qu'il avait plusieurs cartes dans son jeu contre Nicholaï. Grâce à cet aveu, je disposais de tout ce dont j'avais besoin pour le faire arrêter pour chantage. En ajoutant à ça le fait que les accords signés avec ses autres esclaves devaient figurer sur le registre du CBMM, c'était amplement suffisant pour le mettre à l'ombre pour de nombreuses années.

Il était inconcevable que ses esclaves ne considèrent pas leur traitement comme injuste et inhumain. La fatalité avait voulu que j'entre dans ce club cette nuit-là. Mon destin était peut-être d'épargner les tortures et la terreur aux autres femmes choisies par James Hawthorn.

Je préfère penser que c'était pour y rencontrer Nic, l'homme de ma vie, même si je ne m'y étais pas attendue. Il semble qu'il y ait eu deux raisons pour lesquelles j'avais suivi Dani cette nuit-là. La nuit qui avait changé ma vie.

La voiture s'arrêta et James tira sur la laisse accrochée au collier étroitement bouclé autour de mon cou. Il n'était jamais délicat. Il sortit du véhicule en tirant sur la laisse, me forçant à courir. Je tombai presque.

Je ne parvenais à le suivre que grâce à mes pieds restés nus qui me permettaient de garder mon équilibre et je marchai vite derrière lui, la tête baissée. L'odeur des haies, de la merde de chien et de la barbe-à-papa m'accompagnait alors que nous passions le large portail en bois.

Dès notre arrivée, je sus que nous étions dans un zoo. Il faisait très sombre mais la lune miroitait sur le chemin couvert de neige. Mes pieds étaient gelés mais je le supportai, la morsure de la neige sous la plante de mes pieds aiguisait mes facultés.

Nous arrivâmes près d'un homme qui ouvrit une cage où il me fit entrer. « Tu attendras ici jusqu'au début du spectacle » dit James en saisissant mes mains menottées pour les accrocher au crochet suspendu au-dessus de ma tête.

Mes orteils touchaient à peine le sol couvert de neige et je devais étirer tout mon corps au maximum. Je ne m'attendais pas à la suite. Il ôta mon masque et me mit un bâillon-boule autour de la tête, bouclé si étroitement que je ne pouvais plus émettre le moindre son. Il remit mon masque et personne ne pourrait désormais deviner que j'étais incapable de crier.

J'avais parié sur le fait qu'il tirait en partie son plaisir des pleurs et des hurlements. J'avais pensé pouvoir en profiter pour appeler Nic. J'allais devoir trouver autre chose. Il avait dû réaliser qu'il serait trop risqué de compter uniquement sur mon respect de l'accord.

J'entendais toutes sortes de grognements derrière moi. De gros chats, des lions peut-être. Des ours, certainement. Et le hurlement des loups dans l'obscurité. Tout mon corps brûlait de la terreur que je ressentais. J'étais à la merci des animaux dans cette position.

Les laisserait-il me mettre en pièce ? Les membres qui arriveraient bientôt autoriseraient-ils ce genre de spectacle sur scène ?

Je ne savais pas jusqu'à quelles extrêmes les membres du CBMM étaient capables d'aller dans la pratique de leur hobby. Il semblait que James était déterminé à terroriser tout le monde. Surtout moi.

D'autres femmes furent amenées dans la cage. Toutes affichaient un regard douloureux derrière leur masque et portaient la même tenue que moi, la cape de certaines dévoilant les mêmes lanières de cuir noir que celles que je portais, qui attiraient le regard vers leur intimité, ne cachant rien.

Les autres femmes faisaient à peu près la même taille que moi, avaient leurs cheveux tirés comme moi et portaient le même masque dissimulant intégralement leur identité.

J'étais la seule à être menottée et suspendue. Je tordis la tête et repérai du coin de l'œil que les femmes étaient placées de part et d'autre de moi, six d'un côté et six de l'autre.

Les pensionnaires du zoo que j'entendais autour de nous devaient être enfermés dans d'autres cages, ou ils nous auraient déjà dévorés. Deux civières furent apportées et je ne pouvais que m'interroger. Avait-il prévu de tuer deux femmes ce soir ?

Les civières furent placées à l'extrémité de chaque colonne de femmes et deux chaises furent disposées en face des colonnes. Mon cœur commença à battre plus vite lorsque j'entendis les premières notes de musique et les applaudissements du public.

Je me rendis compte en levant la tête qu'un lourd rideau noir nous cachait de regard de l'assistance. Les membres du CBMM et leurs esclaves attendaient de l'autre côté du rideau que le spectacle débute.

Un homme, portant un collant moulant ne cachant rien de l'énorme érection entre ses jambes musclées, s'approcha de moi. Son masque noir avec des cornes le faisaient ressembler à un démon. Son masque était fendu à hauteur de la bouche et il se pencha vers moi pour lécher mon cou de haut en bas.

– Prépare-toi à découvrir ce qu'est l'enfer, Esclave.

J'imaginais qu'il s'agissait de James et hochai la tête, le bâillon m'empêchant de parler. J'avais déjà mal alors que la torture n'avait même pas commencé.

La musique allait crescendo et s'arrêta soudain. J'étais condamnée !

NICHOLAI

Je pris place sur l'un des sièges qui avaient été prévus pour le spectacle mais ne voyais pas les parents de Natasha. Sa mère n'était peut-être pas parvenue à convaincre son père de l'importance de leur présence.

Si j'avais raison au sujet de l'identité de la nouvelle esclave que James avait choisie, il fallait que son père soit présent. J'avais besoin de son aide, ne sachant absolument pas qui allait m'aider à la sauver et qui allait aider Hawthorne à la garder.

J'appelai mon père qui avait prévu de venir mais je ne le vis pas non plus. Il était difficile de distinguer qui était qui sous ce faible éclairage, avec tous ces hommes en smoking noir et sous leur masque.

Ils seront là lorsque j'aurai besoin d'eux, j'espérais.

La musique gronda, puis s'arrêta et je m'aperçus que je m'étais assis sur le bord de mon siège. Lentement, le rideau se releva, ne dévoilant qu'un espace totalement obscur.

La musique et les lumières embrasèrent soudain la scène, dévoilant une jeune femme menottée et pendue sur le devant d'une grande cage. Un enclos pour animaux. Un homme, James Hawthorn probablement, se tenait debout près d'elle, la main posée sur sa longue queue de cheval.

Elle portait un masque dissimulant tout son visage et une cape rouge couvrait son corps, même si je pus entrevoir sa chair nue. Il faisait glacial et elle ne portait aucun vêtement. J'en étais révolté même si je ne savais pas qui elle était.

De nouveaux spots mirent en lumière la présence de deux colonnes de six femmes, de chaque côté de James, toutes vêtues à l'identique. Il était impossible de les distinguer.

La musique évoquait maintenant les bruits de la jungle et la lumière baignait le fond de la cage. Les animaux en cage hurlaient, grognaient, grondaient, leur agitation devenait assourdissante.

En observant les animaux, je remarquai une cage avec deux lions mâles, un énorme ours dans une autre et trois loups dans la dernière. Le fait que tous soient des mâles m'inquiétait. Qu'allait-il faire faire à ces femmes ?

James portait une sorte de masque de démon qui lui allait comme un gant. Il retourna la femme pendue à la cage, celle que je pensais être sa nouvelle esclave. Il saisit sa tête, la leva et l'obligea à regarder vers la gauche.

– Tu me regarderas pendant que je donnerai du plaisir à tes sœurs esclaves.

La femme hocha la tête et James se dirigea vers la première femme de la rangée. Il la souleva, la plaça sur une civière en la forçant à s'allonger puis écarta sa cape pour découvrir son corps, nu à l'exception de quelques lanières de cuir ne cachant rien.

Il souleva ses genoux pour lui écarter les cuisses et déplaça la civière sur le côté pour que l'assistance ne perde rien de ce qu'il s'apprêtait à lui faire. Lorsqu'il pointa sa langue au travers du masque, les femmes du public gémirent en haletant.

Il écarta ses genoux au maximum, se pencha et commença à la lécher. Je haussai les épaules aux commentaires de certaines femmes, qui criaient et l'encourageaient.

Les animaux avaient fait silence et observaient James réaliser son cunnilingus sur l'esclave qui se contorsionnait en geignant. Ses mains agrippaient les bords du brancard mais elle ne se cambrait pas pour aller à la rencontre de sa bouche. Seule la partie supérieure de son corps bougeait.

Je me recentrai sur la nouvelle esclave et constatai qu'elle conservait le regard baissé. Elle ne regardait pas la scène se déroulant sous ses yeux, comme James le lui avait ordonné et je commençai à penser que mon pressentiment était le bon.

Je me retournai pour scruter l'assistance mais ne repérai toujours pas ses parents ni mon père. Les hurlements de plaisir de la femme, proche de l'extase, attirèrent mon attention. Le masque de James était luisant de ses jus autour de la fente où se trouve sa bouche.

Je remarquai vite que l'esclave gardait toujours la tête baissée et m'aperçut que James s'en était également rendu compte. Il se dirigea vers elle à grands pas et attrapa un fouet, qui avait été déposé derrière la chaise près d'elle.

– Ouvre les yeux, Esclave !

Elle redressa la tête en un instant et le regarda. Cinglant l'air glacé de son fouet, l'atteignant dans le dos qui s'arqua pour tenter d'échapper au coup.

– Regarde-moi pendant que je donne du plaisir à tes sœurs esclaves. Ton tour arrive.

Elle acquiesça et le regarda rejoindre l'autre femme, elle n'avait pas le choix. À peine eut-il besoin de pointer le sol du doigt qu'elle se mit immédiatement à quatre pattes. Il remua le doigt et elle se tourna pour pouvoir être vue de côté. Il brandit sa bite turgescente et l'engouffra dans la bouche de l'esclave. L'un des lions commença à rugir et me distrait un instant. Je retournai à James, tourné vers la nouvelle esclave et les quatre autres femmes qui se tiennent en ligne, les yeux baissés, il siffla pour qu'elles le regardent.

Les quatre femmes levèrent le regard simultanément.

-Donnez-moi quelque chose à regarder, Esclaves. Les femmes semblaient tout connaître de ses attentes, nul besoin de rappel. Deux d'entre elles changèrent automatiquement de position, s'allongeant sur le sol, alors que les deux autres s'allongeaient sur leur corps et approchaient leur bouche de leurs parties les plus intimes. Elles redoublaient toutes de gémissements et de cris, sachant combien il appréciait les démonstrations obscènes et bruyantes.

Le bruit d'un étouffement résonna juste derrière moi. Il ne pouvait s'agir que des parents de Natasha, le visage de la femme étant enfoui contre le torse de son époux, tout aussi incapable qu'elle de supporter ce qui se déroulait devant eux.

Sur la scène improvisée, James commençait à trembler, son foutre était prêt et jaillit dans la gorge de la femme où il jouit en rugissant. Il semblait que les odeurs et les sons devenaient si bestiaux dans l'assistance comme sur la scène qu'ils énervaient les bêtes sauvages. Grognements et cliquetis de la cage dont ils tentaient de s'échapper, ils étaient eux aussi sous l'emprise des odeurs entêtantes de sexe, probablement très fortes pour leur odorat développé.

Il tira à lui les deux esclaves qui léchaient leurs sœurs et les embrassa, à tour de rôle, butinant et goûtant les arômes de chacune. Puis il leur indiqua du doigt de rejoindre l'esclave qui venait de le sucer, tout en continuant à échanger des baisers goulus. Il retourna vers les deux esclaves encore étendues sur le sol et les intégra au groupe en les poussant à participer elles aussi.

Il laissa le groupe de femmes se caresser, se toucher et s'embrasser et se dirigea vers l'esclave pendue à la cage. Il marcha droit sur elle, la saisit par la taille en la tenant fermement.

– Toi, je vais te faire mienne. Ma queue n'est que pour toi ce soir. Il mima un ordre aux six autres femmes qui se tenaient toujours immobiles, tête baissée. « Tes sœurs esclaves vont te préparer pour moi. Je préfère que ta chair soit bien tendre pour pouvoir te dévorer. »

Il la souleva et détacha ses poignets menottés du crochet auquel ils étaient suspendus puis la posa par terre. Il recula de quelques pas en contemplant les six autres femmes et frappa deux fois dans les mains.

Elles passèrent à l'action, entourant la nouvelle esclave. Elle était debout et les attendait. Deux d'entre elles prirent ses bras et l'accompagnèrent à une chaise. Elles placèrent ses mains menottées sur le dossier.

Les quatre autres positionnèrent les mains de la quatrième esclave au dos de l'autre chaise, à l'identique de la nouvelle esclave. Deux prirent le fouet, posé près de la chaise.

James observait tout, frottant sa bite au travers du fin vêtement noir. La plus âgée des esclaves reçut le premier coup et elle hurla à me glacer le sang.

J'en fus physiquement bouleversé. Je n'avais jamais eu cette réaction. Elles portaient encore leurs capes, les lanières ne touchèrent donc pas sa peau mais elle hurlait comme si la douleur avait été intolérable.

Lorsque l'autre femme fouetta à son tour la nouvelle esclave, elle resta silencieuse et James applaudit.

– Elle a l'air dur mais elle a quelque chose à cacher.

— Oh ! s'exclama le public en chœur.

Je scrutai afin de distinguer tout signe possible qui me confirmerait que la nouvelle esclave est bien Natasha. Je me concentrai sur le moindre carré de peau visible, alors que James était occupé avec toutes ses esclaves à l'intérieur de la cage. Je remarquai le gros cadenas verrouillant le grand portail.

A peine détectable dans l'obscurité, je distinguai toutefois un homme tout en noir se tenant tout au fond de la cage et j'étais certain qu'il détenait les clés de la cage.

Le fait même que James se soit enfermé avec ses femmes dans cette cage, à l'écart de nous, fit résonner toutes mes alarmes. Je me retournai vers l'homme et la femme blottie contre lui et levai mon masque juste assez pour révéler mes yeux. Il confirma m'avoir reconnu d'un hochement de tête et d'un clin d'œil. C'était bien le père de Natasha.

Je lui désignai l'homme en noir, détenteur des clés selon moi et il hocha la tête. Je ressentis le début d'un certain soulagement quand il m'indiqua la présence de deux autres hommes aux extrêmes droite et gauche et cligna de l'œil de nouveau. J'eus l'impression qu'il venait d'arriver avec les renforts et cette seule idée était un cadeau.

Je n'étais pourtant toujours pas sûr que la nouvelle esclave fût Natasha, car elle aurait déjà hurlé à la mort. J'attendis et continuai à regarder la représentation, dans l'attente d'un quelconque indice.

Mais je priais pour que ce ne soit pas elle là-bas !

48

NATASHA

Tout ce bruit me perturbait, ramenant sans cesse mon esprit vers le sexe. Même les animaux étaient excités. Ce qui m'inquiétait c'est ce qu'avait prévu James pour nous, ses esclaves.

Je fis de mon mieux pour scruter le public mais lorsque je pouvais regarder, j'étais éblouie par les spots qui m'aveuglaient. C'était presque comme si nous étions seuls, enfermés dans cette cage. C'est le bruit des gens qui criaient ou applaudissaient qui me rappelait qu'un public nous observait.

Le fouet ne me fit pas vraiment mal, le coup ayant été atténué par ma cape. J'imaginais que l'autre femme savait ce que James souhaitait entendre et qu'elle le lui donnait. Toutes les autres femmes étaient bruyantes, ce que détestait Nic. Elles faisaient semblant, j'en étais persuadée.

Elles répétaient les mêmes gammes de bruits que celles que j'avais entendues sur le peu de films porno que j'avais pu entrevoir. Nic détestait cette merde, fausse, et moi aussi. Mais je savais que la douleur serait bientôt réelle et que si cet homme collait sa queue dans moi, j'allais pleurer comme un bébé. Je le savais.

Probablement personne ne m'entendrait avec ce bâillon sur la bouche mais mes larmes couleraient et mon cœur se briserait en un million de petits morceaux. Mon seul amour était Nicholaï Grimm et mon cœur continuerait à ne battre que pour lui. Quoi qu'il arrive !

Je regardai à droite l'autre femme qui avait été punie avant moi et dont on retirait la cape. Le prochain coup de fouet cinglerait sa peau nacrée et je reculai d'un pas alors que l'on m'ôtait également ma cape.

J'étais penchée en avant, les mains tenant le dossier de la chaise. Elle barrait la vue et on ne pouvait pas voir grand-chose de mon corps, en ce qui concernait mes seins ou mes parties intimes. Mais je ressentais le froid et mes tétons pointaient durement.

Je vis ses phalanges blanchir sur le dossier de la chaise et elle se mit à hurler comme une damnée quand le premier coup de fouet claqua sur son dos. Une ligne de sang s'était inscrite sur son dos et commençait à couler sur son flanc.

Je me préparai à ressentir une douleur intolérable lorsque les lanières cinglantes m'atteignirent, c'est une brûlure atroce qui me fit crier mais le bâillon l'étouffa. Deux des autres esclaves me maintenaient immobile pendant que l'autre esclave recevait un nouveau coup de fouet, puis ce fut à nouveau mon tour.

Je voyais mon propre sang couler des deux côtés. J'avais mal à l'estomac, comme recroquevillé par la douleur. Avant que je ne puisse me reprendre, James m'a attrapée par la gorge et frotta sa grosse bite contre mon cul en me soulevant contre lui.

Les endroits de mon dos où la peau avait explosé sous le fouet me brûlaient. Son torse contre mon dos, il s'appuya et se frotta contre ma peau à vif, rendant la douleur plus insoutenable encore.

Faisant un pas de côté, je n'étais plus protégée par la chaise. Mon corps était exposé au public. Il s'approcha de moi et je vis les traces de mon sang sur son torse. Je tremblai de douleur et de gêne.

Il se positionna derrière moi, me dominant. Il passa ses mains le long de mes bras et les souleva au-dessus de ma tête. Il m'étirait comme pour en montrer un peu plus aux gens qui assistaient à ces actes de cruauté.

Ils pensaient sûrement que nous jouions. Une performance

érotique dramatique. Mais c'était la réalité et l'homme qui me bran-
dissait comme un trophée était un véritable démon, pas un
amateur.

Si j'avais pu parler, s'il ne m'avait pas fourré ce truc dans la
bouche, c'est exactement le moment que j'aurais choisi pour crier à
l'aide. Mais j'étais totalement impuissante et James Hawthorn en
était parfaitement conscient.

Le bruit provoqué par quelque chose qui heurtait la cage attira
mon regard vers un homme portant un smoking et un masque du
Fantôme de l'Opéra, debout à l'extérieur de la cage. Il avait enroulé
les doigts autour d'un barreau et se pencha vers moi en me regardant
intensément. Natasha ?

C'était Nic et je hochai la tête, juste avant que James n'attrape ma
queue de cheval pour m'en empêcher. Il me renvoya brusquement
vers mes sœurs esclave qui formèrent alors un cercle autour de moi,
me cachant aux yeux de Nic.

Mes mains toujours liées, mes sœurs de galère me retenaient,
m'empêchant de rejoindre l'homme qui pouvait me sauver. Je
suppliai chacune d'entre elles du regard sans succès, elles préféraient
regarder ailleurs.

L'une d'elle murmura.

– Ça ne sert à rien, sœur. Accepte ton destin comme nous l'avons
fait.

Je secouai frénétiquement la tête en entendant Nic crier.

– Pete détient mon esclave dans ses quartiers. J'ai l'accord qui le
prouve avec moi !

— Tu n'as jamais signé d'accord avec l'une de mes esclaves, Bill.
Assieds-toi et apprécie le spectacle, entendis-je James répondre.

Les animaux devinrent comme fous lorsqu'un choc et des cris au
bout de l'enclos se firent entendre.

– Vous êtes en état d'arrestation, James Hawthorn.

Le groupe de femmes qui m'avaient encerclée s'ouvrit et laissa
passer James. Elles refermèrent le cercle autour de nous et il me jeta à
terre, m'empoignant les hanches pour les rehausser au niveau de son
érection et je sentis qu'il portait encore son collant. Il tentait de me

pénétrer avant que Nic puisse ouvrir les portes verrouillées. Je ruai et me contorsionnai pour lui échapper.

– Tenez-la, ordonna-t-il, mâchoires serrées, aux autres femmes.

Il me maintint suffisamment longtemps pour que je ressente de la chaleur sur ma nuque et la peau douce de son gland caresser mes fesses. Je me débattis comme si ma vie en dépendait.

— Dégagez ! La voix grave de Nic ordonnait aux femmes qui m'entouraient de s'écarter. Affalée sur le sol dur et glacé, je sentis mon cul soulevé de terre. Dès que je sentis que l'on m'avait soulagée du poids de James, je roulai sur le côté, hors d'atteinte.

Les autres femmes s'emparèrent immédiatement de moi et nous déplacèrent vers l'extrémité de l'enclos. Le bruit des animaux était devenu si assourdissant que je n'entendais plus rien. S'y ajoutaient les huées et les sifflements du public qui exprimait son mécontentement.

Une cape rouge fut lancée vers le groupe des femmes qui me maintenait toujours fermement.

– Vous feriez mieux de laisser partir mon bébé, bande de salopes !

C'était ma mère et on aurait dit une louve !

Je commençai à entendre les autres femmes murmurer.

– Aide-nous aussi, s'il te plaît. On veut partir. Aide-nous.

Elles s'éloignèrent de moi comme des pétales se détachent de la fleur éclose et j'entendis ma mère les rassurer.

– Restez avec moi, les filles. Toutes celles qui veulent partir partiront.

Je n'avais jamais vu ma mère se comporter de façon aussi protectrice. Elle m'avait enveloppée dans la cape et m'ôta le masque. Lorsqu'elle aperçut le bâillon-boule, je crus qu'elle allait fondre en larmes. L'une des filles le détacha, je respirai librement à nouveau. J'ouvris et fermai ma bouche endolorie à plusieurs reprises et sourit.

– Maman !

Je me lovai dans ses bras autant que je le pouvais mais un soudain coup de feu nous stoppa net. Mon père, Nic et James formaient une pile sur le sol, à l'intérieur de l'enclos.

Un bruit étrange nous parvint et notre regard fut attiré par un grincement de métal. La porte de la cage aux lions s'ouvrit lentement. La balle avait dû toucher le cadenas et libéré les lions !

La tête de mon père émergea de la bagarre.

– Que tout le monde sorte de cet enclos, tout de suite ! hurla-t-il.

Il n'avait pas vraiment besoin de le dire. Tous couraient, paniqués, pour emprunter la somme toute assez étroite ouverture. J'entrevis mon père agripper Nic, Nic qui avait immobilisé James d'une prise d'étranglement et traînait James à sa suite, refusant de le lâcher.

Nous réussîmes à tous sortir indemne et Papa referma les portes. Nous étions tous haletants, réfugiés sur le côté le plus sûr de la cage. Les lions n'étaient même pas sortis de leur cage et semblaient tout aussi surpris par l'ouverture des portes que nous l'avions été.

L'un des employés du zoo se précipita et courut dans la cage, s'agitant en tous sens et criant aux bêtes de reculer dans leur enclos. Il ferma les portes et remit un nouveau cadenas, sous les applaudissements du public.

– Ils pensent que tout ça faisait partie de la mise en scène, les cons !

49

NICHOLAI

Lorsque j'arrachai son masque à Hawthorn, le public commença à murmurer. J'imaginai qu'ils se rendaient enfin compte que tout ça ne faisait pas partie de la mise en scène. Mon père se dirigeait vers nous en fendant la foule et en retirant son masque.

Les agent du FBI s'en débarrassèrent également et vinrent vers moi pour récupérer Hawthorn, pendant que le père de Natasha lui lisait ses droits. Il se tourna ensuite vers les femmes.

– J'ai besoin que vous nous accompagniez au quartier général. Nous aurons besoin de prendre vos déclarations et vous pourrez retrouver vos familles.

La mère de Natasha avait enlacé étroitement sa fille. James désormais aux mains des autorités, je pus la rejoindre. Les larmes coulaient à flot le long de ses joues. Sa mère s'effaça et Natasha vint à ma rencontre à la hâte.

– Nic ! Elle entoura mon cou de ses bras comme je l'y invitai.

Elle repoussa mon masque et nous nous fixâmes un moment, comme si nous nous redécouvrions après une si longue période de séparation.

– Salut, murmurai-je, une boule s'étant formée dans ma gorge.

— Salut, dit-elle. Elle posa délicatement sa main sur ma nuque et m'attira pour que je l'embrasse.

J'entendais en arrière-plan sonore à nos retrouvailles la clameur de l'assistance, jubilant et applaudissant à tout rompre. Mais tout ce qui m'importait désormais était la sensation que je ressentais en tenant cette femme dans mes bras et je ne souhaitais rien d'autre que la ramener à la maison.

Je me retournai au son d'un homme se raclant la gorge. Son père se tenait là, nous observant.

– Pouvez-vous la conduire au quartier général du FBI ? Nous aurons également besoin de son témoignage.

— Je l'emmène d'abord à la maison pour qu'elle puisse se doucher et se changer, dis-je.

Il hocha la tête et retourna vers le groupe de femmes pour prendre leurs dépositions. Natasha se lova contre mon torse et je la soulevai.

– Mon Dieu, je n'avais jamais de toute ma vie, été aussi heureuse de voir quelqu'un, Nic.

— Moi non plus, répondis-je, la portant pour quitter cet endroit par une issue de secours pour éviter la foule.

— Comment as-tu su que c'était moi ? demanda-t-elle en me regardant d'un air perplexe.

— La cicatrice que tu as sous le sein gauche. Tu n'es pas heureuse que j'aie pris le temps de connaître ton corps ?

Je me souvins qu'elle m'avait un jour empêché de regarder cette cicatrice.

— Nicholaï ! Mon père m'appelait.

J'attendis qu'il arrive à notre hauteur.

– Oui, Père ?

— Je veux savoir comment va Natasha. Doit-elle être conduite à l'hôpital ? demanda-t-il en nous rejoignant.

Elle secoua la tête.

– Non, monsieur. Je vous remercie de vous en préoccuper. Je pense qu'une bonne pommade sur les lacérations devrait suffire. Et tout ce dont j'ai réellement besoin c'est Nic et je l'ai,. Tout ira bien.

Il fit un signe de la tête et me regarda.

– Assure-toi qu'elle soit examinée, Nicholaï. Occupe-toi bien d'elle.

— C'est bien mon intention, Père. Nous nous dirigions vers ma voiture.

Elle me considérait en fronçant les sourcils.

– Depuis quand m'apprécie-t-il ?

— C'est récent, répondis-je en embrassant son front. Les choses changent, ma princesse.

— Je vois. Elle reposa sa tête contre mon torse. Je suis si fatiguée. Tu n'as pas idée. Je vais probablement dormir pendant toute la semaine à venir.

Sa voix était enrouée et faible et son corps semblait peser quarante kilos de moins que lorsqu'elle m'avait été enlevée. J'aurai dû haïr son père et lui vouer une rancune tenace pour ce qu'il lui avait fait mais je préférai lui pardonner.

Quand j'aurai une fille, je serai probablement capable de folies pour la protéger. Tous ce qui comptait était que je tenais enfin dans mes bras la femme que j'aimais et je m'y accrocherai, pour toujours. Je m'arrêtai en remarquant une étoile semblant tomber du ciel en laissant une traînée lumineuse derrière elle.

– Fais un vœu, Natasha.

Elle regarda l'étoile filante et ferma les yeux, en faisant un vœu secret. Lorsqu'elle les rouvrit, elle sourit.

– Il s'est réalisé, dit-elle.

— Et comment le sais-tu ? demandais-je.

— J'ai fait le vœu que tout ça ne soit pas un rêve. J'ai tant rêvé que tu viendrais me sauver. Dans mes rêves, dès que j'ouvrais les yeux, tu avais disparu et j'étais seule dans ma prison à nouveau. Cette fois, tu es réellement ici. Je suis réellement dans tes bras et tu vas réellement m'emmener à la maison, n'est-ce pas ?

— Notre maison, dis-je.

Arrivé devant la voiture, j'ouvrai la portière et l'installai délicatement sur le siège passager. « Je te ramène à la maison, ma princesse. »

— J'adore l'idée, mon prince. Notre maison. Notre vie. Notre amour. Emmène-moi à la maison, Nic. Ça fait bien trop longtemps. Elle passa sa main sur sa nuque. Nic, a-t-il eu le temps de me marquer ?

J'examinai sa nuque et y décelai une petite trace, mais pas de marque.

– Non, il t'a juste bien mordu mais je te passerai un onguent si souvent qu'il ne restera aucune cicatrice.

Son soupir de soulagement témoignait de l'angoisse qu'elle avait ressentie à l'idée qu'il l'ait marqué de façon permanente. Ça n'aurait eu aucune importance pour moi. Je l'aimais tout autant.

Je fermai la portière et réalisai que mon rythme cardiaque s'était modifié. Il était difficile d'admettre que tout ça était bel et bien fini. Nous avions attendu plus d'un an et c'avait été un enfer mais nous pouvions enfin envisager notre vie ensemble.

Je me glissai derrière le volant. Elle se reposait, la tête appuyée contre l'appuie-tête en cuir.

– Tu es magnifique.

Elle tendit la main pour caresser ma joue.

– Toi aussi, mon prince.

Je souris et pris sa main pour en embrasser la paume.

– Rentrons à la maison.

En quittant le parking du zoo parmi les nombreux autres véhicules, je ne pensais qu'à mon bonheur. Lorsqu'elle posa sa main sur la mienne sur le volant, je réalisai combien nos gestes étaient naturels et spontanés.

— Tu es le meilleur cadeau de Noël que j'ai jamais reçu, dit-elle en me fixant.

Je lui souris. Je pensais exactement la même chose.

– Tu vas voir, dès le lever du jour, je vais te couvrir de cadeaux.

— Je ne veux qu'une seule chose, Nic. Elle toucha tendrement mon bras.

— Et qu'attends-tu de moi ? demandais-je, la chaleur de sa main se propageant doucement.

— Je veux que tu restes au lit avec moi toute la journée et toute la nuit et que tu me fasses doucement l'amour autant de fois que possible. Elle mordit sa lèvre inférieure en gémissant doucement.

— Quelle bonne idée pour notre premier Noël ensemble, n'est-ce pas ? Je pense que ce doit être envisageable.

— Joyeux Noël, mon prince.

Je pris sa main et la pressai contre mes lèvres.

– Joyeux Noël, ma princesse.

C'était peut-être le plus beau Noël de notre vie !

50

NATASHA

La neige tombait toujours alors que nous étions en route vers le bâtiment du FBI, où je devais raconter le détail de tout ce que James Hawthorn nous avait infligé, à Nic et à moi. Une douche brûlante et un repas léger me remirent sur pied.

J'aurais préféré ne pas avoir à sortir mais je devais faire ma déposition et le plus tôt cet homme serait derrière les barreaux, le mieux je me sentirais. Le chauffeur nous déposa devant l'impressionnant immeuble et Nic me prit la main.

Deux femmes portant queue de cheval et imperméables sortaient alors que nous entrions.

– Bonjour, dis-je en reconnaissant en elles certaines des anciennes esclaves de James.

— Merci à vous, dit l'une d'elles. Nous avions besoin que quelqu'un comme vous intervienne et nous aide.

Nic affichait une certaine gêne.

– Je me sens en partie responsable de la façon dont vous avez été traitées. Je me rends compte que les règles du club ne vous protégeaient absolument pas. Je ferai partiedu club encore un temps, j'ai besoin de m'assurer que les règles protègent désormais réellement les femmes.

Les femmes échangèrent un regard avant de se retourner vers nous. L'une d'elle s'exprima.

– C'est gentil de votre part. Aucune de nous ne retournera jamais dans ce club, ni aucun autre. Je rentre dans le Minnesota où je vais vivre chez mes grands-parents le temps de reprendre des forces, mentalement comme physiquement.

— Et moi, je retourne chez mes parents dans le Nebraska le temps de me faire aider à digérer tout ce qui vient de se passer, dit l'autre.

— Je suis heureuse que vous ayez pu trouver des solutions pour surmonter cette tragédie. Je n'étais plus que l'ombre de moi-même quand il m'a enfermée dans cet appartement. Je pleurai sans cesse et j'ai presque abandonné. Mais je me suis rendue compte que j'étais peut-être destinée à vous aider. Et à aider toutes les autres femmes qu'il emmènerait dans sa chambre de torture. Que Dieu vous garde, toutes les deux.

Je retins difficilement mes larmes alors que nous partagions avec les femmes ce tendre moment. Nic me surprit en se joignant à nous, nous enveloppant de ses bras puissants.

– Je suis tellement navré de tout ce qui vous arrive. Je vais faire tout mon possible pour m'assurer que rien de tout cela ne puisse se produire à nouveau. Je vais contacter personnellement un avocat qui vous garantira d'obtenir, mesdames, des dommages et intérêt en rapport avec le préjudice moral et physique que vous avez subi. Je vais m'assurer qu'aucune d'entre vous n'ait plus jamais de problème financier.

— Merci, dit l'une d'entre elles. Nous nous séparâmes en essuyant nos larmes.

Elles s'éloignèrent le long du trottoir dans l'intention de trouver un taxi. Nic les héla.

– Montez dans cette voiture noire garée là-bas, mon chauffeur vous conduira où vous le souhaitez.

Elles hochèrent la tête et se dirigèrent vers le véhicule. Il prit son téléphone et demanda à son chauffeur d'aider les deux femmes, quels que soient leurs besoins. Nous entrâmes dans le bâtiment, pratiquement désert en ce jour de Noël.

– C'était adorable de ta part, Nic. Tu es devenu tellement bienveillant, c'est incroyable.

— Je sais maintenant à quoi ressemble l'enfer. Je ne veux plus de toute cette noirceur immonde dans ma vie. Tu es la lumière de ce nouveau monde qui n'était pour moi que ténèbres et cruauté. Il est vrai que la vie n'est que ce que l'on en fait. Si tu veux les ténèbres, tu trouveras les ténèbres. Si tu veux la lumière, tu l'obtiendras. Je veux que tu fasses partie de ma vie et je veux que nous vivions dans la lumière.

Je tenais sa main et m'appuyais contre lui alors que nous nous dirigions vers l'ascenseur.

– Moi aussi, je veux vivre avec toi en pleine lumière.

Ses lèvres effleurèrent mon front et les portes de la cabine livrèrent le passage à mon père.

– Ah, vous voilà ! Nous avons obtenu les dépositions de toutes les autres femmes. Il ne nous manque plus que la tienne, Natasha. Maintenant qu'Hawthorn est détenu dans une prison fédérale, plus aucun juge ne pourra le libérer. Il ne fera plus de mal à aucune d'entre vous.

— Quel soulagement, dit Nic. A qui doit-on s'adresser ?

— Granger va prendre vos déclarations. Et vous n'imaginez pas le nombre d'appels que j'ai reçu à votre sujet, Nic. Plusieurs crimes ont été dénoncés.

Mon corps se figea.

– Papa ! Tu ne peux pas...

Il m'interrompit, les mains levées.

– Nous savons qu'Hawthorn est derrière tout ça et depuis un moment apparemment. C'est la raison pour laquelle nous enquêtions si souvent sur votre société. C'est terminé maintenant. Vous pouvez arrêter de vérifier si nous ne sommes pas à vos trousses. Par contre, tenez bien les rênes de l'entreprise, si vous voyez ce que je veux dire ?

Nic hocha la tête.

– Je vous suis. Merci, monsieur. J'aimerais vous parler en privé quand vous aurez un moment. Aujourd'hui, si possible, monsieur.

Nic fit preuve d'une révérence exceptionnelle vis-à-vis de mon père. J'aurais compris qu'il se montre furieux de toute la souffrance qu'il nous avait infligée. Il parvenait à toujours me surprendre.

— Bien sûr, Nic. Je me prends un café et je reviens. De toute façon, Tasha va devoir donner sa version des faits, seule. Nous voulons que les femmes se sentent en sécurité à cent pour cent pour pouvoir tout nous dire. On les interroge donc individuellement. Vous comprenez, n'est-ce pas ? demanda Papa.

— Oui, je comprends. Je vous parlerai lorsque vous reviendrez, dans ce cas, dit Nic en entrant dans l'ascenseur.

Une fois les portes fermées, il me fallut assouvir ma curiosité.

– De quoi veux-tu discuter avec mon père ?

Dans un geste de tendresse absolue, il me prit dans ses bras et frotta son nez contre le mien.

– Ne t'inquiète pas pour ça, ma princesse. Focalise-toi uniquement sur ton témoignage. Assure-toi de communiquer aux fédéraux la moindre petite preuve que tu pourrais avoir contre Hawthorne pour qu'on puisse enfin se débarrasser de lui.

Je sentais qu'il avait encore un atout dans sa manche, mais il ne semblait pas disposé à m'en parler. Je déteste les secrets.

— Natasha Greenwell, je suis l'agent Granger, m'interpella un homme en costume cravate avant de me tendre la main. Je lui serrai la main qu'il tendit à Nic. « M. Grimm, je suis ravi de vous revoir, dans de meilleures circonstances. »

— Ravie de vous revoir également. C'est agréable d'être du bon côté de la barrière pour changer. Nic m'enveloppa de son bras et embrassa ma tempe.

– J'imagine que je vais devoir vous la confier, agent Granger. Je patienterai dans la salle d'attente.

— J'aurai ensuite besoin de m'entretenir avec vous, Grimm, dit l'agent en m'indiquant la porte de son bureau.

Nic hocha la tête et me fit un petit signe de la main.

– Dis-lui tout, n'oublie rien, princesse.

J'acquiesçai et l'agent ferma la porte, nous enfermant. Lorsqu'il passa accidentellement sa main dans mon dos en m'invitant à m'asseoir, une sensation de malaise s'abattit sur moi. Le calvaire que j'avais subi avait manifestement laissé ses séquelles. Mes émotions me rappelaient que la vie n'est pas faite que d'arcs-en-ciel et de papillons contrairement à ce que j'aimais croire.

Tout redeviendrait-il jamais comme avant ?

51

NICHOLAI

Je me sentis soudainement rassuré lorsque le père de Natasha sortit de l'ascenseur en me souriant, alors que j'attendais près du bureau de Granger.

– Bien, elle a fait sa déposition. Son témoignage va permettre de boucler l'affaire en un rien de temps. Et je voulais vous demander quelque chose, Grimm. C'est à propos de ce document que vous teniez à la main. Vous parliez d'un accord signé par vous et ma fille. Vous m'aviez assuré qu'il n'y avait rien de tel entre vous.

Je me sentis quelque peu gêné d'aborder ce sujet avec lui mais je me lançai.

– C'est un document que j'avais élaboré mais que nous n'avions pas signé. J'ai juste imité la signature de Natasha sur la dernière page et j'ai emmené le document à la cérémonie juste au cas où j'aurais eu besoin de prouver qu'elle n'était pas libre. Vous devez comprendre cette culture, monsieur. Elle n'est pas conventionnelle bien sûr, mais dans ce mode de vie, certaines femmes souhaitent appartenir à un homme. Mais je vous rassure, Natasha était une femme libre, elle l'a toujours été et le sera toujours.

Il hocha la tête et but une gorgée de café.

– Je comprends. C'est juste que je n'étais déjà pas d'accord avec le fait même d'établir ce type de document.

— Tout ça est loin derrière moi, je vous le jure. Je suis bien allé au club faire quelques parties de poker et décompresser une fois durant l'année. Je m'y suis ennuyé et je n'ai plus l'intention d'assister à aucun de leurs divertissements. J'en reste toutefois membre.

— Pourquoi diable feriez-vous ça ?

— Uniquement pour m'assurer que les règles seront modifiées et respectées. C'est la seule raison. Je veux protéger les gens qui apprécient ce mode de vie. Je sais que vous aurez du mal à le concevoir mais certaines personnes aiment ça. Le club ne va pas fermer juste parce que je n'en suis plus membre. Je préfère superviser maintenant que je sais ce que des hommes comme Hawthorne sont capables de faire !

— Expliqué comme ça, je vous comprends mieux, dit-il en s'asseyant à quelques chaises de la mienne. Comment va Natasha ? Je veux dire, ses blessures n'étaient pas belles à voir.

— J'ai passé de la pommade. C'est assez superficiel et ça devrait guérir en une semaine. Je vais lui faire faire un bilan de santé dès que possible. Je veux qu'elle retrouve la forme.

— Moi aussi. J'avoue me sentir extrêmement coupable de ne pas avoir deviné à quel point son corps était devenu dépendant des drogues. J'avais demandé qu'on les lui donne tous les jours pour la calmer pendant que je la retenais au château, dit-il.

— Mais je n'étais absolument pas au courant de tout ça. Je n'aime pas ça. J'appelle mon médecin personnel pour qu'il vienne l'examiner dès ce soir. Je dus ravaler la colère qui m'avait assailli en entendant ces dernières informations.

— Ce sera parfait. Puis-je vous faire confiance, Grimm. Allez-vous bien vous occuper de ma fille ?

J'aurais voulu lui rétorquer que j'étais plus digne de confiance qu'il ne l'avait jamais été mais je me refusais à introduire la moindre note négative dans notre conversation. Je ne voulais lui conserver que le ton positif qu'elle avait pris dès le départ.

– Oui, vous pouvez me faire confiance. En fait, c'est exactement le sujet que je voulais aborder avec vous. Je sortis la bague de fiançailles de ma poche. Je l'avais achetée un an auparavant pour Natasha et la montrait à son père. « Avec votre bénédiction, j'aimerais vous demander la main de votre fille. Je voudrais l'épouser le plus rapidement possible si vous en êtes d'accord, monsieur. »

Il contempla la bague pendant quelques instants.

– Cette chose coûte probablement plus que ma maison et deux voitures, n'est-ce pas ?

— C'est une pièce de joaillerie, monsieur.

Il me considéra pendant une minute et se détourna pour boire une gorgée de café. Je n'aimais pas le temps qu'il prenait à me répondre. Mes nerfs étaient mis à rude épreuve et mes paumes devenaient moites.

— Elle n'est pas que l'adorable fille que vous imaginez, Nicholaï. Je l'ai cru un temps, moi aussi. Je pense que vous êtes amoureux du fait qu'elle semble gentille et innocente, mais elle n'est pas que ça. Lorsque vous aurez découvert tous ses défauts, vous ne voudrez peut-être plus d'elle et c'est cela que je redoute. Je connais les hommes comme vous. Vous mettez les femmes sur un piédestal. Tasha n'est pas parfaite. J'ai simplement peur qu'elle vous déçoive et que vous finissiez tous les deux coincés dans un mariage sans amour.

Qu'est-ce que ça veut bien vouloir dire ?

LE DÉBUT : LIVRE HUIT

Une Romance de Milliardaire Bad Boy

Par Camile Deneuve

52

NATASHA

Le taxi nous ramena à l'appartement de Nic sans qu'un mot n'ait été prononcé. L'ascenseur nous déposa et je frissonnais sur le palier.

– Il fait plutôt frais ici, dis-je, Nic me guidant vers la porte.

— Peut-être un problème de chauffage. Avec un peu de chance, l'un de mes employés se sera chargé du problème, dit-il en ouvrant sa porte.

Il faisait si froid dans la pièce que nos souffles se transformaient en petits nuages.

– Il n'y a personne ici, dis-je même si c'était l'évidence même.

— Mais c'est Noël ! J'avais oublié que je leur avais tous donné leur soirée. Qu'est-ce qu'il fait froid ici, dit-il en m'entraînant vers le thermostat. Il est éteint. Mais qui a pu faire une chose pareille ?

— Je ne sais pas mais allume-le vite, dis-je en claquant des dents. Ça gèle ici.

Il paraissait sur les nerfs et dépité par l'incident.

– Mes employés ont vraiment été négligents. Je te garantis que celui qui a fait ça va m'entendre. Ne t'inquiète pas.

— Je ne m'inquiète pas et ça n'est pas si grave. Il fera vite chaud et on n'y pensera plus. Viens, on va se déshabiller et se mettre sous la couette, dis-je pour faire diversion.

— Mon médecin personnel va bientôt arriver, Natasha. Il n'y aura pas de sexe tant qu'elle ne s'est pas assurée que tu es suffisamment rétablie pour ça. Ton père m'a raconté que tu prends un sédatif pour te sevrer des drogues qu'il t'a fait prendre. Pourquoi me l'as-tu caché ? demanda-t-il en fronçant les sourcils.

— Je ne te l'ai pas caché. Cela fait seulement quelques heures que nous nous sommes retrouvés et je n'ai pas encore eu le temps de te raconter tous les détails de ce qui m'est arrivé durant l'année. Je lâchai sa main alors et me dirigeai vers le bar pour y trouver de quoi me réchauffer.

Il m'arrêta d'une main sur mon épaule.

– Que fais-tu ?

— Je vais me chercher un verre. Tu veux quelque chose ? demandais-je alors qu'il posait un étrange regard sur moi.

— Il est neuf heures du matin, Natasha.

Je secouai la tête.

– Je n'avais pas réalisé. Il est en effet bien trop tôt pour prendre un verre, tu as raison. Je pensais juste à me réchauffer, c'est tout. Je n'avais pas l'intention de me bourrer la gueule.

Ses yeux n'étaient plus que deux fentes. Il prit ma main et m'entraîna vers la cuisine.

– Je vais nous préparer un chocolat chaud, ça te réchauffera. Et pendant ce temps-là, tu me raconteras tout ce que j'ai besoin de savoir.

— Je suis tellement fatiguée, Nic. A quelle heure vient le médecin ? Il tira une chaise de sous la table et je m'assis. Ça fait des heures que je n'ai pas dormi. Je suis crevée.

— Elle va bientôt arriver. Je ne pense pas que ça prenne très longtemps. Ensuite, on pourra dormir. Il versa le lait dans une petite casserole. « Hawthorn t'a-t-il donné de la drogue lorsque tu étais avec lui ? »

— Non, répondis-je en ôtant mes gants pour frotter mes mains l'une contre l'autre. J'ai vu une femme qui devait me faire une injection de contraceptif mais elle ne l'a pas fait. Elle a dit qu'elle devait d'abord procéder à un examen sanguin. Elle m'a fait une prise de sang et je ne l'ai pas revue.

— Remets tes gants, Natasha, dit-il en me voyant essayer de réchauffer mes mains.

— Ça marche mieux comme ça, dis-je

Il affichait cet air, que j'avais oublié. Celui qui disait implicitement que je ne devais ni le questionner ni répondre et simplement faire ce qu'il me demandait.

Je remis toutefois mes gants. Je n'avais plus la force d'argumenter. J'avais besoin de repos, tout de suite !

— C'est bien, dit-il en ouvrant un tiroir, dont il extrait un fouet métallique pour faire mousser le lait.

Exaspérée, je ne répondis rien. Je l'observai en silence alors qu'il préparait les boissons. Il me jeta un rapide regard et je commençai à penser qu'il avait quelque chose à me dire mais qu'il ne savait pas comment s'y prendre.

— Tu es bizarre, dis-je finalement alors qu'il déposait devant nous les boissons brûlantes.

— Tu trouves ? demanda-t-il en soufflant sur la surface d'une des tasses avant de me la tendre. Ne bois pas tout de suite, c'est brûlant. Tu vas pouvoir réchauffer tes mains sur la tasse. Il plaça mes mains gantées autour de la tasse et me sourit. « Tu vois. »

— Oui, je ne suis pas stupide, répondis-je sèchement. « Tu me traites comme une enfant, Nic. Arrête ! »

Il écarquilla les yeux puis les baissa.

– Parle-moi de ton passé, Natasha. Dis-moi pourquoi tu n'avais pas de petit ami quand nous nous sommes rencontrés. Pourquoi étais-tu seule ?

— J'étais bien trop occupée par mes études, c'est ça qui m'a isolée. Je tentai de boire une gorgée de la boisson crémeuse et parfumée.

— Attends encore un peu, dit-il en me regardant par-dessus le rebord de sa tasse. « Avant le collège, tu avais un petit ami ? »

Je secouai la tête et répondis.

– Non, Je n'appréciais pas vraiment les garçons de mon âge. Je préférais les hommes un peu plus âgés mais j'étais coincée par le fait que je n'étais pas majeure. J'ai donc fini par rester seule. Quand j'ai eu vingt ans, j'ai fréquenté un de mes professeurs, il avait dix ans de plus que moi.

— Qu'est ce qui a fait que ça s'est fini ?

— Sa femme, dis-je en riant. Je ne savais pas qu'il était marié.

— Est-ce que c'est rédhibitoire pour toi ? demanda-t-il.

— De quoi, que l'homme que je fréquente soit marié ?

— Oui.

— Bien sûr, dis-je avant de boire une gorgée du liquide qui avait enfin suffisamment refroidi. « Pourquoi me poses-tu cette question ? »

— Pour être franc, je déteste jouer et j'ai le sentiment que je joue avec toi au lieu d'être direct. Ton père m'a raconté que tu avais brisé le mariage d'un homme quand tu avais seize ans. Il m'a raconté que, pensant que l'homme t'avait fait du mal, il l'avait presque tué. Il m'a dit t'avoir surprise un jour, alors que tu lui faisais une pipe. Tu étais apparemment restée silencieuse sur le sujet pendant des années et tu lui aurais dit récemment que tu étais à l'origine de cette relation. Il se tût et me regarda.

J'étais effarée du fait que mon père ait pu lui raconter tout ça.

– Mon Dieu ! Je ne peux pas croire qu'il t'ait parlé de ça !

— Il avait ses raisons. Et maintenant, je voudrais savoir quelque chose. Est-ce ta vraie personnalité ? Es-tu le genre de femme qui se moque de briser un ménage ? Ou es-tu la femme que j'ai été amené à découvrir, à respecter et à aimer ?

Je haussai les épaules, me sentant jugée. J'entourai mes genoux de mes bras.

– Je ne sais pas quoi te dire, Nic. Tu m'as dit toi-même que j'avais une part d'ombre, c'est toi qui me l'as dit. C'est toi qui as essayé de faire ressortir cette facette de ma personnalité et maintenant, tu me regardes assis là et joues le rôle du juge et des jurés. Et bien, je n'apprécie pas du tout. Et être jugée par toi, c'est grotesque !

— J'ai au moins été franc et honnête au sujet de mon passé. On dirait que tu veux cacher le tien. Tu es ce genre de personne ? De celles qui font leur coup en douce mais marchent ensuite la tête haute ?

Je me levai si brusquement que ma chaise tomba en arrière et sortis de la cuisine.

– Je refuse de discuter maintenant. Je n'en n'ai pas la force.

Il se posta juste derrière moi, ses mains posées sur mes épaules.

– Où vas-tu ?

— Au lit. Dans la chambre d'amis. Celle qui m'était destinée si j'avais signé l'accord. Je veux rester seule, dis-je en me dirigeant vers la chambre. Tu peux faire entrer le médecin quand il arrive. Laisse-moi seule.

— Tu es déjà restée seule bien trop longtemps cette année. Va te coucher dans notre lit.

Il m'accompagna jusqu'à sa chambre. J'étais folle de rage.

En parvenant à la porte, je me tournai vers lui.

– Je n'accepterai plus une relation où tu exerces ta domination sur moi. Je me suis laissé marcher dessus pendant bien trop longtemps. Je suis faible pour l'instant mais je vais reprendre toutes mes forces et je refuse de me laisser dominer à nouveau. Tu me comprends ? Je ne suis peut-être plus la femme qui te convient, même si je suis toujours la même.

Son regard s'adoucit. Toute la dureté qu'il avait exprimée jusque-là avait presque disparue. Il posa ses lèvres sur mon front.

– Je suis navré. Va te reposer dans la chambre. Déshabille-toi et je t'enverrai le docteur dès qu'elle arrive. Je suis désolé, Natasha. Tout est tellement compliqué en ce moment. Je n'aspire qu'à une chose, que tout rentre dans l'ordre et que l'on puisse reprendre le cours de notre vie.

Je hochai la tête et posai mes mains sur son torse.

– Je ne suis pas en état de faire des promesses que je ne pourrai pas tenir. J'ai pas mal de chemin à faire. Je dois me faire aider sur le plan émotionnel comme sur le plan physique. Je veux que tu saches que je peux comprendre si tu penses que je suis une charge trop lourde pour toi en ce moment. Je peux aller vivre chez mes parents en attendant d'aller mieux.

— On verra, dit-il en ouvrant la porte et me poussant à l'intérieur. Pour l'instant, tu te déshabilles et tu grimpes dans le lit. Le docteur va bientôt arriver et va t'aider à commencer à te remettre.

Je pénétrai dans la chambre, seule. Il ferma la porte et partit. Je me demandais si le docteur pourrait m'aider, je me sentais totalement perdue et démunie. J'espérais que mes réactions n'éloigneraient pas Nic de moi. Je ne cherchais qu'à m'épargner de nouvelles souffrances. Je ne voulais pas le repousser mais je n'étais plus mue que par une seule priorité. L'instinct de survie.

53

NICHOLAI

J e laissai Natasha seule, comme elle le souhaitait et fermai la porte de la chambre. Elle me semblait hantée par ses démons intérieurs. Je n'aimais pas cela ni la façon dont je le gérais.

Lorsque son père m'avait parlé de son passé, j'en avais été choqué, tout en sachant que je n'aurais pas dû. C'était moi après tout qui lui avais dit qu'elle cachait des choses. Mais entendre de la bouche de son père qu'elle avait séduit intentionnellement un homme marié, dont elle avait fait exploser le mariage et la famille et que son père lui avait botté le cul m'avait perturbé.

Elle n'était donc pas aussi gentille et innocente que je l'avais imaginé. Et je ne comprenais pas pourquoi cela me dérangeait à ce point. J'étais moi-même loin d'être irréprochable. Toutefois, je n'avais rien caché.

Je tripotai dans ma poche la petite boîte contenant la bague que j'avais eu l'intention de lui offrir ce jour-là. Ça n'était pas le moment. Trop de questions restaient encore en suspens. Son esprit était faible et elle n'avait plus prise sur sa vie.

Je décidai de mettre la bague au coffre, installé au rez-de-chaussée et je me sentis soudain envahi par la tristesse.

Rien ne se déroulait comme prévu. J'avais pensé que nous tomberions simplement dans les bras l'un de l'autre et que toutes les répercussions des récents événements s'évanouiraient rapidement. J'avais tort. Elle avait été droguée, abandonnée et pire encore lorsqu'elle était entre les mains de Hawthorn.

J'aperçus Liz à son bureau quand je sortis de l'ascenseur. Pouvez-vous me donner la clé pour le coffre, je vous prie. J'ai quelque chose à y déposer.

— Joyeux Noël, M. Grimm, dit-elle en souriant.

— Oh ! C'est vrai, j'avais oublié ! Joyeux Noël, Liz.

Elle me tendit la clé.

– Auriez-vous offert un cadeau de prix à votre compagne, monsieur ?

Je hochai la tête.

– Vous avez deviné. Mais je ne suis pas sûr de la lui donner, elle est dans un état assez fragile en ce moment. Ça n'est pas le bon moment.

— Alliez-vous lui proposer de vous épouser, M. Grimm ? demanda-t-elle. Je trouvais sa curiosité déplacée.

Je m'éloignai plutôt que de lui faire comprendre combien elle était intrusive. C'était Noël après tout.

En ouvrant le coffre, je retrouvai quelques objets que j'y avais déposés. L'alliance de mes grands-parents s'y trouvait. Ma mère me l'avait léguée alors que sa mère était décédée depuis plusieurs années déjà. Elle m'avait demandé de la conserver et, un jour peut-être, la transmettre à l'un de mes enfants.

L'idée d'avoir des enfants m'était venue il y a plus d'un an. J'avais eu l'intention de demander Natasha en mariage le Noël précédent mais elle avait été enlevée.

J'avais tellement de projets que j'avais dû reporter. Elle était si vulnérable, son corps était encore si fragile qu'il était impensable que je lui demande de me donner un enfant pour l'instant. Tous mes rêves et mes espoirs avaient été anéantis. Je tenais deux hommes pour responsables mais peut-être était-ce le karma de Natasha qui s'était mis en travers de notre chemin.

Le fait d'avoir ruiné un mariage lui interdisait peut-être de se marier. Ou peut-être qu'elle se marierait et qu'elle verrait elle aussi son union brisée. Dans ce scénario, c'est moi qui serais la victime. Le rôle de victime n'était pas celui que je préférais.

J'écartai ces sombres pensées et plaçai le petit écrin dans le coffre. J'étais persuadé que c'était le moment le plus propice pour la demander en mariage mais il s'était avéré que c'était probablement le pire.

En sortant de la pièce, je rencontrai le médecin, en train de passer les épaisses portes de verre teinté. Elle se débarrassait des flocons de neige qui maculaient son vêtement.

— Bonjour, Sandra. Je l'accueillis chaleureusement.

Elle releva la tête et me sourit.

– Bonjour, Nicholaï. Comment vas-tu ?

Je pris sa main et l'entraînai vers l'ascenseur.

– Ça ne va pas bien fort. Je suis heureux que tu aies pu venir si vite.

Elle m'embrassa la joue, chose qu'elle ne se serait pas permise alors qu'elle était encore mon esclave, il y a plus de trois ans. Elle avait changé de style de vie, grâce à quoi elle pouvait désormais me traiter comme elle le souhaitait.

Je l'embrassai également et passai mon bras autour de ses épaules. J'avais besoin de réconfort.

– Que se passe-t-il, murmura-t-elle alors que je la tenais dans mes bras.

— Tellement de choses, Sandra, tellement de choses, répondis-je.

— Nicholaï, j'ai parlé avec ton père. Il m'a raconté ce qui est arrivé à la jeune femme. C'est une tragédie mais tout va bien se passer. J'en suis sûre.

Je la lâchai et passai la main dans ses cheveux sombres.

– Je ne peux pas tout t'expliquer. J'ai encore du mal à tout digérer. Je l'aime mais ce qui lui a été infligé a laissé des traces énormes. Elle est déterminée à refuser toute tentative de domination de ma part mais je ne peux pas m'en empêcher complètement, c'est la façon dont j'ai été élevé.

Elle hocha la tête, semblant me comprendre.

– Je vais discuter avec elle en même temps que je l'ausculte.

— Elle ne te parlera probablement pas de tout ça, elle ne m'en avait pas parlé. C'est son père qui m'a avoué l'avoir fait enfermer pendant plus d'un an. Les gens qu'il avait chargés de s'occuper d'elle lui ont donné des sédatifs trois fois par jour pendant toute la durée de sa captivité. Elle est en sevrage depuis quatre jours maintenant.

Ses yeux n'étaient que consternation et empathie.

– C'est horrible. Je pense qu'elle devrait également consulter un psy.

— Je le pense aussi. Je vais m'en occuper, dis-je, ouvrant la porte de l'appartement.

— Et à propos de la façon dont elle a changé, Nicholaï, donne-vous un peu de temps. Je sais que tu n'es jamais tombé amoureux donc si tu me dis l'aimer, c'est également un énorme changement pour toi. Ne prends pas de décision hâtive, quelle qu'elle soit. Elle va avoir besoin de temps et toi aussi.

Je hochai la tête et l'emmenai dans la chambre.

– Elle est là.

Sandra s'arrêta net.

– Tu lui autorises l'accès à ta chambre personnelle ? demanda-t-elle en fronçant les sourcils.

— Oui, dis-je, voyant la tristesse envahir son visage.

— Nicholaï, puis-je te poser une question ?

— Bien sûr, répondis-je. Je relevai son menton pour qu'elle me regarde.

— Pourquoi elle ? Qu'est-ce qu'elle a que je n'ai pas ? demanda-telle, ses grands yeux embués de larmes.

— Je ne saurais pas l'expliquer. Elle a une volonté implacable que je ne peux qu'admirer. Seulement elle a été fracassée par ce qu'elle a vécu. J'ai l'impression qu'elle réagit comme un chien qui aurait été enchaîné pendant des années. Elle craint que je ne lui repasse les fers.

— Si elle ne pouvait plus être celle que tu aimais, me donnerais-tu une seconde chance ? Dans une relation normale, pas comme celle que nous avions, avant. Elle cherchait à maintenir un contact visuel alors que je redoutais l'effet que produirait ce que je m'apprêtais à lui dire.

— Sandra, tu es une femme magnifique. Tout homme rêverait d'être avec toi. J'aurais aimé te dire ce que tu souhaites entendre mais mon cœur ne bat que pour Natasha. Si elle s'avérait être impossible à vivre pour moi, ou si elle ne supportait pas de vivre avec moi, j'en serai dévasté. Serais-tu prête à envisager quelque chose avec un désespéré tel que moi ?

Elle secoua la tête.

– Je vois dans tes yeux combien tu l'aimes. Je vais bien m'occuper d'elle. Je ferai tout ce que je peux pour qu'elle réalise combien ton amour est véritable et que tu n'as pas l'intention de l'asservir. Ça n'est pas le cas, hein ?

— Bien sûr que non ! dis-je, puis j'ouvris la porte de ma chambre.

Natasha dormait profondément lorsque Sandra s'approcha d'elle.

– Je vais la réveiller. Souhaite-moi bonne chance, Nicholaï.

Je m'appuyai contre la porte que je venais de refermer sur elles et m'interrogeai sur mes chances d'être heureux à nouveau. Quand les choses allaient-elle s'arranger ?

54

NATASHA

— Vous ne me comprenez pas, Doc. Je veux me sentir mieux, vraiment, dis-je.

Il me considéra un instant, affichant un mince sourire entendu.

– Tasha, ça fait presque un an que nous nous voyons une fois par semaine. Et vous ne parvenez toujours pas à me parler. Je ne peux rien faire pour vous si vous ne m'aidez pas. Voulez-vous que je vous trouve un autre psychiatre ?

— Je n'ai pas envie de tout reprendre à zéro avec un nouvel interlocuteur. J'ai déjà perdu tellement de temps. Je ne supporte pas d'avoir du monde autour de moi, mais je ne supporte pas la solitude. Et je suis toujours seule. Je n'aime rien. Je n'aime personne. Je ne peux pas tout recommencer, Doc. Il faut que vous m'aidiez à me débarrasser de ce blocage psychologique. J'ai repoussé tout le monde autour de moi. Aidez-moi, suppliais-je.

— Vous savez déjà de quoi il s'agit, Tasha. Vous affirmez continuellement que vous avez pardonné à votre père pour ce qu'il vous a fait.

Je l'interrompis.

– Parce que c'est le cas.

— Non, dit-il simplement. Comment le pourriez-vous ? Il vous a volé votre vie. Vous avez été contrainte de suivre une cure de désintoxication de six mois, pour permettre à votre corps de se sevrer de l'addiction aux tranquillisants. Vous avez perdu l'homme que vous aimiez parce que vous vous étiez mise à compenser les sédatifs par une consommation excessive d'alcool. Et tout ça par la faute d'une seule personne. Et cette personne, ça n'est pas vous. Donc, vous devez arriver à n'en vouloir qu'à la personne responsable de tout ce gâchis, plutôt que de tout garder en vous et continuer à vous raconter que vous avez pardonné l'impardonnable.

— On ne doit pas rejeter la faute de ce qui nous arrive sur les autres, dis-je. On m'a répété ça toute ma vie.

— Votre père vous a répété ça toute votre vie, Tasha. Attaquez-vous à la question, c'est le bon moment. Votre père vous a changée et il a bouleversé votre vie. Vous avez pu punir James Hawthorn pour la tourmente émotionnelle qu'il vous a fait subir. Vous avez accepté une transaction d'indemnisation qui a fait de vous une femme très riche. Vous avez témoigné contre lui au tribunal et avez fait face au monstre qui vous a torturée. Maintenant, vous allez devoir affronter votre père et lui exprimer combien il vous a fait souffrir et exiger des excuses. Vous voulez obtenir une compensation financière pour ce qu'il vous a infligé. Vous l'avez obtenue de Hawthorn, obtenez-la de votre père.

— Je ne peux pas faire ça, répétai-je pour la centième fois.

Il veut me faire faire une chose qu'il m'est impossible de faire.

— Tant que vous n'aurez pas réglé ça, vous continuerez à faire du sur-place. Aucun progrès, aucun projet dans la vie. Vous avez réussi à vaincre la dépendance à l'alcool. Vous êtes parvenue à vivre selon vos propres règles tout en ne permettant à personne de prendre le contrôle sur vous. Et ça vous a avancé à quoi ? demanda-t-il en grimaçant tristement. Et ça fait quoi de prendre ses propres décisions ? De faire des projets sans l'aide de quiconque ? Personne ne vous dit jamais quoi faire. Que ressentez-vous ?

J'aurais tellement aimé lui répondre que c'était merveilleux mais c'aurait été mentir.

– C'est horrible. Oui, je peux faire mes propres projets. Mais si vous saviez ! Les projets tels que choisir l'émission à regarder à la télé, quel livre je vais lire, seule dans mon grand lit. Personne ne me parle. Personne ne me dit qu'il m'aime. Personne ne me demande de l'embrasser. Personne ne me parle plus ou ne me demande plus rien parce que j'ai choisi de me mettre à l'écart.

Les larmes commencèrent à couler comme à chaque fois que j'évoquais le fait que j'avais obtenu ce que je voulais, comme je l'avais dit à Nic. Je vivais une vie où je n'étais dominée par personne. Je m'étais convaincue, en cours de route, que tout ce qu'il avait pu me dire ou faire était une sorte de domination. La situation avait vite dérapé quand un soir, il m'avait demandé de changer une chaîne de télé que je ne regardais même pas puisque je lisais un livre. Je lui avais jeté la télécommande à la figure et avait piqué une véritable crise de nerfs qu'il avait tenté de calmer. C'est ce soir-là que je l'avais quitté.

Il était resté près de moi tandis que je préparais mes bagages pour quitter son appartement. Il n'avait pas prononcé un seul mot. Il n'avait pas essayé de m'arrêter. Il ne m'avait pas demandé de rester. Il m'avait seulement regardée partir. Il m'avait laissée le quitter.

Je pense qu'il en avait assez. Assez de mon alcoolisme. Assez de ma mauvaise humeur chronique dès que je suspectai la moindre tentative de prise de contrôle.

J'avais tout gâché et j'en étais seule responsable.

— Il est venu aujourd'hui. Sa séance était un peu plus tôt. Je m'assure toujours que vos rendez-vous soient à des heures très différentes pour que vous ne risquiez pas de tomber l'un sur l'autre ici, dit-il et j'en eus le cœur brisé.

— Comment va-t-il ? demandais-je en essuyant mes larmes avec un mouchoir, que je n'oubliais jamais lorsque j'avais une séance avec le psychiatre que Nic continuait à payer pour moi.

— Ça va. Il est triste. Sa vie n'a pas pris le tour qu'il avait prévu. Il me demande de vos nouvelles à chaque fois qu'il vient. Il voulait que je vous transmette un message. Voulez-vous l'entendre ? C'est à vous de choisir.

— Non, ne me dites rien. C'est le passé. Je ne me retourne plus vers le passé, dis-je résolue. Je dois aller de l'avant.

— Si vous refusez de regarder en arrière, vous n'apprendrez jamais de vos erreurs et ne deviendrez jamais la personne que vous pourriez être. Je ne vous demande pas d'oublier votre père simplement en exprimant le fait que vous le tenez pour responsable de ce qui vous est arrivé. Je vous dis seulement que lorsque vous l'aurez admis et que vous lui aurez dit ce que vous pensez, vous serez soulagée d'un énorme poids. C'est seulement à partir de là que vous serez capable de gérer votre vie selon des termes qui vous conviennent.

— Je dois donc dire à mon père qu'il est la raison pour laquelle ma vie est partie en lambeaux ? Je hochai la tête. « Je peux essayer, non ? »

— C'est tout ce que vous pouvez faire, essayer, di-t-il en reposant son stylo sur son bloc. « C'est terminé pour aujourd'hui, Tasha. A la semaine prochaine. »

J'essuyai une dernière fois mes yeux et quittai son bureau. Je pris une grande inspiration et me dirigeai vers l'ascenseur. Il était souvent bondé et je ne supportai plus la présence de monde autour de moi.

Tous les quartiers de New York étaient très peuplés et j'aurais du déménager mais travailler ici était plus pratique. Je travaillais comme consultante freelance depuis que j'avais obtenu mon diplôme en ligne. Je devais occasionnellement rencontrer physiquement des gens et c'était tellement plus facile dans cette grande ville.

Grâce aux sommes que j'avais obtenues de la famille Hawthorn, je n'avais pas réellement besoin de travailler. Mais ça me donnait quelque chose à faire, en plus de la lecture ou du cinéma, pour tenter d'oublier la médiocrité de ma vie.

En sortant de l'ascenseur, j'entendis une voix familière.

– Je crois que j'ai oublié mes lunettes de soleil là-haut. Pourriez-vous appeler pour qu'on vérifie ?

Je me figeai sur place reconnaissant la voix de Nic. Cela faisait des mois que je n'avais pas posé les yeux sur lui. Les yeux rivés au sol, je me pressais vers la sortie. Je m'éloignais à chaque pas du risque de

ressentir le sentiment d'agonie que sa présence provoquerait imman-
quablement. Une main toucha mes reins, déclenchant un frisson
glacial qui traversa mon corps.

– Natasha, bonjour.

Mon cœur s'emplit de sanglots prêts à éclater et battait de joie
maintenant que mon corps suppliant retrouvait l'homme que j'aimais. C'était mon esprit qui m'empêchait d'y croire. C'était mon
esprit qui me retenait.

Je restai sans mots alors qu'il m'accompagnait à la porte. Je
devinai au travers de mes larmes la silhouette d'une voiture noire et,
avant que j'aie eu le temps de m'en rendre compte, j'étais assise près
de lui sur la banquette arrière.

Il m'enveloppa d'un bras et j'éclatais enfin en sanglots dans l'intimité de la voiture. Je pleurais et gémissais, caressais ses bras, passais
mes mains sur ses muscles et son torse, contre lequel j'aimais tellement me lover.

Il caressa mon dos en me rassurant doucement.

– Tout va bien, princesse.

Rien n'allait et il le savait. Il le savait aussi bien que moi, je n'étais
plus que l'ombre de moi-même. Et aucun de nous ne supportait la
personne que j'étais devenue.

– Arrête, Nic. Ne rends pas les choses plus difficiles. Laisse-moi
sortir de la voiture, Nic.

— Je ne vais pas te laisser toute seule sur le trottoir le visage
couvert de larmes, dit-il en me serrant encore dans ses bras.

Je craquai à nouveau tellement c'était bon de l'entendre me
donner des ordres, l'entendre me dire qu'il s'occuperait de moi alors
même je faisais tout pour me détruire.

Je l'enveloppai de mes bras.

– Je t'aime, dis-je dans un murmure.

— Je sais que tu m'aimes, dit-il en m'embrassant sur le front. Je
t'aime aussi.

Tout devint clair en un instant. Je me devais d'aller mieux. Je
devais suivre les conseils du psy et confronter mon père, tout ceci
devenait ridicule.

– Pourrais-tu me conduire chez mon père ? J'ai besoin de lui parler.

— Est-il ici, à New York ? Il me repoussa doucement pour me regarder.

Je hochai la tête et me sentis coupable de mon besoin de me lover à nouveau contre lui et utiliser son corps pour en obtenir tout ce qu'il pouvait me donner. La paix, l'espoir et un sentiment de sécurité absolue.

— Tout de suite ou plus tard ? demanda-t-il.

— Maintenant, je pense que c'est le mieux. Je lui passai mon téléphone. Peux-tu l'appeler et vérifier s'il est prêt à me voir ?

Il prit le téléphone et trouva le numéro de mon père.

– Bonjour, Greenwell. C'est Nicholaï Grimm. Natasha est avec moi et elle souhaiterait vous parler. Pourriez-vous vous rendre disponible pour elle assez rapidement ?

J'entendis mon père parler à l'autre bout de la ligne.

– Je suis chez mon amie. Je pourrai peut-être la retrouver pour déjeuner.

Je secouai la tête.

– Je ne peux pas le voir en public.

— Pourquoi pas chez moi. Elle préfèrerait vous parler en privé, proposa Nic.

— Envoyez-moi votre adresse et j'arrive, répondit Papa. Pourquoi m'avez-vous appelé depuis son portable ? Pourquoi ne l'a-t-elle pas fait elle-même ?

— Parce qu'elle me l'a demandé et que je fais toujours ce qu'elle me demande. A plus tard, répondit Nic avant de me rendre mon téléphone. Le psy t'a-t-il parlé du message que je lui avais laissé pour toi ?

— J'ai refusé de l'entendre.

— Pourquoi ? demanda-t-il en soulevant mon menton.

— Parce que j'ai trop mal quand je pense à toi, dis-je en mordant ma lèvre.

— C'est peut-être parce que tu m'aimes et que tu voudrais être avec moi. Et ton esprit têtu fait barrage. Il sourit tendrement pour adoucir les effets de son propos.

— Je sais tout ça. Je viens de le réaliser. En fait, je le soupçonnais mais maintenant, j'ai ouvert les yeux. J'ai des choses à résoudre dans ma relation avec mon père. J'avais tout enfoui en moi, me cachant qu'il était la cause de tout ce qui m'était arrivé. Même James ne serait jamais parvenu à m'atteindre si mon père ne m'avait mis dans un tel état de faiblesse.

Il hocha la tête, m'indiquant qu'il respectait ma décision, attitude inhabituelle de sa part. Il m'avait souvent dit que je devais me battre contre les gens avec lesquels j'avais un problème et non pas contre lui. Je m'en prenais bien trop souvent à Nic et, avec le recul, je m'en rendais compte désormais.

J'espérais seulement que parler à mon père produirait les effets escomptés par le psychiatre. Je n'en pouvais plus de cette vie. Quelque chose devait changer !

55

NICHOLAI

Natasha était assise près du sapin de Noël devant la fenêtre, les lumières rouges et vertes se reflétant dans ses cheveux blonds. Cela faisait si longtemps que je n'avais pu la contempler.

Ma pauvre Natasha se débattait avec elle-même depuis son retour à New York. Son séjour chez moi n'avait pas duré. Tout ce que je pouvais dire ou faire l'irritait, le simple fait de respirer pouvait la mettre en colère.

Lorsqu'elle avait fait ses bagages, la nuit où elle avait décidé de partir après que je lui ai demandé de changer de chaîne, je l'avais laissée partir. Je ne savais pas quoi faire d'autre pour elle. Rien de ce que je pouvais faire ne fonctionnait. Elle avait tenté de dissimuler combien elle buvait, sans grand succès. Je savais quand elle était ivre mais elle n'avait jamais admis qu'elle buvait.

Même quand j'avais trouvé des bouteilles vides dans la corbeille de la salle de bain, où elle n'aurait pas pensé que je chercherai, elle avait nié et avait rejeté la faute sur le personnel.

Je vidai le bar de sorte qu'elle n'ait plus rien à boire mais elle se faisait livrer de nouvelles bouteilles pendant que je travaillais. Elle ne savait pas que j'en étais à chaque fois prévenu par le concierge.

Le seul aspect positif de son départ fut qu'elle accepta enfin l'aide d'un professionnel et suivit une cure de désintoxication. Je ne l'avais plus revue depuis qu'elle était partie ce soir-là, il y a presque un an.

J'avais demandé à notre psychiatre de lui transmettre un message. Je voulais qu'elle passe Noël avec moi. J'avais été informé par son père et sa mère qu'elle les avait, eux aussi, exclus de sa vie. Sa mère me dit qu'elle souhaitait rester seule.

Je n'avais d'autre choix que de respecter sa volonté. Elle piquait des crises de nerfs dès qu'elle croyait que je tentais de la contrôler ou de lui imposer quoi que ce soit.

Mais elle était là, dans mon salon, attendant l'arrivée de son père pour lui parler. J'en étais déjà arrivé à la conclusion que le principal problème venait de son père et de personne d'autre. Elle avait argué qu'il n'avait fait que la protéger. Elle ne le considérait que comme un père et je ne parvenais pas à l'admettre.

Je comprenais toutefois. J'avais mes propres griefs à son encontre. Même si je voyais pourquoi, je ne pouvais accepter ce qu'il lui avait fait. Natasha avait pour sa part toujours affirmé avoir pardonné à son père pour tout ce qu'il lui avait fait subir et cela dès le départ.

— Thé, Natasha ? demandais-je alors qu'elle contemplait le paysage par la fenêtre.

— Je veux bien, merci, répondit-elle en repoussant le rideau. « La vue est magnifique. »

J'avais réapprovisionné le bar depuis son départ mais préférais lui offrir un thé. Je ne savais pas si elle était autorisée à boire de l'alcool.

– A quoi ressemble la vue que tu as depuis ton nouvel appartement ?

— Je ne sais pas, les fenêtres ont des rideaux occultants, répondit-il, me laissant penser qu'elle vivait recluse avec la télévision et les livres pour seule compagnie.

— Le message que je voulais te transmettre concernait mon envie de t'avoir avec moi pour Noël. Mon père passe les fêtes avec sa nouvelle amie et ses enfants et ma mère part en Espagne avec son nouveau mec. Je serai absolument seul au monde si tu ne m'accordes pas ta présence, ma princesse.

Elle me fit frissonner en caressant mon bras.

– Pourquoi voudrais-tu encore m'appeler ta princesse après tout ce que je t'ai fait, Nic ?

Je me tournai vers elle et passa ma main sur sa joue.

– Tu n'étais plus toi-même Natasha, mais tu seras toujours ma princesse. Je sais que nous n'avons pas réellement parlé de nous marier mais je voudrai te garder, pour le meilleur et pour le pire.

— Et je ne t'ai donné que le pire, dit-elle, une tristesse insupportable ayant envahi ses beaux yeux bleus.

— Ce n'est pas vrai, répondis-je en prenant nos tasses de thé et l'entraînant vers le canapé. Je remis d'aplomb son col et déposai un rapide baiser sur sa joue. « Donc, à propos de Noël ? »

— Peut-être, dit-elle. Je dois voir si ça m'aide.

— Quoi ? Cette conversation avec ton père ? demandais-je avant de souffler sur la surface du breuvage brûlant.

Elle hocha la tête et prit la tasse.

– Je peux boire ?

— Oui, je pense, dis-je. Vérifie la température avec ton petit doigt d'abord peut-être.

Elle trempa son petit doigt et je me surpris de la joie que cela me procura. Elle n'avait pas piqué une crise parce que je lui avais dit ce qu'elle devait faire. Le simple fait qu'elle m'ait au contraire demandé quelque chose était déjà un progrès majeur.

— Si tu décides de venir passer tes vacances ici, je viendrai te chercher. Je demanderai à la cuisinière de nous préparer quelque chose de spécial pour le diner. Qu'est-ce qui te ferait plaisir ? Un homard ? Une dinde ? demandais-je alors qu'elle avait reposé sa tasse et souriait.

Cela faisait si longtemps que je ne l'avais pas vue sourire.

– J'adorerai du bœuf braisé.

— Je peux donc considérer que tu acceptes mon invitation ? demandais-je en souriant.

— Fais préparer le rôti et je verrai, dit-elle. Je devrais rester chez toi pour la nuit ?

Sa question me coupa le souffle. Cela faisait une éternité que je ne l'avais pas touchée, plus de deux ans. Cela faisait plus de deux ans que je n'avais pas fait l'amour.

Ses paroles excitaient mes hormones, prêtes à démarrer à quart de tour tout en sachant qu'il ne se passerait peut-être rien. Je pesai chaque mot de ma réponse.

– Je suis toujours disponible pour toi, tu le sais.

Elle hocha la tête et regarda au loin.

– C'est moi qui suis indisponible pour toi. Dis-moi, Nic, as-tu eu quelqu'un d'autre depuis moi ?

— Non, répondis-je. Je n'ai aucun désir pour une autre que toi.

— Même quand je t'ai quitté ? Même pas la jolie docteur Sandra ?

— Non. Aucun. Mon cœur t'appartient et j'imagine que ce sera toujours le cas, dis-je en attirant son visage vers le mien.

Je déposai le plus tendre des baisers sur ses lèvres charnues. Elle avait repris du poids et retrouvé toute sa beauté. Nos bouches se trouvèrent et nos langues se joignirent dans un ballet brûlant.

Son corps se fondait avec le mien quand retentit la sonnette de la porte d'entrée. Nous nous séparâmes à regret après d'autres petits baisers, heureux de nous retrouver.

– C'est sûrement ton père.

Je me levai et pour lui ouvrir la porte, ayant donné leur journée au personnel pour leurs derniers achats de Noël.

– Greenwell, dis-je en ouvrant la porte.

— Bonjour Grimm. Ou est-elle ? demanda-t-il en pénétrant dans la maison.

Je me retournai et lui indiquai le canapé mais elle n'y était plus.

– Ben, elle était là il y a une minute. Je vais voir si elle est dans la salle de bain. Asseyez-vous.

En m'en approchant, je l'entendis pleurer dans la salle de bain et frappai légèrement à la porte.

– Est-ce que je peux entrer ?

— Laisse-moi seule, Nic. Je ne peux pas. Je ne peux pas l'affronter et lui dire ce que j'ai à lui dire. Je ne peux pas !

La porte n'étant pas verrouillée, j'entrai. Je la saisis par les épaules.

– Je sais que je risque un beau savon mais je prendrai le risque, pour toi. Tu as besoin de faire ce que tu avais prévu. Je suis là pour toi et si tu veux que je reste dans la pièce ou à tes côtés, ou si tu préfères que je parte, je ferai ce que tu décideras. Mais tu dois le faire. Et même si ça doit te faire pleurer, tu dois y faire face pour reprendre le cours de ta vie. Tu dois affronter ta peur ou tu ne la surmonteras jamais. Laisse-moi sécher tes larmes maintenant et fais ce que tu as à faire.

Elle ravala ses sanglots et me laissa essuyer son visage.

– Pourquoi me suis-je privée de toi ?

— Pose-toi la question, moi je ne sais pas. Peut-être parce que je suis fantastique, dis-je en lui souriant. D'une petite tape sur les fesses, je la fis sortir de la salle de bain. « Où veux-tu j'aille, ma princesse ? »

— Je voudrais que tu restes près de moi, s'il te plaît. Il m'apparaît de plus en plus évident que je n'aurai jamais dû m'éloigner de toi. Tu es mon champion, mon héros.

Je faisais tout mon possible pour ne pas nourrir l'espoir qu'elle allait peut-être me revenir. Elle m'a brisé tellement de fois. Mais l'espoir est en train de s'infiltrer partout, sans que je n'y fasse rien.

En pénétrant dans le salon, je l'entendis faire son annonce à son père.

– Papa, nous devons parler.

C'est parti.

56

NATASHA

Mes jambes me portaient à peine lorsque je fis face à mon père et je m'accrochai à la main de Nic.

— De quoi veux-tu que nous parlions, Natasha ? demanda Papa.

— J'ai tout gardé pour moi et ça m'a rendue faible et fragile et je ne supporte plus d'être dans cet état, dis-je.

Il croisa les jambes et regarda Nic.

– Vous auriez quelque chose à boire ? Je crois que je me prépare un beau mal de crâne.

Nic me regarda avant de se tourner à nouveau vers mon père.

– Compte tenu de la cure de détox que suit Natasha, je ne pense pas que ça soit une bonne idée, monsieur.

— Parfait, dit Papa avec un soupir. Allez, je t'écoute, ma fille.

Mes mots étaient prêts à être lâchés mais mon esprit me criait de renoncer. J'étais sur le point de blesser mon père en lui assénant certaines vérités et personne ne souhaite blesser son père.

Après un long silence durant lequel je regardai par la fenêtre en me disant que je devrais simplement m'enfuir, Nic me serra la main.

– Je pense qu'elle aimerait obtenir des excuses de votre part, Greenwell.

— Pour quelle raison ? demanda mon père en me regardant.

Je retins mon souffle alors que la colère montait en moi. Nic le ressentit et me prit par le menton.

– Tu peux le faire, tu as besoin de le faire. Et tu dois le faire pour toi et personne d'autre. Tu peux le faire. Ouvre la bouche et laisse les mots sortir.

Je considérai les yeux sombres de cet homme que j'avais eu la chance de rencontrer. Puis je me tournai vers mon père.

– Papa, tu es la seule personne à blâmer pour tout ce qui m'est arrivé. Tu es celui qui m'a rendu accroc à la drogue, ce qui m'a ensuite provoqué une addiction à l'alcool. J'ai été enlevée par un homme qui a fait de moi son esclave uniquement parce que quand il m'a approchée, j'étais incapable de prendre les bonnes décisions à cause de mon esprit embrumé et embrouillé à cause de ces mêmes drogues. J'attends des excuses déjà pour ça.

Le regard de mon père passait de Nic à moi.

– C'est lui qui t'a dit de me faire ça ?

— C'est ma tête qui m'a dit que je devais te faire ça. Tu es donc si occupé avec tes putes que tu ne t'es même pas rendu compte que je n'étais plus que l'ombre de moi-même ? Son visage vira au rouge.

— Tu ne sais rien de ma vie privée, jeune fille. Comment oses-tu me parler ainsi ? dit-il en se levant. Je ne tiens pas à supporter ça. Je ne suis pas responsable de ce qui s'est passé. J'essayais seulement de te protéger. Le monstre est celui dont tu tiens la main. Il t'a entraînée dans un monde dont j'ai dû t'extraire. Et c'est grâce à moi que tu t'en es sortie. Donc tu n'obtiendras aucune excuse de ma part.

Je lâchai la main de Nic pour suivre mon père qui pensait que j'allais le laisser partir comme ça.

– Retourne-toi.

Il s'arrêta et fit ce que je lui demandai, mais pas de la façon attendue.

– Ne me dis pas ce que je dois faire. C'est moi qui te dis ce que tu dois faire.

— Ça, c'est fini. Tu m'as enlevée au monde, papa. Tu m'en as extraite en fait. Tout ce que je désire dorénavant est d'être seule. Je ne supporte plus rien ni personne. Et surtout, je ne me supporte plus. Et c'est entièrement ta faute.

— Tu as fait des choses assez terribles dans ta vie, Tasha. Je pense qu'il te faut encore un peu de temps hors du monde pour penser à tout ça. Tu ne pourras changer qu'une fois que tu auras payé pour ce que tu as fait, dit-il.

— Et toi ? demandais-je. Faire marcher cette femme, la faire vivre d'une chambre d'hôtel à l'autre en lui faisant croire que tu allais quitter Maman. Pendant des années, c'est ce que tu lui as fait subir. Et à propos de l'autre femme ?

— Ma vie privée ne te regarde pas. Ta mère et moi nous occupons de nos affaires, dit-il. Je dois y aller.

— Tu peux y aller. Si tu préfères laisser les choses en l'état. Je t'ai dit ce que je ressens. Si tu n'acceptes pas d'assumer tes responsabilités, c'est ton problème. En ce qui concerne le fait d'avoir à payer le prix de mes erreurs, je crois que c'est fait, largement. Je pointai la porte du doigt. Donc, voilà. Tu vas partir sans avoir exprimé le moindre regret pour tout ce que tu m'as fait endurer. Je voulais seulement t'entendre me dire que tu étais désolé pour les atrocités que tu m'as faites. Mais je viens de me rendre compte que je n'en n'ai pas besoin. Il me fallait simplement te dire toutes ces choses, rien de plus.

— Super, dit-il en me contournant. Je suis ravi que tu aies pu te débarrasser de ce poids et que m'en aies chargé. Tu es une vraie héroïne, Tasha.

— C'est vrai, dis-je en le regardant partir. Tu peux t'alléger toi aussi de ce poids, d'un simple mot. Tu peux le prononcer à n'importe quel moment et tu seras absous immédiatement. Tant que tu ne l'auras pas fait, tu porteras ce fardeau comme je l'ai fait pendant plus de deux ans. Considère que c'est mon cadeau de Noël. Tu peux t'en charger pendant quelque temps. Mais c'est un sacré fardeau, tu verras !

Je le précédai et lui ouvrit la porte, pour l'obliger à me faire face. Il ne prit même pas la peine de me regarder alors qu'il passait devant moi. Je me sentais tellement plus forte que sa folie.

— Bien, sois fou ! criais-je. J'ai été folle pendant suffisamment longtemps. C'est ton tour, Papa !

Je refermai la porte et me tournai vers Nic qui me regardait, les yeux écarquillés. Il commença à applaudir lentement.

– Bravo ! Voici, enfin de retour, la tigresse dont je suis tombé amoureux.

Avec un grand sourire, je marchai vers lui et prit sa main.

– Viens avec moi.

Il me suivit alors que je le guidai hors du salon, vers sa chambre.

– Où m'emmènes-tu ?

— Au paradis, dis-je en ouvrant la porte à la volée et l'entraînant à l'intérieur de sa chambre.

— Enfin ! s'écria-t-il avant de me soulever et de me porter jusqu'au lit. Voilà enfin ce que j'attendais.

Je priai pour que ce sentiment de puissance ne me quitte plus jamais.

57

NICHOLAI

Il nous fallut trois jours et trois nuits pour rattraper les deux années perdues à s'attendre. Je la laissai quitter notre nid pour de petites incursions à la salle de bain ou à la cuisine dont elle nous rapportait à manger et à boire. Je paressais au lit et l'attirais dans mes bras dès que je le pouvais.

Je passai un grain de raisin pourpre sur ses lèvres gonflées.

– Il va falloir sortir du lit aujourd'hui, c'est Noël. La cuisinière a préparé ton rôti et tout un tas de garnitures et je veux qu'on se fasse beaux pour passer notre premier vrai Noël ensemble. L'année dernière a été un véritable fiasco.

— C'est le moins que l'on puisse dire. Donc, tu me laves et je te lave et on s'habille. J'ai mal partout mais j'adore la sensation, dit-elle gaiement en roulant sur moi pour s'extraire du lit.

Je la retins un moment.

– Encore un bisou.

Elle sourit et embrassa le bout de mon nez.

– Pas plus d'un ou on risque de rester au lit pendant encore des heures.

— D'accord. Je me levai et la portai à la douche.

La sensation de son corps glissant entre mes mains pleines de savon m'excitait plus que tout mais je me calmai, en prévision de notre journée. J'étais fou de joie qu'elle fasse à nouveau partie de ma vie. Mais je la voulais près de moi pour toujours.

Avant même de m'en rendre compte, mes mains avaient agrippé son cul et je la plaquai contre le revêtement tiède de la douche. Mon corps tremblait quand elle enroula ses jambes autour de moi. Haletante de désir, ses yeux exprimaient toute l'envie et l'amour qu'elle me portait.

Elle grogna quand je la pénétrai et bougeai son corps à l'unisson du mien.

– Tu m'as fait tienne à nouveau, mon prince, murmura-t-elle à mon oreille avant de jouer à la mordiller.

J'embrassai son cou.

– Tu m'as fait tien aussi. Mais je dois dire que je t'ai toujours appartenu.

Je la basculai régulièrement, la faisant gémir à chaque coup de rein. La chaleur de son souffle électrisait mon épaule, qu'elle parcourut du bout des dents.

– Que j'ai été stupide, mais c'est fini maintenant.

— Tu n'as jamais été stupide, Natasha, dis-je en ralentissant mes mouvements pour la regarder dans les yeux. Tu n'as jamais été stupide, ne dis pas des choses pareilles.

— Qu'est-ce qui m'as pris dans ce cas ? demanda-t-elle, comme si elle n'avait aucune excuse.

— Tu étais blessée. Tu avais été battue et meurtrie, ne t'en excuse jamais. Ça n'était pas ta faute. Je t'aime et je veux qu'on avance dans la vie, ensemble. On n'a plus besoin de vivre dans le passé. J'embrassai ses douces lèvres.

Son corps dansait contre le mien, accompagnant mon mouvement. J'abdiquai enfin et nous atteignîmes l'orgasme en même temps. Rien ne nous bridait et je profitais de tous les bruits que nous produisions ensemble.

Elle était mon seul véritable amour et le serait toujours.

58

NATASHA

Seules les lumières des décorations de Noël nous éclairaient. Le dîner avait été absolument délicieux et nous n'en pouvions plus. Etendus par terre, nous flemmardions en contemplant le sapin après avoir découvert les cadeaux que nous nous étions faits.

– Je faisais toujours ça avec mes cousins quand nous étions petits, dis-je en admirant les jolies taches multicolores disséminées sur le grand arbre.

— C'est si joli, dit-il. Il prit ma main et exposa à la lumière l'énorme diamant qu'il m'avait offert lorsqu'il m'avait demandé de devenir sa femme. « Quelle beauté sous ces lumières rouges et vertes. » Je ne pus retenir un grand rire quand il l'embrassa. « Merci d'avoir accepté si vite sans me faire ramer. »

— Je crois que je t'avais suffisamment fait ramer depuis deux ans. J'ai pensé que tu serais heureux de vivre une pause, dis-je en riant.

— J'en avais bien besoin, en effet. Donc, départ pour Vegas dans deux semaines et lune de miel pendant trois mois, dit-il. Et ensuite, mission bébé.

Dès que j'eus exprimé mon accord, les pilules contraceptives furent jetées à la poubelle. C'était officiel, nous allions nous marier et fonder notre propre famille. Je n'avais rien vu venir.

J'avais encore du mal à croire qu'il ait été capable de rester à mes côtés malgré tout ce que je lui avais fait subir. J'étais maintenant d'autant plus certaine que je pourrais lui vouer une confiance aveugle lorsqu'il aurait prononcé ses vœux.

Mon téléphone sonna et je roulai de sous le sapin en soupirant. Nic se releva également.

– Je vais essayer de trouver un autre morceau de gâteau à la citrouille.

Je ris alors qu'il se dirigeait vers la cuisine et constatai que c'était mon père.

– Bonjour.

— Bonjour, je voulais que tu saches que j'ai entendu ce que tu as voulu me dire l'autre jour et je ne voulais pas que cette journée se termine sans te l'avoir dit.

— Quoi ? demandais-je, la main sur ma bouche pour étouffer un sanglot.

— Je suis désolé, mon bébé, dit-il. Je fondis en pleurs.

Je ne retenais plus le torrent de larmes et m'effondrai sur le canapé.

– Merci, réussis-je à dire.

— C'était le moins que je puisse faire. Je ferai tout pour me racheter, je te le jure, dit-il.

— Il te suffit d'être là pour moi, c'est tout ce que je te demande. Nic et moi allons nous marier.

— C'est bien. Cet homme t'aime véritablement.

— Oui et je l'aime aussi. Nic entra dans la pièce, une assiette de gâteaux à la main.

— Que s'est-il passé ? demanda-t-il. Il déposa l'assiette sur la table et passa son bras autour de moi.

— Merci, Papa. Joyeux Noël à toi. Je raccrochai, posai mon téléphone et entourai mes bras autour de Nic. C'est le meilleur Noël que j'aie jamais eu.

— Il s'est excusé ? demanda-t-il.

— Oui, dis-je en pleurant comme un bébé. Je suis si heureuse.

— Oui, ça se voit ! dit-il en riant. Il me souleva et me posa sur ses genoux. Et tu lui as dit pour nous ?

— Oui et il a très bien réagi. Les choses vont peut-être finir par s'arranger. Profitons de cette accalmie. Je n'aspire qu'à ma part de bonheur.

Il porta la serviette qu'il avait apportée avec le gâteau à mon nez.

– Souffle, princesse. Tu es dans un sale état.

Je me mouchai et ris qu'il s'occupe tant de moi. Je le considérai désormais de manière totalement différente. Il aimait me choisir des vêtements parfois mais uniquement parce qu'il en préférait certains à d'autres sur moi.

J'en faisais de même, sélectionnant sa tenue le matin. Ça n'avait plus rien à voir avec les débuts de notre relation où j'avais l'impression qu'il jouait à la poupée et qu'il ne me considérait que comme son jouet. Mais en repensant à combien il était beau dans le petit jean que je lui avais demandé de porter plus souvent, il m'en fit la remarque.

Il est resté relativement dominateur, et dans la chambre j'adore ça. Mais il se surveille dans certains domaines et il est rapidement parvenu à formuler autrement les choses de manière à ne pas me heurter ni à me sentir rabaissée.

Je pense que l'avenir avec lui est radieux. Je pense que nous allons apprendre l'un de l'autre et grandir en tant que couple. Une belle équipe de deux adultes qui s'inquièteront ensemble de ses enfants. Une équipe qui prendra ensemble les grandes décisions.

— C'est mieux, dit-il en jetant la serviette. Comment te sens-tu ?

— Je me sens tellement bien. Tu vas être un père merveilleux, tu sais, dis-je avant de lui embrasser la joue.

— Grâce à toi, je devrais être pas mal, répondit-il. Je n'ai pas eu le meilleur des modèles.

— Moi non plus. A nous de nous documenter sur le sujet pour faire de meilleurs parents que ceux qui nous ont mis au monde. L'histoire n'est pas obligée de se répéter, tu sais, dis-je en gigotant sur ses cuisses. Et en parlant d'enfants, tu es prêt à te coucher avec ta nouvelle fiancée ?

Il se frotta les mains devant moi.

– Oh, oui. Tu veux bien porter ce petit négligé que je t'ai offert ? Et j'irai chercher la chantilly.

— Manger encore ? dis-je en riant alors qu'il me souleva pour me porter dans la chambre.

— La chantilly est pour toi, bébé, pas pour moi. C'est dans un grand éclat de rire partagé que nous retournâmes dans la chambre, dont il referma la porte derrière nous.

Je pense que ça va marcher entre nous finalement.

✿ Réalisé avec Vellum

Lightning Source UK Ltd.
Milton Keynes UK
UKHW020631081022
410127UK00003B/74